Memórias em papel timbrado

PAT MÜLLER

Memórias em papel timbrado

mundo**cristão**

Edição
Camila Antunes

Revisão
Ana Luiza Ferreira

Produção
Felipe Marques

Diagramação
Gabrielli Casseta

Colaboração
Guilherme H. Lorenzetti

Capa
Andressa Meissner

CIP-Brasil. Catalogação na publicação
Sindicato Nacional dos Editores de Livros, RJ

M924m

    Müller, Pat
      Memórias em papel timbrado / Pat Müller. - 1. ed. - São Paulo : Mundo Cristão, 2025.
      328 p.

    ISBN 978-65-5988-435-3

    1. Ficção brasileira. I. Título.

25-96802.0   CDD: B869.3
                              CDU: 82-3(81)

Gabriela Faray Ferreira Lopes - Bibliotecária - CRB-7/6643

Categoria: Literatura
1ª edição: maio de 2025

Publicado no Brasil com todos os direitos reservados por:

Editora Mundo Cristão
Rua Antônio Carlos Tacconi, 69
São Paulo, SP, Brasil
CEP 04810-020
Telefone: (11) 2127-4147
www.mundocristao.com.br

Para todos que esperam sem se cansar.
E para os que estão cansados também.

— Prólogo —

A pequena caixa que tenho em mãos me faz viajar no tempo.

Não no sentido literal da coisa. Afinal, você sabe, isso é impossível.

Abro-a com cuidado. Esteve tanto tempo escondida e empoeirada que sempre que venho até aqui para abri-la, temo que qualquer gesto, mínimo ou passional, possa gerar uma tragédia. Pego a carta que está no topo e tenho a sensação de que o papel reage, áspero, ao meu toque, como se quisesse manter em segredo o que a tinta tatuou nele. Desfaço cada dobra e divago os olhos sobre as letras. Bebo as palavras até sentir minha alma transbordar um misto de alegria, embaraçamento e... medo.

Medo de que alguém me veja.

Levanto-me, fecho a porta e, antes de voltar para o sofá, confiro, pela janela, se não tem ninguém por perto.

Não é como se eu estivesse xeretando a correspondência alheia, mas, ao mesmo tempo, é exatamente do que se trata. Tenho passado bastante tempo nesta biblioteca — e as pequenas notas coladas em post-its verde-limão no final de cada carta, com minha opinião a respeito delas, provam isso.

Encolho-me no sofá e olho para baixo. O peso das memórias riscadas no velho papel timbrado e o cheiro deixado pelo tempo, sempre implacável, obrigam-me a imaginar o dia em que a remetente decidiu entregar essas cartas para o destinatário. Se eu fechar os olhos agora, consigo imaginar Paula, ansiosa, segurando esta mesma caixa contra o peito, as mãos trêmulas e o coração agitado.

Não preciso fazer muito esforço para ver a cena transcorrendo como um filme em minha mente.

A mulher parada no centro do quarto, absorvendo o cheiro de roupa de cama limpa que se misturava com o perfume das flores que invadia o ambiente pela janela aberta. A cortina dançava com a luz do sol enquanto o homem deitado na cama ressonava baixinho. O braço dele, esticado, ocupava boa parte do lado onde ela estava até poucos minutos atrás. A mão com a aliança fina e delicada repousava espalmada sobre o travesseiro.

— Por que você está aí? — ele resmungou com a voz arrastada e os olhos entreabertos.

O coração de Paula deu um salto. Embora fosse estranho ter aquele homem de músculos definidos sem camisa em sua cama, ela não conseguia imaginar um cenário mais agradável para uma manhã fresca de primavera. Talvez fosse estranho — porque era apenas o começo —, mas não tinha dificuldade alguma em se imaginar acostumando-se àquilo.

— Tenho algo para você... — falou baixinho, quase desejando que ele não a ouvisse.

A caixa apertada entre as mãos, com os nós dos dedos brancos pelo esforço. Paula foi acometida pela sombra de uma dúvida. Será que não era melhor ignorar o que havia acabado de dizer e só aproveitar a primeira manhã do restante dos seus dias ao lado do homem que a amava?

E que *ela* amava.

— Ah, é? — Ele se sentou na cama tão rápido que a fez rir. — O quê?

Um sorrisinho malicioso escapou dos lábios dele, emoldurado pela barba bem aparada.

— Não é nada disso que você está pensando.

— E como você sabe o que estou pensando?

Ela estreitou os olhos e pressionou os lábios um contra o outro. O homem abriu a boca, mas não falou nada, os olhos pousados na caixa. Paula respirou fundo. Não tinha mais volta. Agora era tarde para mudar de ideia e possivelmente ele a chamaria de louca se saísse correndo e jogasse a caixa no açude atrás da casa. Sentou-se na cama ao lado dele.

— Isso é... para você. — Deixou a caixa suspensa entre eles.

O homem colocou as mãos na caixa e tentou pegá-la, mas Paula apertou os dedos um pouco mais e a puxou de volta em sua direção. Ele pousou a mão sobre a dela e fez um carinho nos dedos, já doloridos pelo esforço.

— É o que eu tô pensando?

— Hã... — Paula fechou os olhos e disse de uma vez. — Sim. São as cartas. Cartas para meu futuro marido. — Abriu o olho direito e espiou o homem. — Ou seja, você.

O marido aguardou em silêncio, mas ela continuou imóvel.

— Você pretende me deixar ler?

— Mudei de ideia.

— Mudou? — Ele se aproximou um pouco mais, os olhos faiscando na direção de Paula. — Se as cartas são para mim, é meu direito ler, não acha?

Ela estreitou os olhos, duvidosa de se concordava com aquilo.

— Não sei se estou pronta.

— Escute. — O homem soltou a caixa e deslizou a mão quente pelo rosto dela, contornando-o, e depois colocou uma mecha do cabelo atrás da orelha. — Eu amo tudo o que você faz, inclusive o que escreve, mesmo que sejam textos malucos, iguais aos que posta no Instagram.

— Textos malucos? Como você ous...

Ele a interrompeu com um beijo na curva do pescoço. Um arrepio percorreu o corpo de Paula, obrigando-a a fechar os olhos.

Os lábios macios dele fizeram um caminho perigoso perto dos lábios dela. Deixou a caixa de lado esperando por um beijo, mas conforme o coração acalmava no peito e os segundos passavam, percebeu que não sentiria os lábios do marido sobre os seus.

— Ei! — Ela abriu os olhos e viu que o homem segurava a caixa em seu colo. — Você me enganou.

Ele piscou para ela e ficou em pé.

— Aonde você vai?

— Vou passar um tempo na biblioteca lendo cartas.

Paula fez beicinho.

— Tem certeza de que você quer fazer isso? É que nem todas as cartas são... — Lembrou-se de uma carta em específico e balançou a cabeça, em uma tentativa de espantar a lembrança. O que ele pensaria ao chegar *àquela*? — Nem todas são sobre... — engoliu em seco e encarou o homem naqueles olhos que pareciam refletir um lago em um dia de verão — ... *exatamente* sobre você.

Ele depositou um beijo em sua mão e sorriu.

— Eu te amo. — Disse isso como se não fosse algo capaz de fazer o coração dela acelerar. Paula mordeu os lábios, estremecendo com a lembrança das declarações que ouvira dele na noite anterior.

— E eu amo você.

Sorriram um para o outro, e Paula desejou viver aquele momento em câmera lenta por um bom tempo, mas apenas até que os lábios dele encontraram os dela. Naquele instante, o tempo se confundiu por completo. Já não existia antes ou depois; apenas o *agora*, em uma urgência avassaladora. Os dois juntos. Uma só carne. Felizes para sempre, na saúde e na doença, na riqueza e na pobreza, na alegria e na tristeza, até que a morte os separasse.

$$- \mathsf{I} -$$

No dia da mudança

De todos os pontos altos e viradas dessa história, tem um momento de que eu gosto especialmente: quando Paula pisa pela primeira vez em Vale d'Ouro. Um dia memorável, como diria Dickens, pois operou grandes mudanças nela — e posso arriscar dizer que em mim também.

Aquele foi o primeiro momento em que as fotos que ela havia recebido deixaram de ser apenas imagens estáticas em seu celular e se tornaram visíveis, palpáveis, com cheiros e cores reais.

Paula chegou em um ônibus vermelho — o mesmo em que já andei tantas vezes — que parou com um solavanco na rodoviária. Olhava pela janela, os olhos cansados e um zumbido incessante nos ouvidos, como se um martelo fosse usado contra sua cabeça e, por um breve segundo, seu traseiro tivesse se incorporado ao estofado do banco.

Todo mundo que já fez longas viagens de ônibus conhece a sensação. Ela sentiu uma incapacidade momentânea de mover o corpo. Fechou os olhos e recostou a cabeça no banco macio.

O cheiro de salgadinho misturado com o aroma nada agradável que vinha do banheiro a fazia segurar a respiração de forma involuntária. Não o bastante, o companheiro de banco, que ocupava parte do espaço dela, espremia seu braço contra a janela engordurada.

— Chegamos, Paula. — Ele deu um tapinha no ombro dela.

— Foi uma ótima viagem. Obrigado pela companhia, guria.

— Não precisa agradecer. — Ele abriu os braços e soltou um grunhido ao se esticar. O homem havia passado as últimas duas horas contando sobre suas plantações de abóbora, milho e pepino.

Não que Paula tenha achado tudo ruim, mas o enjoo causado pela viagem a proibia de aproveitar melhor o momento. O homem até a havia ensinado algumas dicas preciosas sobre o cultivo de vegetais e era possível que ela colocasse algumas em prática. Lembrou-se da varanda na Faria Lima. Sentiria falta de suas plantas, que, uma a uma, teve que doar para uma vizinha solteira que amava jardinagem.

Assim que ele abriu espaço, Paula se pôs de pé. Foi rápido demais. Uma tontura a obrigou a sentar-se novamente. Com a mão sobre o peito, fez um exercício de respiração. Os outros passageiros continuaram a procissão até a saída do ônibus. Um menino segurou o braço da mãe ao passar pela poltrona em que ela estava.

Paula soltou o ar e o fitou.

— Mamãe... — O menino puxou a blusa da mulher que estava em sua frente e fez cara de choro.

Ela havia assustado aquela criança ou era impressão sua? Ela sabia que tinha alguns defeitos, mas assustadora era novidade. A menos que...

Com um gesto rápido, encarou o visor do celular, sua aparência se refletindo na imagem da câmera.

Deplorável. O rímel havia deixado marcas circulares nos olhos e o cabelo havia adquirido um formato estranho, com os cachos amassados de um lado e armados do outro.

Não tinha ninguém para avisar?

O homem que passou as últimas horas da viagem ao seu lado bem que podia ter dado um toque, não é?

Puxou o cabelo todo para trás e depois o levantou no alto da cabeça, fazendo um coque. Como pudera se esquecer da touca de cetim? Pegou uma presilha da bolsa e prendeu o penteado. Só restava ela no ônibus quando conseguiu sair de sua poltrona, com a pressão aparentemente estabilizada e o cabelo sob controle.

Próxima da porta de saída, lembrou-se de que havia deixado a mochila para trás e refez todo o caminho de volta, o quadril enroscando nos encostos das poltronas e o coque feito às pressas se desprendendo da cabeça. Ao alcançar a poltrona, verificou que a mochila havia sido jogada para o fundo do compartimento superior, o que a obrigou a usar o assento da frente como escada.

— Tudo bem aí, moça? — O motorista apareceu na porta com as mãos na cintura.

— Tu... — Desequilibrou-se, mas conseguiu segurar no banco para não cair. — Tudo, tudo certo.

— Precisa de ajuda? — Ele fez menção de se aproximar.

— Não preciso. — Paula puxou a mochila com força, deixando-a cair no chão. Deu um pulinho e ajeitou as alças em uma posição minimamente confortável, e acelerou o passo para se ver livre do ar viciado do ônibus.

Antes de descer o último degrau, olhou ao redor e respirou fundo. Novos ares. Era tudo que ela precisava. A promessa de uma nova vida estava a um passo de distância. Em instantes pisaria em seu novo endereço, um lugar desconhecido e cheio de possibilidades. Uma espécie de terra prometida, um cumprimento das promessas de Deus.

Fechou os olhos e se preparou para uma oração rápida.

— Não vai descer? — O motorista cortou o momento como se jogasse um copo d'água em um cabelo pranchado.

A contragosto, ela deu o último passo e pisou no chão duro da rodoviária. Nada aconteceu, ainda assim sentiu um friozinho na barriga, uma expectativa crescente e borbulhante que havia tempos não sentia.

Tudo ao redor era bucólico, limpo e bem iluminado. Não havia aglomeração de pessoas, talvez devido ao horário já tarde da noite. Sorriu diante da rodoviária pequena e pouco movimentada. Algumas pessoas conversavam em um canto, com o sotaque forte do interior de Santa Catarina.

Tirou uma foto rápida e postou no Instagram.

— Você precisa pegar sua bagagem — o motorista apontou para as cinco malas pretas e três caixas que estavam largadas no meio do estacionamento dos ônibus.

— Oh. — Ela sorriu. — Será que eu consigo um táxi?

O homem soltou um som parecido com um riso, mas que saiu pelo nariz e arqueou as sobrancelhas.

— Para levar isso tudo? Duvido que consiga um carro uma hora dessas. Acho que você vai precisar de uma camionete para levar suas coisas.

O homem a olhou de cima a baixo. Paula notou um brilho de incredulidade nos olhos dele.

— Você está se mudando para este fim de mundo, por acaso?

— E agora? O que eu vou fazer? — perguntou mais para si mesma do que para ele e, de propósito, ignorou a pergunta.

O motorista levantou os ombros e fechou a porta do ônibus.

— Não sei, garota. Mas é melhor tirar isso tudo daí.

Ele virou as costas e seguiu para o interior da rodoviária.

— Obrigada pela ajuda — Paula resmungou.

Encarou os próprios pertences, sua pequena mudança, no chão gelado da plataforma. Um vento frio soprou, o que fez um arrepio percorrer sua espinha. Arrependeu-se por ter trazido tantas coisas, apesar de ter deixado muito para trás. Será que faria sentido ter uma bolsa da Chanel que custava o valor de um carro popular? Aliás, um carro, sim, era o que deveria ter comprado.

Soltou a mochila em cima de uma das caixas e, com o celular nas mãos, procurou por uma corrida no aplicativo de viagem, mas sem sucesso, já que ele nem funcionava na região. Abriu a conversa com Maria e cogitou ligar para ela, pedindo por socorro. Mas estava tarde e seria embaraçoso. Ainda mais depois de ter enfatizado que encontraria sua nova casa sem ajuda, e que a amiga podia confiar nela.

Confiança, Paula!

Olhou ao redor mais uma vez. *Poderia* confiar em si mesma para fazer isso? Será que os pais não estavam certos daquela vez?

Decidira fazer o trajeto de Floripa até Vale d'Ouro de ônibus, pois era assim que Maria fazia a viagem em todas as férias escolares. Agora, porém, com o corpo doendo, os pés inchados e os braços congelados com o vento frio, sentiu saudade dos lençóis de algodão egípcio com mil fios sempre prontos para abraçar seu corpo no apartamento dos pais em São Paulo.

Um cheiro de esgoto misturado com algo que ela não conhecia, mas que julgava vir da mancha preta oleosa no chão, a fez sentir saudades do aroma de lavanda de seu quarto. Concluiu, com resistência, que o ambiente não era só bucólico, mas também abandonado. E meio velho. Fechou os olhos, repreendendo-se por ter sido negativa.

Vintage, pensou rápido. *O lugar é vintage.*

Fingiu não ter visto a tinta descascada em alguns pontos do pilar ao seu lado e encarou uma senhorinha vestida de um traje típico alemão. Com o celular nas mãos a mulher repetia os versos de uma música, um *heyo, heyo, heyo, heyo* insistente, misturando alemão, português e inglês.

Ela só precisava de uma sopa quentinha e uma cama, ou melhor, *sua nova cama,* para dormir ūma noite de sono rejuvenescedora e tranquila. Já imaginava o som dos pássaros cantando na janela, a casa nova decorada com seus livros e quadros, as roupas no closet. Espera, será que teria um closet? Ela se recusava a usar um armário para guardar suas coisas.

Os ombros caíram.

Se pelo menos tivesse aceitado a ajuda da amiga, agora não estaria sozinha largada em uma rodoviária entre o fim do mundo e lugar nenhum.

— PAULAAAAA!

Ela escutou o próprio nome em um grito e precisou apenas de três segundos para reconhecer a dona da voz. Em um salto, olhou para os lados até encontrar sua "Raio de Sol" correndo. Mal teve tempo de abrir os braços e recebeu o impacto que quase a fez cair por cima das caixas.

— Maria! — Abraçou a amiga com força. — Ei! — E soltou-a no segundo seguinte. — O que você está fazendo aqui? Eu disse...

— Eu sei o que você disse. Mesmo assim eu quis fazer essa recepção, olha — tirou uma cartolina branca que despontava da mochila e a abriu.

"Bem-vinda ao novo lar, Paula!"

Estava escrito em uma perfeita letra cursiva e garrafal.

Havia pequenas galinhas, espigas de milhos e tomatinhos desenhados pelo cartaz.

— Own! — disse Paula. — Que fofo!

— Gostou da minha obra de arte?

— Adorei! Especialmente os tomates.

— Bah, por que especialmente os tomates? Que favoritismo é esse?

Paula riu e se sentiu levemente mais animada. Ter a amiga por perto era um alívio e aumentava a sensação de *lar*. Sentiu os olhos arderem e uma coceirinha na garganta.

— Tomates são ótimos! — disse, talvez um pouco mais empolgada que o esperado. — Além de serem um ótimo antioxidante, são frutas. — Ela fez uma pausa. — Só que disfarçadas de legumes.

Maria enrugou o cenho e a olhou com estranheza. Depois deu uma risadinha.

— Tem razão — disse, sorrindo. — O melhor dos dois mundos.

— Estou muito feliz por estar aqui — Paula disse. E sabia que estava sendo sincera, agora que estava com ela.

— Eu também, maninha. — Maria a apertou com força, o cartaz sendo amassado no meio do abraço das duas. — Ah, vamos logo! — disse ela ao se desprender do abraço e repousar os olhos nas malas e caixas. Com o que pareceu alívio, olhou para a porta da rodoviária. — Eu trouxe um ajudante.

Paula acompanhou o olhar da amiga. Um jovem rapaz se aproximava. Quando as alcançou, todo sorridente, Paula estendeu a mão para cumprimentá-lo.

— Muito praz...

E, no segundo seguinte, ele a apertava contra si. Foi totalmente inesperado. Paula deixou os braços estendidos no ar, sem os encostar no homem que a abraçava. Não era um abraço qualquer, daqueles que as pessoas dão por educação e com tapinhas nas costas — havia dois braços fortes a engolindo, e ela até pôde sentir o cheiro do amaciante de roupas que desprendia da camisa xadrez verde, que curiosamente se parecia muito com a que ela estava usando. Paula olhou para Maria com uma enorme interrogação nos olhos, mas a amiga apenas cobriu a boca com a mão, escondendo um sorriso.

— Paula, esse é o meu primo, Júlio — ela disse por trás da mão.

Ele fez um leve aceno com a cabeça.

— Finalmente estou conhecendo você, Paulinha — disse ele.

Ela o fitou, desacreditada.

Que cara abusado.

— Paula — ela corrigiu. Afastou-se com um passo para trás e o encarou nos olhos. Eram de um verde muito bonito e único que quase fez Paula esquecer o que ia dizer. — Meu nome é Paula, e não Paulinha.

Ele sorriu.

— É que você é bem baixinha, estava esperando m...

— Esperando? — Paula cruzou os braços na altura do peito e encarou o homem. — Esperando o quê? — Ela arqueou as sobrancelhas, com um sorriso desconfiado nos lábios.

Ele coçou a nuca, e olhou de Maria para Paula.

— Nada, eu não estava esperando nada — disparou, depois apontou para as malas e caixas. — Isso tudo é seu?

— Sim.

Ele soltou um assovio e arregalou os olhos, com as mãos na cintura.

— Júlio, traz o carro logo. — Maria deu um tapinha no ombro do primo e piscou para Paula. — Ainda bem que temos você para carregar isso tudo.

— Pois é. Vamos ver se o Agromóvel vai dar conta — Ele contorceu o rosto, resmungou algo mais e saiu andando.

— Não tinha nenhum outro primo? — cochichou para Maria. — Ou quem sabe irmão para ajudar? Só esse *agroboy* prepotente? Você viu como ele me abraçou? E ficou me chamando de *Paulinha*. — Estalou a língua e fez uma careta.

— Isso faz de você uma *agrogirl*? — Maria riu e apontou para a roupa de Paula.

Paula baixou os olhos e fitou a própria roupa. Camisa xadrez como a dele: conferia. Botina preta com solado tratorado: conferia. Só faltava uma calça jeans clara para formarem um par idêntico, porque a dela era de um jeans escuro.

— Só por causa da roupa? — Paula soltou o ar pela boca e jogou o cabelo para trás. — Primeiro, esse tipo de blusa combina muito mais comigo. Segundo, você tem noção que isso aqui é uma Gucci, não tem? E, por último, podemos ver que acertei muito na escolha de vestimenta para me tornar mais semelhante aos... — estalou os dedos — ... como chama aqui?

— Como chama o quê? — Maria parecia estar se divertindo com a situação toda.

— Caipiras? — Paula falou bem na hora que Júlio parava um fusca branco enferrujado ao lado.

Maria abriu a boca com espanto de um jeito que desconcertou Paula.

— Meu Deus, amiga. Sugiro que não diga isso em voz alta, se quiser fazer amigos.

— O que foi? — perguntou a recém-chegada.

A outra a encarou com preocupação.

— Para começar, nunca chame ninguém assim. E é melhor disfarçar que é *tão* patricinha. Pelo menos nas primeiras semanas.

— Ai, será? — Paula refletiu, genuinamente preocupada. — Pior que também comprei calças jeans e umas botas de couro da Jimmy Choo.

— Ji-mi-cho? — Júlio saltou do carro, com as sobrancelhas franzidas. — Era melhor ter comprado na agropecuária do Zé, logo aqui da esquina, ao invés dessas marcas chinesas que não duram nada.

O queixo de Paula caiu.

— Você está falando sério? Marca chinesa? Como a...

— Tô *meeermo*.

Ele a interrompeu, e não era a primeira vez em menos de dez minutos.

— Nunca falei tão sério. As botas da agropecuária do Zé são as melhores da região, duram que é uma beleza — ele falava com os erres bem marcados, quase arrastados. — Olha essa aqui. — Dobrou o joelho e deu um tapa na bota que calçava. — Essa aqui tem bem uns cinco anos.

Paula olhou para o calçado e fez uma careta, depois encarou o homem nos olhos.

— E por que você está falando desse jeito?

— Ué, deve ser porque eu sou um *caipira*? — Ele estendeu a boca para a frente, com os lábios formando um beicinho, e piscou para ela. — Agora, se você me der licença, vou carregar suas caixas cheias de botas de marca que não vão aguentar cinco dias na roça.

Paula mordeu o lábio inferior e travou os pés no chão. Se não fosse por Maria, seu pequeno Raio de Sol, já teria esquecido até que era crente.

-2-

Quatro anos antes da mudança

O barulho insistente da Avenida Faria Lima era abafado pelos vidros grossos e pela altura do andar em que Paula estava. Mal dava para ver os engravatados caminhando na calçada molhada do outro lado da rua. A chuva castigava o amanhecer, como um mau presságio para um dia como aquele, cheio de mudanças. Ou será que era o anúncio de um novo tempo?

— A culpa é sua! — ouviu a mãe gritar em algum lugar da casa. — Sempre ausente, ocupado demais! Você só pensa em si mesmo!

O barulho de algo se quebrando silenciou a discussão por alguns segundos, para recomeçar com mais força em seguida.

Paula saiu para a varanda e fechou as portas de vidro, abafando os sons que a importunavam do lado de dentro. Puxou suas plantas de volta para a parte seca da varanda e se abaixou para acariciar algumas folhas do lírio-da-paz que estava florescendo.

A varanda já parecia um santuário verde com todos aqueles vasos de flores, folhagens e cactos de diferentes tamanhos. De fato, era o seu santuário. Um local seguro para fugir do barulho da casa que costumava castigá-la todos os dias. Não que fosse muito silenciosa, com as buzinas e motos soando ao fundo, mas era quase preferível aos gritos da mãe.

Ela queria mais espaço, sonhava com um lugar onde pudesse cultivar desde pequenas mudas até árvores frondosas. Talvez, quando a vida finalmente estivesse chegando ao fim, ela encontrasse esse pedaço de terra, quando ninguém mais a suportasse, aí seria enviada para uma casa de repouso, um desses lugares onde seria incentivada a plantar seu próprio alface. Lembranças de outro continente e outro tempo tomaram seus pensamentos. Um tempo bom que aos poucos se apagava, e mesmo que ela se esforçasse para se lembrar de tudo, as memórias da infância se misturavam com a imaginação.

Passou a mão na testa e relaxou os ombros.

Por enquanto, precisava se contentar com o espaço que tinha. Cada planta ali carregava uma história, uma memória, uma data especial. Incluindo o pé de tomates que começava a dar as primeiras flores amarelas e enrugadinhas.

— Quem diria que a descendência de um tomate que me humilhou estaria crescendo em minha frente. — Passou os dedos pelas folhas — Cresça firme, Senhor Tomate.

Ela lera em algum lugar que falar com as plantas era algo bom. E aquele pé de tomate merecia um pouco mais de sua atenção. Claro, ela se considerava a fã número um de tomates, mas tinha mais. Era um aviso, uma espécie de advertência que a lembrava de como não era bem-vinda. Um sorriso triste se formou em seus lábios ao se lembrar de uma garota de sua sala no último colégio.

O nome dela era Gisele. Alguém que a odiava com todas as forças. Não sem motivos. Paula fazia questão de alimentar a antipatia da menina com comentários desagradáveis sempre que possível. E tinha o namorado dela, um tipinho patético, mergulhado na confiança em si mesmo e que enviava mensagens para Paula com convites indesejados e repletos de intenções duvidosas.

Paula cometeu o erro de tentar alertar. Ao menos foi um erro o que pareceu, já que a garota traída não acreditou, nem mesmo com *prints* como prova. Ela virou a culpada, a vilã da história.

Tudo o que tinha aprendido sobre a tal sororidade não havia servido de nada, pelo simples fato de ela *ser* ela. Assim, jogou a toalha, deu play em "Blank Space" e dançou conforme a música mandava — o que, naquele caso, incluía dar alguns beijos no namorado da colega, mais por pura vingança do que para provar que estava falando a verdade. Até o dia que a menina não suportou mais e atirou o tomate, uma atividade de dissecação na aula de biologia, na cabeça de Paula.

Em Paula. Não no namorado.

Demorou um tempo até que conseguisse tirar todas as sementes do cabelo. E essa foi apenas uma das vezes que se lembrava de ter ido parar na diretoria. Riu baixinho, um riso que não alcançou os olhos focados em um vaso de samambaia. Paula olhou com atenção e notou as manchas amareladas, uma indicação de que a planta estava doente. Tirou o vaso do gancho e, sem pensar duas vezes, jogou-o no lixo. Voltou para o interior do quarto e fechou a porta da varanda. O vento frio ficou do lado de fora, mas isso não trouxe o calor que esperava.

A chapinha na penteadeira exalava um odor acre. Ignorou e passou por todo o cabelo, queimando as pontas de alguns dedos. Aumentou o volume no celular para ouvir a vocalista da banda francesa gritar xingamentos que ela conhecia e repetia com facilidade.

Apesar do barulho da chuva, da música alta, do crepitar da chapinha escorrendo por seu cabelo e do som da própria voz desafinada vibrando no peito, ainda assim podia ouvir os gritos dos dois adultos vindo da cozinha que misturavam acusações com xingamentos.

Costumava ser o prato de entrada na janta, mas hoje eles haviam começado cedo. Talvez fosse culpa da chuva mesmo.

Encarou a imagem no espelho. Os olhos vermelhos, os lábios pálidos em contraste com a pele morena. Tinham um ar de doente, como os de sua tia Valentina, que sempre estava hospitalizada, com a diferença de que Paula não era adepta do uso de medicamentos de tarja preta sem prescrição médica.

As maquiagens estavam organizadas, ainda que no dia anterior tivesse feito a maior bagunça na penteadeira. Tirou tudo o que Solange, a empregada da família, havia organizado na gaveta e espalhou pela bancada. Removeu o plástico que protegia a embalagem do lápis preto da Yves Saint Laurent e passou na linha d'água, borrando estrategicamente no canto externo do olho.

— Paula! — a mãe gritou. — Saímos em cinco minutos.

A filha não respondeu. Trocou a música e passou um batom vermelho, enquanto encarava pelo espelho o blazer que descansava em cima da cama. O brasão da nova escola, a terceira daquele ano, brilhava dourado na altura do peito. Era uma escola conceituada e conhecida por uma extensa lista de ex-alunos que acabaram se transformando em figuras importantes nos mais variados cargos.

— O que você está fazendo? — A mãe irrompeu no quarto sem bater. — Por que ainda não está pronta?

A mulher pegou o blazer e atirou contra Paula, o salto fino e vermelho riscando o piso de mármore carrara, uma escolha que havia sido exigência da mãe na reforma do ano anterior. Paula revirou os olhos, puxou a mochila do cabideiro e seguiu a mais velha.

O pai estava parado na porta de entrada e ajustava um relógio prateado no pulso.

— Susana, eu tenho que estar no banco em quinze minutos. Precisamos mesmo acompanhar ela até a escola nova? Não é como se isso fosse ajudar em alguma coisa... — O pai olhou com desagrado para o rosto de Paula.

— *Nós* precisamos, no mínimo, causar uma boa impressão.

— Mas tinha que ser justo hoje? Eu tenho...

— Alberto, não é só você que está com a agenda cheia — Susana interrompeu o marido. — Eu tenho duas conferências sobre câncer de mama para apresentar hoje, e mais tarde tenho um jantar com um dos assessores do Instituto Monte Sinai. — A mãe passou a mão pelos cabelos curtos e alisados, jogando-os para trás. — Você não tem noção, mesmo?

— Se vamos discutir agendas, eu posso ligar para a minha secretaria agora e ela vai informar você quantos processos eu tenho para dar entrada ainda hoje.

— Mas isso é um problema seu. — Susana se aproximou do marido. — A Paula é um problema nosso.

No dia da mudança

Ela estava espremida, de novo, contra a janela. Só que desta vez era no fusca de Júlio, ou Agromóvel, como ele insistia em chamar a lata velha. Mais tarde, descobriria que o carro tinha sido presente do avô dele e já transportara milho, soja, bezerros e até cabritos. Por isso o nome.

Paula acenou um tchau para Maria, que esperava o irmão chegar de moto para buscá-la na rodoviária, já que o fusca estava lotado com a mudança. Ela espirrou. O cheiro de gasolina provavelmente ficaria impregnado em todas as suas coisas, inclusive no cabelo.

Olhou para o rapaz ao seu lado. Júlio engatou a marcha e depois descansou o braço na janela do carro. Ele tinha um sorrisinho permanente grudado nos lábios. O típico garoto convencido que julga saber mais do que as outras pessoas.

Irritante, pensou. Ao mesmo tempo, havia nele algo que atraía seu olhar. Ele era bonito, isso era indiscutível, mas não era só isso.

— A princesinha está confortável? — ele falou sem tirar os olhos da estrada, e sem o sotaque forçado de minutos antes.

Ela desviou o olhar, temendo ser flagrada encarando. Tentou ignorar o incômodo da mochila pesada em seu colo e do violão do condutor, que não coube em lugar nenhum e agora ela tentava equilibrar com uma mão. O peso esmagava a perna dela contra o banco. Paula mal podia se mover sem esbarrar nas cordas desafinadas. O arrependimento bateu de novo. Onde estava com a cabeça ao decidir trazer tantas coisas para o Sul?

Suspirou. Sempre fora assim: nas viagens para a Disney ou para Londres, carregava mais do que precisava. Lembrou-se daquela vez em que jurou que ficaria para sempre na terra da rainha Elizabeth, tomando chá o dia inteiro, com as pernas unidas e posicionadas como manda a etiqueta. Como foi acabar em uma lata velha que não a permitia mover as pernas um único milímetro?

— Coloca no chão. — Júlio empurrou o banco para trás com a mão direita.

— Ai! — Paula desequilibrou, levou a mão no coração e arregalou os olhos.

Ele riu um pouco, mas torceu a boca para disfarçar.

— Desculpa se te assustei.

Com a mochila no chão, o violão ao lado e a perna recebendo a circulação novamente, ela se virou para a janela e observou a paisagem que passava devagar. Àquela hora da noite, podia ver as casinhas iluminadas com luzes amarelas e seus quintais sem muros, em sua maioria com jardins bem cuidados que facilmente seriam confundidos com fotografias tiradas do Pinterest. A cidade parecia ter parado no tempo.

Paula fechou os olhos por um segundo e sentiu o ar fresco da noite contra seu rosto.

— Falta muito para chegarmos na minha casa?

— Não. Mas estamos indo para a casa de Maria.

— O quê? — Paula endireitou a coluna e olhou para ele. — Mas eu quero ir para *minha* casa.

— Ordens da sua amiga. — Ele deu de ombros.

— Olha, na última vez que eu cheguei, ainda era dona do meu próprio nariz. — Ela tocou o próprio nariz, para dar ênfase no que acabara de falar.

Júlio pareceu pensar um pouco, com os olhos fixos na estrada.

— Podemos fazer assim, passamos na sua casa e deixamos suas coisas lá, antes que suas malas atravessem o estofado do meu fusca, e depois vamos para a casa de Maria. Tem um jantar especial para você. Era para ser uma surpresa, mas...

— Jantar? — Paula o interrompeu.

Não parecia ser uma ideia ruim, ainda mais que sua última refeição havia sido um lanche rápido em uma parada na estrada.

— Pode ser assim — ela disse depois de alguns segundos.

Respirou fundo e uniu as mãos no colo, agradecendo a Deus por tudo até aquele momento. No rádio, tocava uma canção em inglês que ela conhecia bem das férias do ano anterior que passara na casa de uma tia em Sydney. Sussurrou a letra baixinho em seu inglês perfeito, enquanto o brutamontes do seu lado assobiava a melodia toda errada.

— Escuta. — Ela não conseguiu se segurar por muito tempo.

— Eu sei que você está ajudando com essa carona e tudo, mas será que a gente pode só apreciar o louvor sem interferências?

— O que você quer dizer com isso?

— É que você meio que tá estragando a música. — Ela pressionou os lábios.

Ele olhou para ela de esguelha e depois outra vez para a frente.

— Estou louvando ao Senhor com todo o meu coração, se você quer saber.

Paula mordeu o interior da bochecha. Era difícil querer falar o que pensa o tempo inteiro, sobretudo com seus pensamentos e sua personalidade em constante cabo de guerra. Ela queria ser do tipo paciente, tranquila, que transmitia paz por onde passava.

Como Maria, toda sorridente e paciente. Mas sempre acabava falando demais e se arrependia depois.

— Não duvido, mas esse seu assobio tá meio... desafinado — disse, por fim.

Ele estreitou os olhos. E daquela vez virou o corpo para confrontá-la.

— E por acaso você sabe fazer melhor?

Aquilo era um desafio?

— Tá duvidando de mim?

Nem ela mesmo acreditou no que estava prestes a fazer. Ela não iria *mesmo* cantar para um cara que havia acabado de conhecer. Ou iria? Mas antes que conseguisse espantar a ideia tola da cabeça, o homem teve a audácia de abrir um sorrisinho debochado como o de quem conclui que ela não tinha coragem.

Aquilo era o motivador que faltava. Detestava que duvidassem dela. Esperou o momento exato para entrar no refrão e acompanhou a música entre caretas e risinhos de Júlio, pois quando a primeira nota se desprendeu da boca de Paula, eles entraram em uma estradinha estreita e feita de terra batida. O carro trepidava, assim como a voz de Paula e todas as suas coisas no banco de trás.

— Você tá se ouvindo? — Ele girou o botão do rádio até a música quase engolir a conversa. — É melhor deixar o louvor com quem sabe o que está fazendo.

— Desse jeito não valeu! — Ela revirou os olhos. — Além do mais, esqueceu que tudo o que tem fôlego deve louvar ao Senhor?

Ele assentiu e girou o botão de volume de novo, baixando o som.

— Claro que lembro, mas por que isso serve para você e não para a minha... como você disse? Ah! Desafinação?

Paula colou um lábio no outro. Foi impossível não achar graça da situação toda e, apesar de ter percebido a própria hipocrisia, jamais a admitiria. Cruzou os braços e encarou a janela.

— Quem diria que você é uma garota de Deus, Paulinha.

Ouviu-o dizer depois de alguns segundos de silêncio. Sentiu as bochechas quentes como brasas. Quem esse caipira pensava que era para falar com ela desse jeito? Ele a irritava. Fato. Mas então por que um sorriso parecia querer escapar de seus próprios lábios?

— Vou continuar sendo, *se* você parar de me chamar assim.

Sorriu para ele com gentileza fingida, com a vontade de soltar uma risada de verdade ainda presa na garganta. Júlio arqueou as sobrancelhas, passou o polegar nos lábios e estalou a língua. Paula franziu o cenho. Teve a impressão de que ele estava prestes a dizer alguma coisa, e de repente desistiu. Era bom que ele ficasse mesmo calado.

A garota se orgulhava porque tinha a habilidade de fazer as pessoas perderem a voz diante dela, e ele não seria imune a isso. Não mesmo.

-4-

Quatro anos antes da mudança

O motorista estacionou o carro em frente à escola nova. Estava chovendo forte e o lugar mais parecia um dos prédios dos bancos que o pai frequentava assiduamente. O ar-condicionado do veículo fazia os pelos do braço de Paula eriçarem. Ela vestiu o blazer e tirou um lenço da mochila.

— Vou acompanhá-la até a sala da diretora. — Susana alisou a calça de alfaiataria e depois tirou o lenço das mãos da filha. — Nem pense em usar isso, não combina.

Paula revirou os olhos e cruzou os braços.

— Também vou — o pai disse do banco da frente.

— Mas você não estava extremamente ocupado? — A voz da mãe saiu anasalada, com ênfase na última palavra.

O homem não respondeu, apenas saiu do carro e ajeitou o paletó. Os três caminharam em silêncio pelo hall de entrada da escola e entraram no elevador. Alguns alunos cochichavam enquanto Paula passava por eles.

Ela já estivera em escolas internacionais antes, e aquela nem era a mais cara. No entanto, se havia algo a que ela já estava acostumada era esse burburinho com sua chegada. Piscou para alguns meninos e olhou para algumas garotas dos pés à cabeça. Nada de novo desde o último colégio, as pessoas continuavam nubladas e arrogantes.

— Que comecem os jogos — disse, assim que a diretora a deixou em frente a sua nova sala de aula.

— O que disse, querida?

— Nada, não.

A diretora endireitou a postura e olhou para ela com os olhos bem estreitados.

— Dirija-se a mim como sua diretora, menina.

— Sim. — Paula sorriu e esperou alguns segundos. — Senhora diretora.

O rosto da mulher ficou vermelho. Era certo que não estava acostumada a alunos que a desrespeitam, sobretudo com os pais dispostos a gastar mais de dez mil reais por mês na educação privilegiada dos filhos.

— Ah, Maria! — A diretora respirou aliviada olhando para além de Paula.

Paula não virou o rosto para olhar para a garota. Estava decidida a fazer o que sabia fazer de melhor: interpretar sua melhor versão de Regina George com um toque de Wandinha Addams.

— Querida, esta é a Paula, nossa nova aluna.

E foi ali que tudo mudou.

- 5 -

Na noite da mudança

A estrada de chão fazia o corpo inteiro de Paula tremer. No primeiro quilômetro, ela achou a situação engraçada, sua voz saia tremida e entrecortada, mas lá pelo terceiro começou a ficar preocupada com todo aquele sacolejar. Suas maquiagens na mala maior deveriam estar aos pedaços àquela altura.

Além disso, observou que a maior parte do trajeto não tinha iluminação pública. Os faróis do carro cortavam a escuridão da noite com certa urgência. Paula olhou de relance para Júlio e o silêncio entre eles a incomodou.

O fusca fez um barulho estranho, como se quisesse se desmontar na próxima curva.

— Falta muito para a gente chegar?

Ela não queria nem imaginar ficar perdida naquela imensidão noturna com Júlio.

— Falta... — Júlio estreitou os olhos e contou baixinho: — Um, dois, três... Chegamos!

Ele diminuiu a velocidade, e o coração de Paula acelerou no peito. Avistou logo à frente o portal que dava acesso à fazenda que comprara. As palavras "Caminho Para o Céu" podiam ser lidas graças a uma iluminação com pequenos lampiões elétricos. Paula chegou um pouco para a frente.

— Não acredito no que estou vendo! — Ela se debruçou na janela.

O ar da noite estava gelado, mas o cheiro de natureza e liberdade a levou a ignorar o frio.

O fusca atravessou o portal e avançou mais alguns metros por uma trilha ladeada de árvores que Paula julgou serem araucárias, até que Júlio parou o carro e desligou os faróis.

— Bem-vinda ao seu novo lar.

Júlio saltou do veículo e correu para a lateral da casa.

Paula murmurou um muito obrigada, mas seus olhos estavam fixos na casa de madeira de dois andares bem à sua frente. Não dava para ver muita coisa, já que o lugar estava mergulhado na noite. Maria tinha tirado algumas fotos, mas nada se comparava com a sensação de estar ali.

De repente, tudo se iluminou, e ela viu Júlio parado do lado da casa, próximo a uma caixa de energia.

Era como entrar em um cenário de filme. Pequenas luzes amarelas brilharam por todo o quintal e pelas janelas cheias de quadradinhos de vidro da casa.

Ela demorou um pouco para abrir a porta do fusca. Só o fez quando viu Júlio subindo os degraus da entrada. Se o exterior a encantava, seu coração acelerou ao imaginar como seria por dentro.

Júlio encaixou as chaves na porta dupla da entrada. Ainda que a luz estivesse acesa, não era possível ver o interior pelos quadradinhos de vidro, por causa de uma cortina de voal que cobria toda a porta.

A maçaneta destrancou, mas Júlio manteve as mãos na porta.

— Olha só — ele começou —, espero que você goste muito da casa e que... — ele coçou a cabeça — ... seja muito feliz aqui, como eu fui.

Ela absorveu as palavras, a cabeça pendendo para o lado.

— Não me diga que...

— Sim, era da minha família.

— Oh... eu... — Paula buscou as melhores palavras. — Sinto muito por você ter passado por tudo o que passou. Maria me contou.

— É, eu sei.

Paula entendia bem de relações complicadas com a família. De repente, Júlio deixou de ser o *agroboy* petulante, para se tornar um garoto que enfrentou lutas e dores que ela jamais poderia imaginar. Júlio esboçou um sorriso triste e pressionou a mão no ombro dela.

— Não precisa sentir pena de mim.

— Não estou com... — ela tentou explicar, mas ele desviou os olhos.

— Vamos entrar?

E escancarou as portas. Paula queria conversar com ele, dizer que o entendia, que podia contar com ela, mas o interior da casa a chamava. Parecia sussurrar seu nome.

— Uau.

Foi o que ela conseguiu dizer.

O piso de madeira brilhava e as paredes recém-pintadas de um branco fosco exalavam um leve cheiro de tinta. Passeou pelo cômodo vazio e não conseguiu evitar sorrir.

Era a casa dela.

Escondida no interior, longe de barulhos de carros e buzinas, longe de tudo o que ela conhecia.

Céus, isso é tão bom!

Subiu até a metade da escada para olhar os entalhes do corrimão. Depois, desceu os degraus tão distraída que se esqueceu do último e acabou escorregando. Em um instante, estava de pé, deslumbrada com o interior do imóvel, e no momento seguinte, estava nos braços de Júlio.

O sorrisinho petulante estava de volta, e o braço forte a segurava. Ela o olhou e ele sustentou seu olhar.

— Cuidado, Paulinha — ele disse com a voz rouca. — Vou achar que você está caindo por minha causa.

Paula impulsionou o corpo para a frente e como uma súplica falou:

— Para de me chamar de Paulinha.

Ela notou que ele segurava o riso e até esqueceu que havia poucos minutos se compadecera dele.

— Bah, combina tanto com você. — Ele fez um beicinho e deu dois tapinhas no topo da cabeça de Paula.

Ela arregalou os olhos e respirou fundo.

— *Je pensais qu'on pourrait... Non... Ça ne sert à rien de discuter avec quelqu'un... comme toi.*

Sempre que ficava muito nervosa o francês enferrujado saía sem ela perceber. O garoto arregalou os olhos e ia responder, mas o celular começou a tocar e vibrar no bolso da calça jeans preta dele.

— Oi, priminha. — Ele balançou a cabeça.

— Que mania de usar diminutivo. — Paula cruzou os braços e resmungou entredentes.

Júlio arqueou a sobrancelha na direção de Paula, que sinalizou com a mão para que ele esquecesse.

— Estaremos aí em dez minutos. — Ele desligou o telefone.

— Vamos tirar suas malas do carro e deixar no meio da sala. — Passou por Paula em direção a saída.

— Sim, senhor.

— O cheiro de tinta ainda está bem forte, melhor não encostar nas paredes.

— Sim, senhor.

Paula o seguia de perto, tão perto que, assim que ele parou de abrupto e se virou, Paula deu de cara com o peito dele e lá estavam as mãos fortes, mais uma vez, na sua cintura.

— Você precisa prestar mais atenção para enxergar o que está bem diante de você — Júlio disse, com o sorriso afetado.

Paula se ajeitou enquanto as mãos quentes dele se afastavam dela. Como um garoto que ela havia acabado de conhecer poderia irritá-la tanto? E como ele poderia ser convencido desse jeito, cheio de autoconfiança e de brincadeiras sem graça?

— E você precisa... precisa...

Mas Júlio já estava lá fora, perguntando se ela não o ajudaria a descarregar as malas.

− 6 −

Quatro anos antes da mudança

Maria estendeu a mão com um sorriso nos lábios que começou a incomodar Paula cada vez mais à medida que os segundos passavam. Por que ela parecia tão feliz? Os olhos azul-safira brilhantes, profundos e intensos, como se guardassem segredos preciosos e enxergassem além de Paula. Os cabelos loiros descendo feito cascata pelas costas e iluminando até a parede cinza ao lado.

— Gostei do batom — Maria falou, recolhendo a mão e sustentando um sorrisinho.

Paula não respondeu, mas revirou os olhos tão devagar que por um centésimo de segundo achou que o olho direito cairia do globo ocular. Ainda assim, manteve a pose e ignorou o elogio.

— Ótimo, agora que as duas estão apresentadas, podem fazer um tour pela escola e depois do almoço retornem para as atividades normais. Combinado? — disse a diretora, sem olhar para Paula.

— Claro, diretora — Maria respondeu.

A garota curvou um pouco a cabeça e a mais velha seguiu apressada pelo corredor, para longe delas, ou melhor, *para longe de Paula.*

— E então, vamos?

Paula deu de ombros.

— Primeira parada: lanchonete para pegar um bolinho e um café. Os bolinhos daqui são fenomenais e o café... — ela pendeu a cabeça para o lado — ... prefiro o café recém-passado da minha mãe, mas já que não tem essa opção, o da cantina vai servir.

Ela também falava rápido, com os erres bem marcados. Caminhavam em direção à lanchonete, e Paula prestou atenção em tudo o que Maria falava e fazia. Não deixou de notar o colar com uma cruz no pescoço e a foto que havia na tela de bloqueio de um celular antigo e sem marca.

— De onde você é? — Paula interrompeu Maria no meio de uma explicação sobre como o arroz do colégio era especialmente soltinho.

— Ah. — A pele branca de Maria ganhou uma coloração avermelhada. — Dá pra perceber que não sou de São Paulo, não é?

Paula torceu a boca, controlando o desejo de fazer uma piada. Mas era um pouco cedo para revelar seu humor duvidoso.

— Eu sou de Santa Catarina, do interior. A maioria dos mapas nem mostra minha cidade, porque ela é bem pequena. Tem menos de três mil habitantes.

Paula pensou no prédio em que morava na Faria Lima. Era possível que apenas na quadra dele tivesse mais pessoas do que na cidade de Maria.

— Parece ser bem legal.

Essas foram as únicas palavras que disse durante todo o tour. Nem mesmo a academia equipada para treinar superatletas, o laboratório de robótica e de realidade virtual foram capazes de despertar qualquer interesse em Paula. Maria, porém, apontava para tudo e apresentava todos os professores, que eram cordiais e respeitosos com a garota. Diferentemente de alguns colegas que passaram por elas.

— Será que mandaram mais uma bolsista? — disse um garoto pálido e alto.

Paula não deixou de notar o tom de voz do acusador, nem o olhar de desdém das garotas que estavam por perto. Maria, no entanto, sorria para todos e até recolheu uma bolinha de papel que um calouro jogou "sem querer" na direção das duas.

— Mais cinco minutos e podemos almoçar — Maria anunciou assim que jogou a bolinha de papel no lixo.

— Você é bolsista?

— Sou sim, graças a Deus — Maria não titubeou. — Essa bolsa é minha passagem para a minha universidade dos sonhos.

— Vai dizer que é Harvard? — Paula revirou os olhos. — Eu tenho alguns amigos que estudam lá.

— Sério? Que demais. Mas não é. — Maria sorriu. — Meu sonho é a Oral Roberts University.

— Hum — Paula torceu o nariz. — Nunca ouvi falar. Eu prefiro Oxford, se você quer saber. — A garota a observou com admiração. Duas patricinhas passaram por elas cochichando e soltando risadinhas. Paula empinou o nariz. — Meus amigos de lá são mais legais, e o inglês britânico tem mais beleza que o americano.

— Uau. Seus amigos devem ser bem legais.

Paula abriu um sorrisinho, mas fechou a cara logo em seguida.

— Você também é. — Encarou a garota no fundo dos olhos, quase com uma ameaça. — E deveria parar de deixar esses idiotas te tratarem assim.

Maria fez cara de desentendida e fitou o chão.

— Até parece que você não percebe — soltou Paula, depois olhou para o próprio reflexo no vidro espelhado de uma pilastra e remexeu a mochila. Tirou de lá um potinho de pó translúcido e fez um retoque na maquiagem. Até que os movimentos de ombros da garota atrás dela chamaram sua atenção.

— Fala sério — murmurou a novata.

— Desculpa. — Maria levantou o rosto e deu batidinhas leves ao redor dos olhos para secar as lágrimas. — Desculpa mesmo, mas é que tem sido um tempo difícil. — Levou a mão até o colar e segurou o pingente com carinho. — Só Deus sabe o que eu tenho passado aqui.

Paula soltou um risinho.

— Deus, tipo... — Paula não conseguiu segurar a vontade de fazer piada — ... Deus da teoria criacionista? Está falando sério? Aquele que *supostamente* criou o mundo todo em sete dias?

Maria endireitou as costas e estava pronta para falar algo, com os olhos úmidos e um sorriso tímido nascendo nos lábios.

— Ei, bolsista! — O garoto alto e pálido se aproximou das duas e com a cabeça apontou para Paula. — Não vai nos apresentar a gordinha?

— O que foi que você disse?

— Ah, ela fala! — Ele abaixou a cabeça, ficando na mesma altura que Paula, e apontou o dedo em riste para ela. — Quem é você? Mais uma da trupe da caridade?

Paula sentiu uma leve tontura. Péssima hora para desmaiar. Mas, que fosse. Poderia desmaiar depois de bater naquele babaca. E foi o que fez. Acertou o joelho bem no meio das pernas do garoto, e com tanta força que imaginou que tivesse garantido que dali não sairiam novas gerações.

Um gemido ininteligível ressoou pelo pátio. Todos os rostos se viraram para elas. O menino ajoelhou no chão e retorceu o corpo até que estivesse completamente deitado no piso frio.

— Você é maluca, garota? — Ele gemia e xingava, o corpo se contorcendo, os olhos fechados.

— Você ainda não me viu maluca! — Paula foi para cima dele mais uma vez, mas Maria segurou o braço dela.

— Não faz isso, ele é...

— Não me importa quem ele é, mas o que ele vai virar. — Levantou a manga do blazer até a altura do cotovelo e ajustou o corpo. — Você vai ficar aí se contorcendo igual a uma barata tonta?

— SUA MALUCAAA! — o garoto gritou com ódio, a última vogal saindo do fundo de sua garganta.

— Sou! — Paula gritou de volta e ameaçou ir para cima dele, que se encolheu feito um cãozinho assustado.

Paula se aproveitou do momento de covardia. Devagar, caminhou até ele, se abaixou e sussurrou em seu ouvido algumas palavras que esperava que ele nunca mais esquecesse. Depois, pegou Maria pela mão e a puxou para longe da porta da lanchonete.

-7-

Um dia antes da mudança

Paula abriu os olhos e encarou o teto. Chegou o dia. Ela fez mesmo aquilo. Sentou-se sobre o colchão com a mão apertando o estômago. Ela não sabia se era ansiedade ou animação que o fazia doer daquele jeito.

Um ano atrás a garota tivera uma ideia, mas precisava ser legalmente maior de idade. E naquela semana colocara tudo em prática. Seus pais a matariam? Droga, provavelmente sim. E, se não matassem, ela estava certa de que poderiam acabar morrendo do coração. E a culpa seria dela.

Não, pensou. Eles iam ficar bem. Ela também.

Vinha sonhando com aquilo por todo o último ano. Desejando aquilo. Motivando-se com o sonho de reconstruir as poucas memórias felizes que tinha da própria vida. Mas talvez estivesse sonhando alto demais. Esticou o corpo e pulou da cama, batendo as mãos nas pernas de um jeito decidido. Só iria saber se tentasse, e agora era tarde demais para desistir.

Vamos, Paula. Não seja covarde. Você consegue.

Tudo já estava pronto, então ela não teve grandes dificuldades em se arrumar e tirar o que precisava do quarto. Desceu as escadas com cautela. O aroma de café misturado com o cheiro do que ela deduziu ser álcool de limpeza a recepcionou assim que entrou na sala de jantar. Solange puxou a cadeira para que se sentasse, mas ela sinalizou que não precisava e agradeceu a mulher.

De um lado, estava a mãe, com um jornal cobrindo o rosto, e do outro, o pai bebericando um café enquanto passava o dedo pela tela de um tablet.

— Bom dia.

Nenhum deles respondeu. A mãe virou a página do jornal e estalou os dedos. Solange voltou à mesa e despejou delicadamente um pouco mais de suco no copo da mulher. Com um gesto, Susana dispensou a jovem e tomou um gole do líquido alaranjado.

Paula limpou a garganta duas vezes até que o pai, sem tirar os olhos da tela brilhante, falou:

— Susana, encaixe um horário para a Paula. Acho que ela deve estar com dor de garganta.

Susana levantou os olhos para a filha, vendo-a pela primeira vez.

— Eu não... — Paula começou, mas a mãe apontou para a cadeira. — Eu não preciso me consultar com você, mãe. — Paula cedeu e sentou-se.

Solange surgiu com uma xícara limpa, que logo estava preenchida com café.

— Obrigada, não vou querer mais nada.

— Está de dieta de novo? — A mãe fechou o jornal e só então reparou na mala que Paula tinha ao seu lado. — Vai viajar?

— Sobre isso...

Paula havia passado a noite anterior em claro. Havia treinado por horas a melhor forma de contar para os pais. Ela sabia que a notícia não seria bem recebida. Encarou os olhos da mãe, tão parecidos com os seus, mas ao mesmo tempo diferentes demais para que pudesse se reconhecer ali.

— Viajar? — O pai levantou a cabeça. — Para onde?

— Para o Sul. Estou me...

— Sul... — o pai repetiu um tanto sonhador. — Saudades de Gramado. Vai para lá? Manda um abraço para o Octávio.

A mãe revirou os olhos.

— Octávio já morreu faz três anos.

— Morreu? — Alberto piscou os olhos rápido. — Poxa, que pena. Era um bom homem.

— Mãe — Paula elevou a voz. — Pai, eu não vou passar férias.

— Alguma atividade da escola?

— Escola? — Paula soltou um risinho que se perdeu no aperto que sentia no coração. — Eu já me formei, lembra?

— Ah, é mesmo — disse a mãe. — Foram tantos anos... não me acostumo com isso.

Paula encarou a mulher sem acreditar. Fazia alguns meses desde a formatura, que coincidira com seu aniversário de dezoito anos.

— Vai fazer o que no Sul? Se não for para tirar férias, não vejo muito sentido em ir para aquele canto do país. — Ele estalou a língua. — Pessoal bem antipático. Eu já contei daquela vez...

— Por que está indo para lá? — A mãe balançou a mão no ar, na direção do marido, tentando calá-lo.

— Estou me...

— O que foi, Solange? — a mãe interrompeu para falar com a empregada, que, só agora Paula reparou, estava de pé atrás dela.

— A senhora chamou.

— Não chamei. Não vê que estamos tendo uma conversa particular?

— Ora, a senhora fez assim com a mão... — Solange imitou o gesto da patroa.

Susana ficou inexpressiva. Paula deu um gole no café amargo. Estava sendo mais difícil do que ela havia imaginado. Fitou o relógio, um dos presentes que havia ganhado na formatura. Sabia que fora de algum amigo do pai, mas não lembrava qual. Não importava. Tinha que contar a eles. E precisava fazer isso logo. Do contrário, perderia o voo e, se perdesse o voo, também acabaria perdendo o ticket da viagem de ônibus saindo de Florianópolis.

— Pode voltar ao que estava fazendo, Solange. — A mãe tornou a encarar Paula. — E então?

— Estou me mudando.

Paula disse rápido, antes que alguém a interrompesse mais uma vez.

— Repete — Susana falou.

— Estou saindo dessa casa, me mudando para o Sul.

O pai, que estava engolindo café, pareceu se engasgar. Ele tossiu de um jeito que fez um pouco de líquido escapar da boca e surgir uma pequena mancha marrom na toalha branca.

— Mudando? — O pai limpou um pouco de café que pingava do seu queixo com a mão. — Uma hora dessas e você de brincadeira! — Soltou um riso nervoso. — Agora vou precisar trocar de camisa.

— Não é brincadeira. — Olhou para a mala do lado. Pelo canto viu Solange, que se aproximava com uma jarra de suco, dar meia-volta e, na ponta dos pés, retornar para a cozinha. — Essa é só uma das malas, eu já desci as outras.

— Que história é essa? — Susana alcançava guardanapos para Alberto.

— Lembram da Maria?

Os dois se olharam e balançaram a cabeça em negativa. Apesar de a amiga ter visitado a casa deles algumas vezes nos últimos dois anos, ainda assim eles não se lembravam dela.

— Enfim, ela me contou que tinha um tio vendendo uma fazenda no Sul. Ele necessitava do dinheiro e eu comprei. — Fechou os olhos, e aguardou pelo pior. — Paguei com a venda do apartamento da Paulista.

O apartamento tinha sido deixado para ela como herança do avô paterno. Segundo o advogado que redigiu o testamento, quando fez isso o avô dissera que ela precisava de algo para chamar de seu. Era muito bonito e espaçoso para os parâmetros de São Paulo. Mas ela nunca tinha se imaginado morando lá. O apartamento valia uma pequena fortuna e, de todo modo, agora ela teria algo para chamar de seu.

O pai levou a mão ao coração e a mãe arregalou os olhos.

— É alguma piada? — A voz do homem saiu trêmula.

— Não, é sério. — Paula tentou usar um tom de voz ameno, mas ele se levantou e bateu na mesa.

— Você trocou o apartamento do meu pai por um casebre no meio do nada? E para fazer caridade pra uma família que nem conhecemos? Está louca?

— O *meu* apartamento. O vovô o deu pra mim. Não foi para fazer caridade. Essa foi uma oportunidade, eu tive alguns motivos para agarrá-la.

O homem estreitou os olhos.

— Alguns motivos? Alguns quais? — ele repetia nervoso.

Paula engoliu em seco com tristeza. Sentiu o coração, que já vinha se quebrando ao longo da vida, rachar um pouco mais. O pai parecia cada vez mais nervoso, estalando os dedos enquanto andava de um lado para o outro na sala de jantar. Então, parou de repente e a encarou com os olhos em chamas.

— Por que você faria uma loucura dessa?

— O fato de você não fazer ideia do que me faria desejar isso já é um motivo, pai.

O semblante do homem se transformou em confusão.

— Eu preferia que fosse piada — disse a mãe com a expressão de choque. — Vou passar mal. Cadê a Solange? Solange!

— Não é piada, mãe. Deixa ela em paz.

Alberto cruzou os braços.

— Eu relaxei demais com você. Pensei que você tinha mudado, parado com suas extravagâncias para chamar atenção. Pensei mesmo. Mas agora isso... — O pai passou a mão pelo cabelo. — Aquele apartamento estava avaliado em milhões, se você mudasse para lá eu não me importaria. Mas para o Sul do Brasil? O que você pretende fazer em uma fazenda?

— Vou ser agrônoma.

— Agrônoma?

A mãe, que até então estava sentada, levantou-se e andou até Alberto.

— A culpa é sua. — O dedo quase tocando o nariz do marido.

— MINHA?! — o homem gritou.

— Isso mesmo, sempre deixou que ela fizesse o que queria, não foi um pai presente e agora aí está, uma deslumbrada.

— Deslumbrada? — Paula ficou em pé também.

— Isso, é isso que você é! — a mãe esbravejou. — Com tudo o que você tem aqui, podendo ir para qualquer canto do mundo, decide ir para o Sul? Cuidar de uma fazendinha?

— Não é uma *fazendinha*, são cinquenta hectares.

— Você por acaso sabe o que significa cinquenta hectares? — Alberto cuspiu as palavras.

— Eu... eu... é um terreno grande... — Paula desviou os olhos para os pés.

Era grande o suficiente para ser do jeito que se lembrava. E também como sonhava.

— Rá! Um terreno grande! — Alberto cruzou os braços. — Minha filha, você não teve aulas de geografia e educação financeira, não?

— Eu...

— É claro que teve — Susana bradou. — Que pergunta idiota.

— Pois não serviu para nada — Alberto abriu os braços. — Como você toma uma decisão dessas sem nos consultar? Você tem noção do que está fazendo? Existem famílias que levam uma vida e não conseguem juntar o milhão de reais que meu pai fez a bobagem de deixar de herança para você torrar! — Ele colocou as mãos na cintura. — Você é muito irresponsável.

— Não sou, não! — Paula sentiu o olho tremer. — Sou adulta. E não vou *torrar* nada. Vou começar minha própria vida e tomar minhas decisões.

— Decisões? — a mãe se intrometeu. — Que decisões você já tomou na vida, menina? Sua vida é um conto de fadas e nós, seu pai e eu, somos os roteiristas. Temos tudo planejado para você.

Alberto passou a mão pelo rosto cansado.

— Você fez isso mesmo? — o pai falou com a voz trêmula, parecendo implorar para que ela falasse que tudo não passava de uma brincadeira.

— Fiz, e estou saindo em cinco minutos. — Puxou a mala para perto.

Ela não queria sair da casa dos pais daquele jeito, mas contar o plano de antemão nunca havia sido uma possibilidade. Eles colocariam empecilhos e dariam um jeito de fazê-la mudar de ideia.

— Você não tem capacidade para isso. Ficou maluca? — O pai passou a mão pelo rosto.

Paula reparou em alguns fios de cabelo branco na cabeça do pai. Os olhos cansados e uma mancha de café na camisa. Ele não mudaria de ideia tão cedo. Ela havia sido ingênua em acreditar que conseguiria expor seu plano para os pais e que eles a levariam a sério.

Fitou o chão e, com o resto de dignidade e coragem que tinha, sussurrou:

— Vim perguntar se vocês querem me levar.

— Não entendi! — o pai gritou. — Repete.

Paula levantou o rosto, os olhos ardendo.

— Vocês me levam para o aeroporto?

Os pais a fitaram boquiabertos. Ela quase podia ler a mente dos dois naquele momento. Estavam pensando em tudo o que tinham planejado para ela. Sabia muito bem qual era o plano deles para sua vida: faculdade no exterior, viagens, festas para grandes empresários, eventos beneficentes e, em breve, um casamento. E ela até já desconfiava com quem.

— Levar você? — O homem a olhou com tanto desprezo que ela sentiu aquele olhar queimar em sua alma.

— Desculpa, pai. — Virou-se para a mãe. — Desculpa.

— Se está arrependida, cancela isso tudo que a gente dá um jeito. Eu posso resolver ainda hoje. — O pai pegou o telefone.

— Não, não é uma mudança de ideia. Estou pedindo desculpas porque só estou contando agora.

— Irresponsável — a mãe cuspiu as palavras e saiu da sala de jantar.

— Mãe... — Paula cogitou seguir a mulher, mas sabia que isso não resolveria nada.

— Olha, menina — Alberto começou —, eu nunca, em toda a minha vida, imaginei que me sentiria tão desapontado com você.

— Pai, por favor... não.

— Não? Estou desapontado até os meus ossos. Eu passei a vida toda naquele trabalho POR VOCÊ — ele gritou — e, agora, você faz isso comigo? Sem nem ao menos me consultar?

— Um advogado me ajudou a conferir todos os papéis.

— Me fala quem é o *desgraçado* que vou cassar a licença dele ainda hoje.

Paula fez que não com a cabeça.

— Fiz isso porque preciso ter a minha independência. Vocês nunca aprovariam o plano.

— Claro que não, porque só um pai sabe o que é melhor para sua filha. — Ele bateu no peito. — Você é uma criança.

— Sou maior de idade.

— Essa é boa. Desde quando? Ontem? Você *nasceu* ontem!

Aquilo era demais. Paula soltou o ar pela boca e olhou para o lado. Não era capaz de olhar nos olhos do pai, não com as lágrimas correndo de seus olhos. Logo agora que ela precisava ser firme e determinada. Mas, mesmo que se esforçasse para não pensar, as imagens de anos anteriores brilharam em sua mente como fogos de artifício. As palavras vieram até a garganta, pontiagudas e prontas para machucar. Mordeu a língua com tanta força que o gosto de ferro a surpreendeu.

— Se é tão adulta, não passou da fase de fazer esse tipo de ceninha? Como seu pai, eu me sinto no dever de dizer isso.

— Dever de pai? — Paula bufou. — Se você sabe o que é melhor para mim, onde esteve todos esses anos nos momentos em que eu mais precisei de você?

Ela não queria discutir, queria fazer como sempre fazia no último ano: ir para seu quarto, fechar a porta e falar com Deus. Não queria confrontar seus pais, não queria aquele drama todo. Os olhos do pai estavam arregalados, e a boca começava a formar um arco voltado para baixo.

— Como assim? Eu sempre estive do seu lado. *Sempre*. — Alberto empurrou a cadeira. — Estive do seu lado em cada troca de escola, em cada capricho, em cada bolsa de marca e nas viagens que você fez.

— Mas e naquela vez que eu caí de bicicleta? E na apresentação de balé no primário? No jogo de handebol, campeonato de xadrez, natação e esgrima? E quando eu tive meu coração partido pela primeira vez? Onde você estava todas as vezes que eu ganhei ou perdi uma competição? Onde estava nas noites que eu esperava apenas um abraço e um carinho antes de dormir?

Ele estreitou os olhos e riu.

— De tudo isso aí que você falou, de qual hobby você não desistiu? Pare de romantizar a sua vida. Você acha que está vivendo um romance escrito pela Jane Brontë, ou seja lá como se chamava aquela solteirona pirada... Enquanto você estava se divertindo — ele apontou com o dedo para o próprio peito — eu passava noites em claro para que você pudesse ter todas essas experiências. Eu estava lá, porque quem pagou por cada um dos seus caprichos fui eu.

Ela o olhou e, mesmo que não quisesse falar, as palavras vieram em um rompante.

— Eu preferia que não tivesse pagado por nada.

— Você nem sabe do que está falando. Devolve tudo, então. Com correção monetária. Quer que eu calcule para você? Sou bom nisso, porque gastei a minha vida atrás de uma calculadora para que você pudesse se divertir.

Paula olhou para o alto e pediu por forças, em silêncio.

— Diversão? — Ela olhou para o lustre brilhante acima da mesa de jantar. — Estou indo. Vai me acompanhar?

— Já que você acha que nunca estive presente na sua vida, pode ir sem mim. — Ele pegou o celular e dedilhou algo com agilidade na tela. — Chamei um Uber para você. É melhor descer logo.

— Obrigada.

— Não precisa me agradecer. Eu te dou o prazo de seis meses para se arrepender e voltar para casa. — O pai a encarou e, sem esboçar emoção, pousou a mão no ombro de Paula. — Seis meses é tempo demais, acho que em três meses cai a ficha e você volta aos prantos. Quer apostar?

As lágrimas haviam cessado. Ela sentia o corpo tremer. Era melhor sair logo dali. Fez um esforço para mover os pés e sair de perto do pai. Já estava na porta, quando ouviu a mãe gritar:

— Vamos cancelar todos os seus cartões! Esteja ciente de que você está sozinha no mundo a partir desse momento!

Não foi isso que ela pediu. Ela havia orado para que Deus a ajudasse com os pais, mas eles eram incapazes de conversar. Sempre as mesmas brigas e os mesmos gritos, como se a vida fosse escrita em maiúsculas e o tempo girasse em torno de suas profissões. Todo o resto, inclusive ela, era apenas um incômodo necessário.

— Não, mãe, eu não estou sozinha. Nunca estive. Mas vocês não entenderiam. — Não gritou, mas falou alto o suficiente para que eles a ouvissem.

Tirou a chave da porta e a depositou no aparador dourado. Antes de fechar a porta pela última vez, olhou para os pais e sorriu:

— Espero ver vocês em breve, na minha fazenda.

− 8 −

A primeira manhã na fazenda

Na manhã seguinte, quando o galo cantou, Paula já estava desperta. Maria, ainda sonolenta, arrastava-se para fora da cama.

— Bah, Paula, se eu soubesse que você me tiraria da cama em plena madrugada, jamais teria te convidado para dormir aqui.

— Ah, vamos! Estou ansiosa, mal posso esperar! Eu quero conhecer tudo do "Caminho Para o Céu". Aliás, que nome mais propício! Júlio me mostrou um pouco da casa ontem.

— Hum. — Maria pareceu mais interessada na conversa e endireitou a coluna. — Júlio, hã?

— O que tem ele?

— Nada. Só queria saber o que você achou dele.

— O que achei? Bom... — Paula refletiu por um momento. — Arrogante. Pelo menos à primeira vista.

Maria riu enquanto tirava a blusa do pijama.

— Isso vai ser interessante.

— O quê? — Paula perguntou com a sobrancelha arqueada.

— Nada! — Ela lançou o tecido para o lado e andou até uma cômoda, abrindo a primeira gaveta.

— Por falar nele — Paula pensou um pouco —, está tudo bem?

— Como assim? — Maria levantou uma blusa de alça fina que Paula aprovou com um "ok".

— Quero dizer, o pai de Júlio... sabe?

— Ah. Ele está bem, sim. Conseguiram quitar a dívida do pai e estão morando praticamente do lado da fazenda dele... digo, da sua fazenda.

Paula assentiu devagar, como se absorvesse a informação, então pendeu a cabeça de lado.

— Eu queria saber se ele está bem com a *situação*, se... tipo, se aceitou bem ter uma desconhecida na casa que um dia foi dele.

— Ah, deve ser meio melancólico, eu suponho. Mas estão mais aliviados do que tristes.

— Como assim?

Maria terminou de ajeitar a blusa no corpo e encarou Paula.

— A situação foi muito tensa. Estiveram a ponto de simplesmente perder tudo o que tinham. Conseguir alguém que comprasse a fazenda a tempo de quitarem as dívidas e ainda ficarem com algum dinheiro foi o melhor cenário... — Ela fez uma pausa e encarou a amiga. — É sério. E o melhor é que foi você e não um empresário rico, que era o salvador que todos estavam esperando.

Paula piscou, abraçando a si mesma.

— Estou me esforçando aqui para acompanhar o raciocínio.

Maria deu uma risadinha e sentou-se na beira da cama para vestir uma calça.

— Porque além de tudo você é uma pessoa que deseja mantê--la como está em vez de transformá-la em um empreendimento doido ou coisa do tipo.

Paula mordeu os lábios, insegura.

— Tem certeza? Eles não acham que eu sou uma patricinha ou nova demais? Meus pais disseram que...

— Não se preocupe com isso. — Maria agitou uma mão, pondo-se de pé outra vez, e calçou as pantufas. — Vamos tomar café e, depois, em direção ao Caminho Para o Céu — disse fazendo pose, como um navegador apontando para a terra à vista.

* * *

O dia se estendeu nublado, mas não o suficiente para dissipar o bom humor de Paula. Ela estava nervosa, sim, mas queria conhecer cada metro quadrado da fazenda, gravar todos os cheiros e imaginar sua nova vida. Aliás, mais do que isso: ela queria viver. Tinha motivos de sobra para ser grata pela vida que levara em São Paulo: viagens, amigos, festas, compras e tudo o que qualquer garota no mundo amaria ter. Porém, para Paula, aquela vida era feita de uma solidão barulhenta, de sorrisos falsos e gente interessada em seu dinheiro, ou melhor, no dinheiro de seus pais.

Ali, em sua nova casa, ela teria a chance de mostrar que era uma pessoa muito além das roupas de grife que ostentava. Claro, sentiria falta de algumas mordomias, de ter tudo na mão. E o contraponto disso era o que mais a deixava insegura. Todos duvidavam que ela era capaz de colocar a mão na massa. E talvez por isso mesmo queria tanto provar o contrário.

Paula seria responsável pela construção de uma nova vida. Os pais e amigos da antiga vida iriam ver só.

— Paula, vem cá! — Maria a chamou e tirou a garota de seus devaneios.

Paula seguiu a voz da amiga e a encontrou debruçada sobre um arbusto próximo à figueira do balanço.

— Veja, é um ninho de beija-flor.

— Não acred...

— *Shhh!* Silêncio! A mãe pássaro está aí.

Paula se aproximou devagar e observou o ninho. O comprimento era inacreditável. Parecia-se com uma meia enorme, igual àquelas que costumava pendurar na janela na época de Natal na casa de uma prima do pai em Minnesota, só que essa tinha uma cor um tanto diferente. Espiou pela entrada no ninho e viu o pequeno pássaro ao fundo, aquecendo os pequenos ovinhos.

— É tão lindo! — suspirou.

— Eu sei. Amo beija-flor, é meu pássaro preferido. — Maria pegou a amiga pelo braço e ambas retornaram para a frente da casa.

— Amiga — Maria começou —, sobre aquilo que estávamos falando mais cedo...

Paula ergueu os olhos e a fitou.

— Sobre os pais de Júlio? O que tem?

— Não... não é isso. Na verdade, é outra coisa, mas acabei pensando nisso e acho que você devia saber.

Paula esfregou a mão que começava a suar na calça.

— Fala logo, garota!

— É que... meus pais estão meio preocupados com você.

— Comigo? Por quê?

— Bem... talvez eu tenha mencionado que seus pais não estavam sabendo de nada... e não concordaram quando descobriram.

— Maria!

— E como você vai ficar sozinha aqui nesta fazenda enorme...

Paula mordeu os lábios e desviou os olhos.

— Ai, amiga — ela soltou um suspiro. — Não saí de São Paulo para vir até aqui e continuar ouvindo as pessoas duvidando de mim.

— Ei — Maria a interrompeu. — Não é nada disso.

— O que é então? — Paula deu as costas e começou a andar na direção de uma cerca, com Maria em seu encalço.

— Preocupação. E se alguém bater na sua porta à meia-noite, o que você vai fazer?

— Abrir a porta e convidar para um café? — Paula desdenhou.

— É sério! — Maria retrucou e puxou a amiga pelo braço fazendo-a parar na sua frente.

— Sou capaz de me virar sozinha.

— Sei disso. — Paula interrompeu os passos e semicerrou os olhos. — Sei que você consegue, não estou duvidando. Mas só... tome cuidado.

— Ok! Qualquer coisa eu ligo para você. — Revirou os olhos, a contragosto.

Maria a fitou com o rosto sério.

— Nós temos o sistema de ramal, a internet e, se o tempo não está para chuva, tem o celular. Entendeu?

Paula cruzou os braços.

— Sim, senhora. Mas, olha, eu não vou ficar sozinha, *sozinha*. Você não tinha combinado de me apresentar ao caseiro... como ele se chama mesmo... Rodolfo?

— Ah, isso.

Paula estremeceu com a resposta vaga.

— Maria... o que foi?

— Então. Ele foi embora.

— O quê? Como assim?

— Ele meio que... como vou dizer... não acreditou que você ia levar a fazenda a sério e arrumou um trabalho em outra cidade. Mas, olha, isso é problema dele e não seu...

Paula levou a mão aos cabelos. Sentiu o coração acelerar. Até mesmo o único funcionário que ela teria não acreditava nela?

— Mas esse não era o combinado.

— Calma — Maria declarou, vendo a agitação da amiga. — O Júlio se comprometeu a ajudar até você encontrar alguém e vai trazer um amigo junto. — Maria apontou para o lado direito, onde era possível ver uma casa de alvenaria. — A antiga casa do seu Rodolfo precisa de uma reforma, mas não é muita coisa. Em poucos dias fica pronta e você pode contratar alguém.

Naquele momento uma sensação terrível atravessou o peito de Paula. Seus pais sorrindo de satisfação se tornaram uma imagem tão real em sua mente, que ela temeu estar vendo o futuro. Olhou em volta, observando a enorme propriedade. Ela estava ali, sozinha. Mal conseguia manter uma samambaia viva e livre de pragas. Onde estava com a cabeça? Virou para a amiga.

— Você acha que sou maluca?

Maria arregalou os olhos e pressionou um lábio contra o outro por um momento. Paula soltou os ombros e assumiu uma postura de derrota, então sussurrou:

— Por que me deixou fazer isso?

— Amiga — Maria deu um passo para a frente e a tomou pela mão. — Você não é maluca. É corajosa.

— Diagnóstico final, como diria a minha mãe, *maluca*. Totalmente pirada.

Maria deu um riso fraco.

— Não fale assim, você é corajosa e muito capaz. Eu acredito que você vai transformar este lugar. Só precisa ter paciência, manter os pés no chão e contratar alguém, quem sabe um casal, que possa ajudar nas tarefas braçais. Aproveite o tempo com Júlio. Aprenda tudo o que puder. Ele sabe muito. Vai dar tudo certo! — Maria levantou o polegar, fazendo o sinal de joia.

Uma ideia corrosiva começou a morder as bordas dos pensamentos de Paula.

— Você não me apoiou só porque seu tio estava em apuros?

Maria estreitou os olhos e ficou séria.

— É tão difícil assim aceitar que tem alguém aqui acreditando em você?

Paula encarou a amiga nos olhos. Ela a conhecia. Maria não era como seus pais.

— Desculpa. Pra mim é quase impossível... — Travou a língua.

— O quê? Pode falar — Maria a encorajou.

— Ser como você. — Paula percebeu que a amiga não entendeu. — Ser calma, paciente e... confiar.

— Hum — Maria cruzou os braços. — Você não deveria ficar se comparando comigo.

— Não estou me *comparando*. Só estou dizendo que queria ser uma pessoa mais tranquila, não tão colérica o tempo todo.

— E eu não queria ser fraca diante de injustiças. Você me conhece e sabe que me posicionar não é bem o meu forte.

— Mesmo assim... — Paula mordeu o lábio. — Eu só queria um pouco da sua paciência e amabilidade.

Maria afagou as costas de Paula.

— E eu preciso um pouco da sua coragem, para não sentir tanto medo diante das mudanças. — A amiga a encarou e piscou devagar. — Cada uma de nós tem seus defeitos e qualidades, e podemos aprender juntas. Deus nos fez assim. Não que isso seja desculpa para não mudar, porque devemos sempre buscar nos parecer mais com Cristo. Mas penso que são as nossas diferenças que nos ajudam a expressar o amor de Deus.

— Até a minha impaciência?

— Você só precisa ajustar os ponteiros. — Ela levantou a mão no ar e mexeu o dedo devagar, como se fosse um relógio.

— Como assim?

— Um relógio que marca a hora errada continua sendo um relógio, não é? — Assim que Paula assentiu, ela continuou: — Com os ponteiros ajustados, ele é um relógio fazendo o trabalho que foi chamado para fazer. Deus nos usa até mesmo em nossas fraquezas, e até elas precisam ser confiadas a ele.

Paula encarou a amiga, as palavras se assentando lentamente em seu coração. Como ela diria que ainda precisava aprender a confiar as fraquezas a Deus? Caminharam alguns passos em silêncio, até a frente de um galpão.

— Júlio tem uma surpresa para você lá no galpão.

— Ah, é?

— Sim. Na hora certa ele te mostra. — Maria passou o braço pela cintura de Paula. — Com ou sem caseiro, você não está sozinha nessa aventura. E não tenha vergonha de pedir ajuda.

Paula retribuiu o meio abraço.

— Desculpa pelo estresse, sou neurótica. Sempre acho que tem alguém duvidando de mim e da minha capacidade, porque na maioria das vezes eu mesma estou.

Maria não falou nada, mas Paula tinha quase certeza de que a amiga estava fazendo uma de suas orações silenciosas. Aproximaram-se da casa, onde o Agromóvel estava estacionado.

— Bem na hora. — Maria olhou com animação para Paula.

— Hora de quê?

A amiga puxou Paula na direção do fusca, abriu a porta do caroneiro e tirou dali uma caixa de papelão grande com um laço vermelho no topo.

— Esse é um presentinho para você. Meu, dos meus pais e de Júlio.

— Até o Júlio? — Paula ficou intrigada, mas pegou a caixa agradecendo a amiga. — O que é? Nossa, é pesada!

Paula colocou a caixa no gramado e começou a abrir enquanto notava alguns furos nas laterais. Parou abruptamente e fitou Maria, que estava com as mãos unidas em frente à boca, ansiosa.

— Vo... você só pode estar brincando!

— Abre logo!

Paula terminou de desatar o laço vermelho e abriu a caixa no mesmo instante em que seus olhos encontraram os olhos do pequeno ser marrom, que estava encolhido no canto da caixa.

— Olha só para essa bolinha de pelos! Coisa mais linda deste mundo! — Paula pegou o cachorrinho e o aconchegou em seus braços. — Maria — ela começou com a voz chorosa. — Este é o melhor presente que eu já recebi na vida! Obrigada!

O pequeno cachorro lambeu a mão de Paula, fazendo as amigas rirem. Na infância seu maior sonho sempre foi ter um animal de estimação. As viagens e, como sempre, os empregos dos pais não permitiram que ela tivesse essa experiência.

— Você precisa dar um nome para ele. — Maria acariciava a cabeça do cachorrinho de olhos grandes. — Papai me disse que vai ficar enorme. O que temos aqui é uma perfeita mistura de labrador com boxer e vira-lata.

— Não me interessa a raça dele. — Paula ergueu o cachorrinho para o alto, e ele deu um latido baixo. — O nome dele vai ser...

— Júlio Júnior — uma voz interrompeu a fala de Paula, fazendo-a virar e fitar os olhos verdes que a observavam.

— Oi, Júlio! — Maria saltou para perto dele, dando-lhe um abraço e em seguida um beijo no rosto.

— Também estou feliz em te ver, priminha — ele disse e virou o corpo para Paula, com os braços abertos, esperando por um abraço.

Paula estreitou os olhos, arqueou a sobrancelha e ignorou o homem com os braços estendidos em sua direção. Ele pareceu constrangido pela rejeição e fingiu tirar o pó da calça.

— Então, esse vai ser o nome do cachorro? — Júlio afagou a cabeça do animal, que respondeu ao carinho abanando o rabo.

— O quê? Júlio Júnior? — Paula gargalhou alto de um jeito forçado e espalhafatoso. — Está me dizendo que você é um cachorro e por isso devo chamar essa coisinha fofa aqui pelo seu nome?

— Não, minha *querida*. Ele deve se chamar assim pois eu sou tão fofo e bonito quanto ele. — Júlio sorriu e piscou para Paula.

— Nossa, garoto, alguém já te disse o quanto você é convencido?

— Hum... — Ele assumiu uma expressão pensativa, mas sem conseguir evitar o sorriso. — Na verdade, ninguém nunca mencionou isso.

Paula balançou a cabeça em negação e caminhou em direção à casa, deixando os primos sozinhos, mas ainda conseguiu ouvir a amiga ralhar com ele, o que a obrigou a diminuir o passo.

— Júlio, pega leve com ela. Não seja tão grosseiro.

— Fui grosseiro?

Paula travou os pés no chão e olhou por entre os arbustos.

— Não seja palhaço e trate minha amiga bem.

— Deixa de bobeira, Maria. Ela bem que precisa sorrir mais, está sempre com aquela cara emburrada, toda xucra. Desse jeito nunca vai se enturmar por essas bandas, as pessoas vão ficar com medo da paulistana. Se ela não relaxar um pouco vai acabar virando uma velha emburrada.

O quê? Era isso que ele pensava dela? Paula sentiu o sangue subir, aquecendo seu rosto.

— Eu posso resolver com uma sessão de cócegas e abraços, se você quiser — Júlio falou.

— Você não tem jeito, francamente. — Maria deu um tapa no ombro dele.

— Ai, essa doeu. — Júlio esfregou o braço onde havia levado o tapa. — Vamos, priminha, vamos ajudar essa garota da cidade grande, antes que ela coloque fogo na casa.

Júlio puxou Maria pela mão e passou o braço pelo ombro dela, e os dois caminharam em direção à casa.

Paula apressou o passo e subiu os degraus da entrada. Talvez demorasse um pouco para seus ponteiros serem ajustados.

Naquela manhã, Paula percebeu que havia muitas coisas a fazer no Caminho Para o Céu. Ela precisava recolher os ovos das galinhas todas as manhãs, tirar o leite da vaca e alimentar os porcos no chiqueiro — com certeza o lugar mais fedido que um par de botas da Jimmy Cho já havia pisado.

A horta precisava de manutenção, e as verduras e legumes deveriam ser regados no início da manhã. Os pomares precisavam de poda e limpeza, e ainda havia os peixes do pequeno açude que ficava logo depois da plantação de milho, atrás da casa. Sem mencionar toda a parte das plantações de milho e soja, que careciam urgentemente de atenção.

— Eu tô à beira de um surto.

Sentada ao lado da amiga na varanda, Paula observava toda a imensidão que se alastrava à sua frente.

— É muita coisa.

O cachorro sem nome mordiscava suas pernas com latidos fracos e desengonçados.

— Maninha, lembra de respirar. — Maria levantou as mãos para cima e depois as abaixou, soltando o ar. — Você precisa traçar um plano. O primeiro passo é contratar alguém...

— Gosto dessa ideia de um plano, deixa eu pegar um papel e uma caneta.

Ela se levantou e caminhou para dentro. Lembrava-se de que havia colocado algumas de suas coisas da escola em uma daquelas caixas. Foi preciso abrir as três para encontrar o estojo de canetas e um bloco de papel timbrado da antiga empresa do pai. Não fazia ideia de como havia parado ali, mas serviria.

— Má, pode me falar quais são os próximos passos. — Ela retornou para o lado da amiga no chão da varanda.

— Eu acho que Júlio ou meus pais poderão te ajudar melhor.

— Mas você é da roça, nasceu aqui. Não sabe como administrar uma fazenda?

— Não é nem isso. Eu poderia te ajudar, mas...

Maria parou de falar e puxou a mão da amiga.

— O que houve, Maria? — Paula perguntou preocupada e apertou a mão dela de volta.

— Bom... Sabe o que eu te disse sobre precisar de coragem para encarar as mudanças? — Maria pegou uma mecha do cabelo loiro e enrolou nos dedos, com os olhos fixos no chão.

— Sim...

— Paula — ela levantou o rosto, os olhos brilhantes —, meus pais me deixaram estudar no colégio em São Paulo, que é um dos melhores do Brasil. Melhores professores, estrutura e tudo o mais...

— Sim, eu sei de tudo isso. Por isso eu também estudava lá, lembra? — Paula interpelou a amiga, e um sentimento pegajoso e gelado começou a se enroscar em seus pensamentos.

Ela podia ler a expressão da amiga e tinha certeza de que dali não viria coisa boa.

— Pois é, mas eu tinha um único objetivo ao entrar naquele colégio. Depois de meses consegui convencer meus pais a investirem todo aquele dinheiro na minha formação. Você sabe, eu te falei logo que nos conhecemos...

Paula deixou a caneta cair no chão de madeira da varanda.

— Eu vou para a Oral Roberts University.

— Não brinca comigo.

Maria ficou inexpressiva, e Paula sentiu um enjoo súbito. Ficou em pé e voltou para o interior da casa.

— Amiga, escuta. Você não pode simplesmente virar as costas para mim toda vez que eu falar algo que te contrarie. Ouça o que tenho a dizer.

Paula parou, com o peso das palavras da amiga sobre seus ombros.

— Você não pode ser egoísta. — Maria bateu o pé no chão.

— Maria, não estou sendo egoísta. Você me mostrou a possibilidade de vir para cá, me apoiou em tudo, e agora está dizendo que vai embora? — Paula limpou o canto do olho onde uma lágrima havia se formado.

— Mas a ORU sempre foi o meu sonho — Maria pressionou as mãos contra o peito. — Você sabia que eu estava tentando. Minha carta de aprovação chegou dois dias antes de você, eu... estava procurando o momento para contar.

Paula esfregou os olhos.

— Isso não me surpreende. Você era a própria Rory Gilmore da vida real — Paula bufou, e escondeu o rosto entre as mãos. — Eu só não achei que ia ser agora.

— Me perdoa, mana — Maria a abraçou. — Eu estava animada para morar perto de você, mas é o meu sonho.

Paula cedeu e abraçou a amiga. Repousou seu rosto no ombro de Maria, que inúmeras vezes a acolhera. Ficaram assim por alguns minutos. Os pensamentos turbulentos e agitados foram se acalmando aos poucos.

— O que eu vou fazer aqui sem você? — Paula fungou. — Não vou conseguir.

— Consegue, sim. Vai construir sua nova vida e, se a saudade apertar, vai me visitar. Eu também vou vir para cá, todos os anos. Você não está sozinha, tem meus pais, Júlio e Deus.

—Mas você... — Paula perdeu a voz. — Eu contava com você.

— Não fale assim.

Paula fechou os olhos e apertou a amiga um pouco mais nos braços. Ela havia sonhado tanto com uma nova vida. Junto com ela. Ao mesmo tempo, a universidade cristã era um sonho muito mais antigo do que ela, e não era justo esperar que Maria abrisse mão daquilo.

— Desculpa, amiga. Era para eu estar comemorando essa conquista com você e olha só para mim, com lágrimas nos olhos porque não vou tê-la em tempo integral ao meu lado. Acho que fiquei mal-acostumada com a ideia de nunca nos separarmos. Sua ajuda sempre foi importante para mim, em cada drama, em cada problema, em cada sorriso...

Maria riu e ajeitou um cacho do cabelo de Paula atrás da orelha.

— Não seja boba, eu amo você e sempre vou te ajudar. Deus sabe de todas as coisas, Paulinha.

— Ei, não me chame assim! — Paula deu uma última fungada e abraçou a amiga.

O vento da tarde soprava do lado de fora, fazendo alguns sons estranhos ressoarem do andar superior.

Como seria não ter Maria ao seu lado? Por distração ou ingenuidade, essa hipótese não tinha passado pela cabeça de Paula.

— Estados Unidos! Universidade dos sonhos! — Paula disse, soltando-se do abraço. — Mal posso acreditar! Tenho vários amigos em Tulsa que poderão te ajudar.

— Eu sabia que podia contar com você! — O rosto de Maria se iluminou.

Uma buzina no portão chamou a atenção das duas.

— Deve ser meu irmão. Vamos para minha casa, você dorme lá hoje, o que acha?

— Mas o Sem Nome precisa ir junto.

— Combinado! — Maria bateu a mão no ar. — Mamãe vai adorar receber vocês. E vê se pensa em um nome logo. — Maria pegou o cachorro no colo e acariciou a cabeça dele, enquanto saia da casa.

Paula assentiu e a seguiu na direção da porta. Do lado de fora, distraída com os próprios pensamentos, tropeçou em uma pedra e sentiu a dor se alastrar pelo dedo.

Será que conseguiriam manter a amizade com essa distância iminente entre elas? Não seria pouco tempo. Paula pegou a pedra em que tropeçara e para sua surpresa, ao virá-la, percebeu que era um quartzo rosa.

Talvez tudo desse certo. Talvez elas não se afastassem, apesar dos quilômetros que as separariam. Talvez Paula fosse capaz de iniciar a nova vida sem a ajuda da melhor amiga. Já havia aprendido tanto com ela, agora era tempo de caminhar sozinha, vencer seus gigantes por conta própria. Talvez uma pedra no meio de um caminho perfeitamente traçado pudesse trazer surpresas.

— Vem logo! — Maria gritou, já longe de Paula.

— Sim.

Paula deixou a pedra cair no chão, devolvendo-a para seu lugar.

Ainda não sabia como conseguiria desempenhar todos aqueles papéis que a nova vida exigiria sem ter alguém por perto, alguém que a auxiliasse. Mas ela estava ali, e estava disposta e faria o que estivesse ao seu alcance.

* * *

No dia seguinte, os quatro — Paula, Maria, Júlio e Sem Nome — sentaram-se na varanda e abriram os lanches que dona Carol havia preparado. Depois de passarem a manhã empenhados na faxina da casa e limpeza do quintal, comeram os sanduíches observando o vento varrer as folhas que tinham acabado de empilhar.

— Eu gosto disso. — Paula deu uma mordida generosa no sanduíche. — Ainda que minha amiga me abandone aqui, acho que vou sobreviver.

— Claro que vai — Maria piscou lentamente para ela. — Logo você encontra um *agroboy* e vai até se esquecer de mim. — Maria levou o dorso da mão à testa.

— Ih, olha lá — Júlio apontou para a vaca correndo em direção à saída da fazenda.

— A Cowbee quer liberdade — Paula riu.

— Não chame a Mimosa assim.

Paula encarou Júlio.

— Ela é minha vaca, e eu decidi que vou chamar ela de Cowbee.

— Mas *Coubi*? — Júlio franziu a testa — Que nome feio, ela precisa de um nome *bagual*.

— Eu nem sei o que é isso — ela retrucou.

— Um nome forte, top, tipo *Mimosa*.

Paula levantou as sobrancelhas.

— Desculpe, mas meu conceito de nome forte é um pouco diferente do seu.

— *Coubi* parece coisa de criancinha — ele disse.

— Criancinha é você que não sabe nem pronunciar o nome dela corretamente.

— Crianças são vocês dois — Maria levantou a voz impaciente. — Discutindo por causa do nome de uma vaca! — Ela deu um gole no suco e estalou a língua, com o olhar feroz.

Júlio deu a última mordida no sanduíche e ficou em pé.

— Eu vou atrás da *Mimosa* e vocês podem ficar com esse papo de mulherzinha. — Ele bateu a mão na calça e em um salto já estava correndo atrás da vaca.

— Que irritante! — Paula soltou o ar.

— Ele gosta de você, são só provocações. Típico de Júlio. — Maria lambeu o dedo sujo de maionese.

— Que jeito estranho de gostar. — Paula tornou a olhar para o homem que agora conduzia a vaca de volta para o pasto.

— Enfim, sobre o que eu disse, sobre encontrar alguém, um *agroboy*... — Maria riu. — O que você me diz?

— Nem vem.

— Só estou falando para você dar uma chance, caso a oportunidade surja... — Maria uniu as mãos na frente do corpo, formando um coração.

Paula encarou os olhos da amiga. Aquele assunto já havia sido pauta entre elas algumas vezes. Maria, melhor do que ninguém, deveria saber os motivos para que Paula não estivesse procurando por um relacionamento. Ela mastigou um pedaço do sanduíche.

— É melhor ficar na minha. Tá cedo. E eu não quero arrumar problema.

— Por que você acha que seria arrumar problema?

— Acho que eu não preciso de aborrecimentos como os que meus pais têm um com o outro agora... — Paula desviou os olhos para o chão. — Eu vim pra cá procurando paz e não... o inferno que eles viveram a vida inteira.

Maria deu um tapinha no joelho dela.

— Nem todo casal é infeliz. Olha para os *meus* pais. E você é filha de Deus, entrega esses medos para ele.

— Em oração? — Levantou os olhos para a amiga.

— É claro, como mais? — Maria riu, mas de repente ficou séria e um sorriso iluminou o rosto. — Você pode escrever cartas.

— E que endereço coloco no destinatário? — a voz escorria deboche. — Terceiro céu, rua celestial, número sete?

— Escreve assim: para o Deus que tudo vê e que habita em meu coração. — Maria fez de conta que escrevia. — Amiga, é uma excelente ideia. Eu vi isso em uma série de livros que li na adolescência. A mocinha escrevia cartas para o futuro marido. — Maria fez uma cara de que derretia com a ideia. — Talvez seja uma forma de você se preparar, abrir seu coração e prestar atenção nas oportunidades.

Paula não disse nada. Mas pensou na ideia absurda de existirem oportunidades para ela, quando havia acabado de se mudar para um lugar remoto de onde nem dava para ver os carros passarem na estrada geral.

— Cartas para Deus, cartas para seu futuro marido... — Maria continuou. — Seria lindo ter isso em mãos para entregar a ele no dia do casamento. Já pensou? Você, o altar cheio de flores, vestido branco, ele chorando ao te ver atravessar a nave da igreja, e então um olhando para o outro e dizendo *sim*! — Maria deu um gritinho. — Só de pensar já me arrepio toda, olha — e mostrou o braço com os pelos eriçados.

Paula deu um gole demorado no suco de uva. A ideia de se casar fez cócegas em seus pensamentos e ela acabou sorrindo. Como seria ser amada? Ter alguém do lado para todas as horas, as boas e más, alguém que não vai partir na manhã seguinte e que acredita no mesmo que você.

— Deve ser bom — suspirou.

— O quê?

— Amar e ser amada por um homem.

Maria suspirou.

— Deve ser mesmo.

— O que tá rolando? — Júlio voltou. — Parece que o cérebro de vocês escorreu pelo nariz, com essas caras.

— Ai, sai daqui, Júlio. — Maria jogou a bolsa térmica de plástico nele. — A gente estava falando dos nossos assuntos e você atrapalhou o momento.

— Desculpa aí — ele levantou as mãos. — Sou um mensageiro de notícias ruins.

— O que aconteceu? — Paula engoliu o suco rápido.

— A Mimosa quebrou a cerca, precisa de conserto.

— Ah, poxa vida... — Maria murchou os ombros.

— A boa notícia é que eu sei arrumar. — Deu uma piscadinha na direção delas. — Então, vocês vão precisar sair sem mim para comprar os móveis e todo o resto.

— Uhuuu! Tarde das garotas! — Maria ficou de pé em um salto. — Passa a chave do carro, Júlio.

Ele estendeu a chave, um tanto reticente.

— Cuidem do meu Agromóvel.

— A gente é que vai precisar ter cuidado, para não pegar tétano — Paula puxou a chave e sorriu. — E pelo jeito você não sabe mesmo dar nomes, né?

Com uma lista em mãos, as duas seguiram para o centro da cidade.

Foi uma tarde de muitas camas, sofás, geladeiras de portas duplas, portas únicas e portas que mais pareciam um portal para algum cenário futurístico. Passaram em um petshop e compraram tudo de que o Sem Nome precisava. Paula usou o dinheiro que ainda tinha na conta. Nem cogitou usar os cartões que os pais haviam lhe dado nos últimos anos, seria perda de tempo testar. Se a mãe avisara que cancelaria os cartões, Paula tinha certeza de que mal saíra de casa e os procedimentos de cancelamento já haviam sido executados. E não seria justo usar o dinheiro deles. Uma pontinha de culpa manchou seus pensamentos. Ela já havia trazido todas aquelas bolsas e roupas pagas com o dinheiro dos pais.

Ao carregar a última sacola no porta-malas do Agromóvel e bater a tampa, o celular tocou. Era a mãe. Maria já estava sentada no banco do passageiro. Paula olhou para a tela e pensou por tempo demais, até que a chamada caiu.

Encarou a tela por um minuto inteiro antes de decidir retornar a ligação. Mas logo que apertou na tecla, a voz mecânica do outro lado anunciou que o número não estava disponível. Claro, a mãe a havia bloqueado.

Silenciou o celular e o guardou na bolsa. O dia já havia sido intenso o suficiente.

Ao amor que vai chegar,

Como eu deveria começar esta carta? Não sou nenhuma Jane Austen, tampouco tenho habilidades com as palavras como Machado de Assis, mas aqui vamos nós — e espero que você goste de ler, porque onde me falta habilidade, me sobram pensamentos. Muitos. Centenas. E alguns são sobre você.

Não estranhe a logomarca no canto superior direito. Ah, você olhou, né? Viu que deixei um coraçãozinho escondido? Está olhando de novo? E do lado do coração tem uma declaração para você. Em francês, sim... eu gosto muito dessa língua porque morei dois anos com meus pais na França numa pequena propriedade ladeada de árvores e muita natureza. Isso foi quando ainda era uma menininha. Será que você é francês? Eu sempre pensei que me casaria com um francês. Quer dizer, pensei muito nisso na minha pré-adolescência, tempo em que me deixava encantar por histórias fictícias.

Hoje, depois de muitos anos sem pensar sobre romance, decidi dar uma nova chance às ideias do coração. Faz tempo que sou uma nova criatura, as coisas velhas já se foram, incluindo meus medos, erros e o desejo de me casar com um francês — a menos que você seja francês. Tudo bem se não for. Sério.

Em todo caso, esta é a minha primeira carta. Encontrei esse bloco de papel timbrado da antiga empresa do meu pai e decidi usá-lo. Não faço ideia de como isso veio parar na minha mala, mas foi o único papel que achei na minha nova casa, e vai servir. É só ignorar a logomarca brilhante e espalhafatosa que tudo vai sair bem. Se concentre apenas no que eu tenho a dizer.

Como ainda não sei seu nome, vou chamar você de amor, chuchu, benzinho, essas coisas (risos). Imagino a sua cara neste momento, pois esses apelidos sem graça me deixam constrangida, especialmente se ditos na frente de outras pessoas, e com isso já fica aqui a primeira dica de convivência entre nós dois: não me constranja com esses apelidos, por favor!

E nunca, em hipótese alguma, me chame de "Paulinha". Isso faz meus ossos arderem e minha pressão baixar. É sério. Por favor, não queira testar.

Essas cartas vão me apresentar a você, contar minha história. Cultivar o amor, ainda que a gente nunca tenha se conhecido. Espero muito que a gente se dê bem. Ai, poxa. Meu coração até acelerou um pouco e senti minhas bochechas quentes. Tomara que não seja gripe — te conto na próxima carta.

Se você está lendo isto, bem... teve a sorte de casar comigo. Não que eu precise te mostrar o quanto sou incrível, porque acho que você já sabe disso. Mas, con-

ALVES &
ASSOCIADOS
ADVOGADOS

venhamos, você também deve ser, não é? Afinal, eu te escolhi e tenho um ótimo gosto.

Vou te contar um pouquinho da minha jornada nesta cidade. Começando por ontem. Foi um dia intenso. Comecei uma nova vida. Maria, que é minha melhor amiga e de quem você vai ouvir falar muito — portanto, trate de gostar dela —, me incentivou a começar essas cartas. Ela ainda não sabe que estou seguindo o conselho e vou pensar se devo contar.

Querido amor que vai chegar, preciso confessar que às vezes me sinto sozinha, mesmo iniciando esse novo processo na minha vida (e até tenho uma companhia peluda que late para a parede e ainda não tem nome). Eu sei que vou adquirir muito conhecimento, amizades e experiências, mas sabe, agora que parei para pensar, deve ser diferente ter alguém com quem compartilhar cada uma das conquistas ou, depois de um dia não muito bom, ter um abraço onde me enroscar. Se a gente puder se dar bem como eu me dou com Maria, se a gente puder se respeitar e admirar. Bem, confesso que é a primeira vez que imagino esse futuro de maneira tão otimista e que me permito achar que isso pode ser bom.

Por isso estou escrevendo essas cartas, que serão acompanhadas de orações para que eu consiga entender os propósitos de Deus na minha vida e amadurecer meus sentimentos. Nunca pensei que eu, logo eu, seria do tipo que pensa em ser amada de forma romântica. Deve ser a idade, não é? Ou vai ver é carência. Enfim, não sei. Já estou devaneando demais e não quero te entediar.

Sabe, querido futuro marido, eu desejo que quando a gente se encontrar eu seja uma mulher digna de estar ao seu lado e de merecer seu amor. Da mesma forma que oro para que você seja merecedor do meu amor e que juntos sejamos um só e em favor da obra de nosso Pai.

Conseguiu ler até aqui? Depois me conta do que você mais gostou em mim no nosso primeiro encontro, no momento em que me viu pela primeira vez. Vou amar saber.

Preciso ir, Maria está me chamando, vou ajudá-la com a decoração da minha nova casa e também aprender a tirar leite da Cowbee.

Parece emocionante.

Nos vemos em breve,
Paula

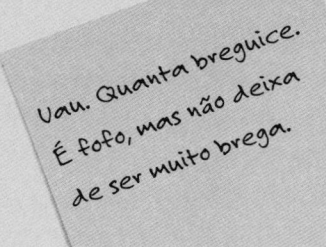

Vau. Quanta breguice. É fofo, mas não deixa de ser muito brega.

-10-

Os primeiros dias na fazenda

Paula estava jogada na cama e Maria, sentada no chão. As duas amigas haviam passado o dia concentradas na limpeza e organização da casa, mas foram obrigadas a parar devido à falta de energia elétrica. A luz do entardecer não era suficiente para iluminar o ambiente, então a vela aromática de baunilha, que Paula nem se lembrava de ter colocado na mala, se esforçava para iluminar um pouco o quarto, projetando desenhos nas paredes brancas.

— Tem várias histórias sobre essa casa.

— Ah, é? Deixa eu adivinhar! — Paula se sentou na cama, pegou xícara de chá de capim-cidreira que colhera do lado da casa e, com uma voz sombria, sussurrou: — Envolvem assassinatos, vinganças e posse de ouro ilegal?

— Não, nada disso. — Um brilho atravessou o olhar dela. — Quer dizer...

Maria ajeitou a bomba do chimarrão e encheu a cuia novamente com água quente. Pelas contas de Paula aquela era a décima terceira cuia desde que haviam parado a limpeza e organização.

— Você não acha que é exagero, Má?

— Claro que não é exagero, aconteceu mesmo. Tem até em alguns livros de histórias. — Ela balançou a cabeça loira em afirmação.

— Não, estou falando do chimarrão. Eu li que essa bebida tem cafeína.

Maria sorriu e tomou mais um gole.

— É a última, prometo.

— Não precisa me prometer nada, quem não vai dormir é você.

— Você é encrenqueira, hein? — Maria bateu a mão no joelho de Paula. — Me deixa contar a história toda.

— Conte.

Maria baixou a voz, olhou para os lados como que para se certificar de que ninguém as ouvia e começou:

— Estamos em cima de um antigo cemitério.

— Ai, para de falar besteira! — Paula quase engasgou com o chá, já que no meio da gargalhada parte do líquido entrou pelo nariz.

— Não estou — disse Maria, completamente séria. — Há muitos anos, muitos mesmo, aqui tinha um cemitério da época da Guerra do Contestado.

— Isso não muda nada, são só ossos. Não podem me fazer coisa alguma. — Paula secou a boca com a mão, limpando o chá que quase havia cuspido sobre a amiga.

Maria revirou os olhos e descansou as costas na parede.

— Como é chato tentar assustar crentes. Não dá nem para contar uma história de terror.

— Seria diferente se você dissesse que algumas pessoas andaram sumindo de forma misteriosa no mundo inteiro e que a gente ficou. Isso sim seria assustador. — Paula sentiu um arrepio atravessar a espinha.

— Vou me lembrar disso na próxima vez — Maria disse, reflexiva, e depois ficou em pé. — Em todo caso, é verdade mesmo. Antes de a família do Júlio morar aqui, havia um cemitério na propriedade. Não exatamente onde a casa está, era mais para... — Maria girou o corpo e olhou para o horizonte. — O que é aquilo?

— Aquilo o quê? — Paula acompanhou os olhos da amiga e se aproximou.

— Buuuu! — Maria deu um salto ao gritar.

— Ahhh! — O grito escapou da garganta de Paula sem que ela pudesse segurar. — Mano, qual é o seu problema?

Três segundos de tensão antes que as duas começassem a rir até a barriga doer.

— Devia ver a sua cara, "mano" — Maria gracejou.

— Isso vai ter troco.

Na hora de se despedir, já na porta, Maria olhou para trás e disse com a voz baixa e os olhos agitados, como se contasse um grande segredo:

— Cuidado com os fantasmas. Por mais que o cemitério não exista mais, pode haver alguns deles perambulando por aí. — Levantou as mãos e balançou os dedos no ar. — Uhhhh, cuidado, Paula!

Paula fechou a porta na cara da amiga e girou a chave. Havia muitas coisas que a assustavam, mas com certeza essas histórias não eram uma delas. Era mais fácil que se assustasse com histórias sobre rachaduras no couro de suas bolsas da Chanel ou fungos misteriosos em suas plantas.

Caminhou na direção da escada e, sem perceber, tropeçou em uma caixa de ferramentas de Júlio que estava jogada no meio do caminho. Levou um segundo para recuperar o equilíbrio e, por sorte, conseguiu evitar uma queda no chão.

Aquele Júlio.

No outro dia bem cedo teria uma conversa séria com ele sobre organização. Ligou a lanterna do celular e conferiu o dedo mindinho. A pontinha avermelhada a fez concluir que ainda ia doer por um tempo. Arrastou a caixa para perto da escada e subiu, com Sem Nome em seu colo, decidida a tomar um banho, ainda que gelado.

Estava suada, o cabelo criara vida própria e as unhas estavam quase todas quebradas. Ainda assim, enquanto os músculos doíam, a mente estava em perfeita paz. Nunca imaginou que sentiria tanta satisfação em estar suja e exausta.

Observou a casa do alto da escada. Ainda havia muitas coisas acumuladas, caixas com os móveis comprados empilhados e objetos de decoração espalhados pelo chão. Mas tinha feito um avanço, especialmente na cozinha. Estava ansiosa para usar o fogão a lenha, que a família de Júlio deixara na casa.

Quando já estava com o pijama e o cabelo acomodado na touca de cetim, as batidas na porta de entrada começaram. Primeiro fracas, mas à medida que os segundos passavam, parecia que a pessoa estava disposta a derrubar a porta. Era possível ouvir o vidro tremendo.

Paula sorriu. Maria estava determinada a assustá-la. Mas não seria tão fácil. Ela desceu as escadas devagar, com o cachorrinho nos braços, mas interrompeu os passos quando a voz de um homem ressoou da direção da porta.

— Paula! Eu sei que você está em casa.

O cachorrinho fungou. Paula o colocou no chão devagar e apoiou as mãos na cintura, pensativa.

— É, meu amigo de quatro patas, parece que sua tia Maria está querendo nos assustar e até chamou um comparsa.

Pegou o celular para enviar uma mensagem para Maria, mas assim que abriu a conversa das duas, percebeu que a amiga havia enviado uma foto. Estava sentada de frente para uma mesa farta ao lado de Júlio e do irmão. Logo abaixo era possível ler: *Só faltou você aqui, mamãe fez tudo pensando que você viria para cá.*

Um frio cortou sua espinha.

Se não era a amiga à porta, quem poderia ser?

Apertou todos os interruptores de uma vez, em uma tentativa automática e falha de ligar as luzes, mas nada aconteceu. Óbvio. A casa continuou mergulhada na escuridão. A voz de Maria ressoou em seus ouvidos, com o lembrete de não abrir a porta para estranhos. Paula foi até a caixa de ferramentas de Júlio. Pegou o martelo, segurando-o firme com as duas mãos, e, em sua mente, pediu perdão por ter reclamado da caixa esquecida na sala. Escondeu o martelo atrás das costas. Pensou que jamais seria capaz de usá-lo para bater em alguém, mas esperava que pelo menos a presença desse objeto assustasse a pessoa à porta, caso suas intenções fossem ruins.

— Quem está aí? — ela falou alto, tentando ignorar a boca seca.

Pé ante pé, aproximou-se da porta, mas não houve resposta. Chamou mais uma vez, e nada. Será que estava ouvindo coisas? Puxou a cortina para o lado e espiou. Não havia ninguém na entrada da casa, mas no quintal, conforme estreitou os olhos, conseguiu ver uma Lamborghini preta estacionada.

No momento em que colocou a mão na maçaneta para destrancar a porta, mãos geladas taparam seus olhos. Paula se virou tão rápido que deixou o martelo cair nos pés do invasor.

O homem começou a gritar e tirou as mãos do rosto de Paula.

— AHHHH!

E ela o acompanhou.

— Ai, ai! Meu pé! O que você estava fazendo com um martelo? — O homem pulava e gemia de dor.

Na escuridão e no agito dos acontecimentos, Paula tentou assimilar a situação. Foi o perfume familiar que evocou lembranças de momentos que ela preferia esquecer.

— Espera aí...

No mesmo instante, a energia voltou, iluminado toda a casa e o homem parado à sua frente.

- 11 -

Dois anos antes da mudança

— Bom dia, Raio de Sol — Paula falou sem emoção.

Sabia que encontraria Maria na praça de alimentação. Já conhecia a rotina dela muito bem depois de conviver um ano inteiro com a garota mais nerd que já havia conhecido em suas perambulações por escolas particulares. Sentou-se ao lado dela, sem tirar os óculos escuros.

— Bom dia, Paula! — Maria colocou o calhamaço de lado e um sorriso iluminou seu rosto.

— Lendo a Bíblia de novo?

Paula puxou o livro para si e abriu em uma página qualquer.

— Ué, você tomou banho hoje, não? — Maria levantou os ombros.

Paula riu.

— É claro que tomei.

— Ler a Bíblia é igual a tomar banho, a gente precisa fazer todos os dias.

Paula deu de ombros e inclinou a cabeça para encarar o livro mais de perto.

— Como você consegue entender isso tudo? — Paula apontou um trecho para Maria. — Genealogia? Só de pensar me causa enxaqueca.

— É importante para entender de onde Jesus vem.

Paula fechou o livro, tirou os óculos e encarou a garota. Aquela alegria a intrigava um pouco, sempre sorrindo, mesmo em situações em que o mundo desmoronava ao redor. Com a aproximação de Paula, os colegas haviam dado um tempo no bullying com ela, mas ainda acontecia. Maria apenas levava a vida. Sempre tranquila, até mesmo se precisasse responder a uma prova surpresa. Paula odiava provas surpresas.

— O que foi? Por que está parada aí, com esses olhos assustadores na minha direção?

— Como é ter... — Paula pensou um pouco. — Ah, deixa pra lá.

— Pode falar, amiga.

— Não me chama assim, não somos *amigas*. — Paula usou os óculos escuros novamente.

Maria cruzou os braços e esboçou um sorriso irônico.

— Desculpe, *não amiga*. Pode fazer sua pergunta.

Paula olhou para o livro preto em suas mãos. Uma edição em português e inglês. Desde que começara a andar com Maria no ano anterior, não conseguia esconder a curiosidade que tinha sobre esse estilo de vida que a garota levava.

— Como é ter fé? — soltou a pergunta antes que se arrependesse.

A outra piscou os olhos.

— Hum... — Maria colocou a mão no coração. — É algo muito especial. É ter a certeza de que não estou sozinha, de que estou protegida e que, mesmo que as coisas não saiam conforme eu planejei, tudo vai ficar bem porque Deus está comigo.

— Mas como você sabe que Deus *está* com você?

— Porque ele disse.

Paula precisou se segurar para não revirar os olhos. Não queria ficar ouvindo metáforas. Queria uma resposta sincera.

— Má... isso é impossível.

— Claro que não, ele sempre fala. — Maria abriu um sorriso doce apontou para a Bíblia. — Tá tudo aqui.

— Mas isso foi escrito há tanto tempo.

— Eu acho que você deveria ler também. — Maria puxou a Bíblia da mão de Paula. — Aqui, olha. — Arrumou o fitilho vermelho em uma página. — Começa por aqui.

Estendeu o livro para Paula, que o pegou, sentindo que estava mais pesado do que antes.

— Eu... não sei. — Empurrou o livro de volta para Maria.

— É meu presente para você, não pode recusar. — Maria pegou a mão de Paula e a posicionou sobre o livro.

Paula passou os dedos pelas letras douradas, onde era possível ler *Holy Bible.*

— Sabe o que eu chamo de grande fé? — Paula fez uma pausa. — É você achar que vou ler esse livro.

— A fé é justamente acreditar que Deus tem poder para transformar o impossível em possível. — Maria piscou.

Paula riu.

— Eu admiro esse estilo de vida.

— Não se resume a um estilo de vida. Essa é uma forma muito simplista de definir quem eu sou em Cristo. — Maria fixou os olhos em um ponto do outro lado da mesa. — É muito mais, é uma decisão diária, constante... e vai além de mim, da minha vontade.

O barulho de uma cadeira sendo arrastada chamou a atenção das duas.

— A Madre Teresa pregando para a pecadora. — O garoto virou a cadeira, sentando-se em frente às duas com os braços cruzados sobre o encosto.

— O que você tá fazendo aqui, Fernando? — Paula ficou em pé, pronta para brigar.

Maria puxou o braço de Paula.

— Não liga para ele, Paula. — Maria ficou de pé ao lado da amiga.

Ele bateu palmas e riu.

— Vamos abrir uma igreja aqui? O que vocês acham? — Levantou uma mão para o ar e com a outra sobre o peito gritou: — Aleluia!

Paula segurou firme a alça da mochila. Tentou se lembrar do que havia lá dentro. Dois livros de história e um de geografia. Peso suficiente para fazer um estrago. Uma voz fininha sussurrava em seus ouvidos: *Bate, é só bater.*

— Vamos para a sala? — Maria puxou Paula para longe do garoto e, quando já estavam a uma certa distância, falou baixinho: — Eu acho que ele gosta de você.

— Que jeito estranho de demonstrar — Paula bufou e caminhou até a sala.

Jogou-se em uma carteira e Maria se acomodou ao lado. A sala ainda estava meio vazia, os poucos alunos presentes concentrados em seus celulares.

— Para de besteira. Eu acho que ele está querendo apanhar de novo. — Paula puxou um espelho pequeno que estava na bolsa e levou os óculos escuros para o topo da cabeça.

— Nem brinca com isso, estou sofrendo o suficiente com o professor Mário por causa daquela tempestade que você causou no ano passado.

Paula fez beicinho e passou o gloss nos lábios. No mesmo instante Fernando entrou na sala e tropeçou na cadeira em sua frente, sem tirar os olhos de Paula.

— Você reparou? Me escuta... ele está muito na sua — Maria cochichou, com a mão sobre a boca.

Paula revirou os olhos.

— Ele está precisando de aulas particulares com o pai para entender interpretação de texto — Paula levantou a voz —, porque eu não tenho nenhum interesse nesse garoto, caso isso ainda não esteja claro. — E, com o olhar voltado na direção dele, completou: — *Imbécile.*

Maria arregalou os olhos, como sempre fazia quando Paula soltava algum palavrão ou qualquer palavra que a fizesse corar, e deu uns tapinhas no braço da amiga.

— Para de agir assim, ele tem sentimentos — Maria falou baixinho, para que só Paula a ouvisse.

— Vou dizer o que ele pode fazer com esses sentimentos — Paula abriu a boca para completar.

— *Shhhh* — Maria se esticou na cadeira e cobriu os lábios dela com a mão, melando a palma de gloss. — Para com isso, ou vou precisar orar por você e lavar sua boca com sabão. — Depois limpou a mão na blusa da amiga.

— Ai, garota. Minha blusa, não. — E puxou o tecido lambuzado para si.

Pelo canto do olho Paula percebeu os olhares do garoto na direção das duas. Se Maria estivesse certa, era possível que ele também fosse um garoto de fé.

Porque, se Fernando realmente achava que ela, algum dia, olharia para ele com outros olhos que não os de desprezo e indignação, a fé que ele tinha era enorme.

– 12 –

De volta à fazenda

— FERNANDO AUGUSTO!

O homem se revirou no sofá. Paula puxou Maria para fora da casa.

— O que ele está fazendo no seu sofá? Por... por que ele está aqui? Não, é sério, me fala! O meu coração está até acelerado. — Maria levou as duas mãos até o peito, ainda encarando a entrada da casa. — Amiga!

— Para de fazer escândalo e fala baixo — Paula levou o indicador à boca da amiga. — Quanto mais tempo ele ficar dormindo, melhor. Vai poupar nossos ouvidos.

— Não fala assim, você sabe que ele tem sentimentos por você.

— Má, de novo isso? — Paula balançou a cabeça. — Para de se importar com os sentimentos desse cara. Além disso, ele nunca falou nada sobre gostar de mim. Eu acho que ele gosta mesmo é de infernizar a minha vida.

Paula desviou os olhos da amiga. Era verdade que Fernando não havia falado nada sobre sentimentos. Mas teve uma noite, em um dos jantares preparados pela mãe... Paula espantou os pensamentos. Era o tipo de coisa que preferia esquecer. Já estava lançado no mar do esquecimento, e ela não tinha nenhuma intenção de resgatar aquela lembrança.

— Lamento ser estraga-prazeres, mas ele gosta de você desde o dia em que você... — Maria levantou o joelho no ar, numa imitação de chute precária. — Ele só não verbalizou ainda. Talvez tenha vindo aqui para fazer isso.

Paula esfregou as mãos e olhou para a porta.

— Se for o caso... ele é maluco. Mas não acho que seja isso.

— Mas como ele ficou sabendo onde você estava?

— Susana.

— Ah. — Maria fez uma careta.

— Pois é. Mamãe enviou um monte de coisas minhas por ele. Eu me admiro que ele tenha aceitado trazer tudo de São Paulo até aqui.

— Mas ele veio de São Paulo só para isso? — Maria encarou a amiga com um olhar que dizia *estou te avisando, ele gosta de você.*

— Não era mais fácil ter enviado tudo por uma transportadora?

— Com certeza. Sabemos muito bem quais são as intenções da minha mãe. Ela sabe que esse garoto me deixa maluca.

— Hummm. Maluca, é?

— Não é nada disso. — Paula sentou-se no balanço que havia pendurado em uma figueira a dois metros da casa e escondeu o rosto entre os joelhos. — Que implicância.

— Estou brincando. — Maria balançou Paula. — Amiga, ele não pode ficar na sua casa, é estranho demais. Dois solteiros juntos. Aqui na cidade as pessoas comentam tudo, sobre todos, o tempo todo. Logo todo mundo vai comentar e achar que ele é seu namorado.

Paula levantou o rosto e fingiu ter um arrepio.

— Olha — Maria levou a mão ao ombro dela. — Eu sei que disse para você abrir seu coração, reconhecer as oportunidades, mas isso claramente não é uma oportunidade, viu?

Paula riu alto.

— Você, melhor do que ninguém, deveria saber que eu não tenho interesse no Fernando.

— É melhor dizer isso para ele. — Maria apontou na direção da casa.

Fernando Augusto se espreguiçava na varanda.

— Maria! — ele disse e depois caminhou na direção das duas.

— Que bom te encontrar, Madre!

Fez uma reverência seguida de um sinal da cruz.

— Vista uma camisa, homem! — Maria cobriu os olhos com as mãos.

Fernando alisou o torso nu e piscou para a garota.

— Esqueci que você é uma santa. Perdão, irmã. — Olhou para Paula. — E quanto a você, que tal um abraço?

— Tenha dó! Se não vestir uma camisa agora, vou ser obrigada a lembrá-lo do dia em que nos conhecemos.

Ele deu um passo para trás, cobrindo a virilha com as duas mãos.

— Sempre com pensamentos negativos — ele resmungou. — Já tô indo pegar uma camisa e depois espero tomar café com as duas. Vou dar essa honra para vocês.

Ele correu para o interior da casa.

— Amiga, preciso ir. — Maria levantou as mãos. — Não consigo ficar.

— Nem pensar! — Paula enganchou o braço no da amiga. — Eu não vou ficar sozinha com esse garoto nem mais um segundo. Você precisa ficar, se valoriza tanto assim a vida dele.

— Ai, não! Amiga, me perdoa. Eu tenho malas para arrumar, esqueceu?

Maria estava se desprendendo, quase livre, mas Paula a puxou de volta.

— Eu te ajudo depois, não me deixe sozinha aqui com ele.

— Por quê? Ficou nervosa com a falta de camisa?

Paula trancou os dentes.

— Você mesma disse que podia pegar mal...

O ronco do fusca fez as duas virarem na direção do portal da fazenda. Júlio estacionou o Agromóvel do lado da Lamborghini.

— Fiu-fiuuu. — Tirou o chapéu ao sair do carro. — Bah! Baita carro. É seu, Paulinha?

— Ai, claro que não. — Paula espantou a ideia como se fosse uma mosca.

— Ainda bem.

— Ué, por quê?

— Por nada. — Júlio apontou para o carro. — De quem é?

— Você já vai descobrir — Maria piscou para ele.

* * *

Paula pensava nas maneiras pelas quais ela poderia brigar com a amiga sem infringir nenhuma lei e desperdiçar seu réu primário. Sentados em sua cozinha estavam Júlio e Fernando Augusto, ambos falando de carros com uma cordialidade fingida e desagradável. Maria a havia abandonado com dois malucos.

— A Paula sempre foi uma ótima motorista, né? — Fernando passou o braço pelo encosto da cadeira dela, com os dedos brincando com a alça de sua blusa.

Paula notou os olhos de Júlio fixos na mão do outro.

— Ah, é? A Paulinha não me contou tudo ainda. — Júlio deu uma mordida no pão como se fosse um cachorro raivoso. — Me passa a chimia, Paulinha.

Paula chutou o pé dele por baixo da mesa e alcançou o pote de geleia. Será que ele não aprenderia nunca a parar com essa coisa de chamá-la de Paulinha? Aproveitou para ficar em pé e tirar a mão grudenta de Fernando de perto dela.

— Vocês dois estão me entediando com esse assunto todo de carros.

— Que pena, vamos continuar? — Fernando piscou para Júlio.

— Ah, cara. Acho melhor não, já que essa é a casa dela. — Júlio ficou em pé, ao lado de Paula.

— Isso, e agora que já comemos, mãos à obra? Paula desferiu leves tapinhas no ombro dele. — Ontem você deixou suas ferramentas jogadas no meio da sala. Quase quebrei meu pé à noite.

— Eu estava focado na montagem do sofá, e faltou uma peça...

— Ah, foi você que montou o sofá? Muito confortável. Dormi igual a uma criança nesse paraíso. — Fernando olhou para Paula com o dedo indicador apontado. — Você deveria investir em agroturismo, hein? Ia dar muito certo. O lugar é afastado da civilização, as pessoas são... — ele olhou para Júlio dos pés à cabeça — ... *interessantes* e dão o charme final. Caipiras locais são sempre um ótimo atrativo. Vai ser sucesso.

— Esse cara dormiu no seu sofá? — Júlio se virou para Paula.

— É, ele chegou tarde ontem e não tinha para onde ir... — Paula massageou a cabeça.

Ele abriu a boca, apoiou as mãos na cintura e voltou a fechá-la.

— Tem uma pousada na cidade, sabia?

— Eu vi a placa quando estava vindo para cá, mas decidi dormir aqui mesmo, pertinho de você. — Fernando piscou para Paula.

— Não acredito. Você disse que não tinha para onde ir! — Paula o encarou boquiaberta.

— Disse? — Fernando pendeu a cabeça para o lado. — Em todo caso, estou achando o atendimento aqui melhor do que o de um hotel.

Paula bateu a mão na mesa, inclinou o corpo e apontou o indicador na direção dele.

— Olha, arruma suas coisas e vai para a pousada.

— Assim, do nada? Pensei em ficar mais um pouco e dar uma olhada nas redondezas. Aliás, o que deu em você? Jogou muita fazendinha quando era criança? Sua mãe disse...

— Bem lembrado! — Paula se esticou de repente e bateu uma mão na outra. — Vamos tirar minhas coisas do seu carro.

— Putz, é verdade, Pá! Esse carro não foi feito para carregar coisas. — Passou a mão pela barba rala. — Só meninas bonitas.

Paula revirou os olhos e saiu da cozinha, seguida pelos dois homens.

— Ei! O que esse bicho está fazendo com o retrovisor do meu carro?

— Cowbee! — Paula correu até a vaca que estava entretida lambendo o vidro.

— Esse carro é alugado e custa uma fortuna. Era o único que prestava na locadora deste fim de mundo.

— Ei, calma, garota! Vem pra cá. Júlio, você não disse que sabia arrumar a cerca?

— Ela deve ter achado outro lugar para fugir. — Júlio se aproximou e acariciou o pescoço da vaca.

— Que nojo, meu! O retrovisor está todo cheio de baba de vaca!

— Depois você manda lavar. — Paula deu uma batidinha no ombro de Fernando. — Abre o carro para a gente pegar as coisas.

— Só depois que esse dinossauro babão sair de perto. — Ele apontou para a vaca.

Paula riu.

— Você é muito medroso, hein... — Então virou-se para o outro rapaz. — Júlio, você guarda a Cowbee?

— Vem, Mimosa — Júlio chamou o animal, que rebolou a passos lentos em direção ao cercado.

— Pronto. — Ela abriu os braços.

Fernando se aproximou de Paula e disse:

— O carro já está aberto.

Júlio estava a alguma distância, não conseguiria ouvir. Paula criou coragem e disparou a pergunta que estava presa em sua garganta.

— O que você veio fazer aqui? — E o encarou.

— Trazer suas coisas, oras... — Ele levantou os braços e cruzou atrás do pescoço.

— Três caixas que minha mãe podia ter enviado pelos Correios. O que você veio fazer *de verdade* aqui?

Fernando fitou os pés e deu um passo à frente em direção a Paula.

— Senti sua falta — disse em um sussurro.

— Por quê? Quer dizer, a gente mal se falava na escola e, quando falava, na maioria das vezes você me chamava de algum apelido desagradável. — Paula deu um passo para trás.

— Na escola, não. Mas na sua casa... — Ele desviou o olhar. — Acho que fiquei nostálgico, lembrando dos velhos tempos. — Ele tornou a olhar e passou a mão na cintura dela.

— Nunca por escolha minha.

— Vai dizer que você nunca gostou de me ver naqueles jantares dos nossos pais?

Paula encolheu os ombros.

— Nossos pais terem ficado melhores amigos por causa dos negócios foi a surpresa mais desagradável de todo o Ensino Médio.

— Ah, para. Lembra daquela noite depois do jantar? Aquilo não foi nada desagradável.

Paula afastou a mão dele e deu alguns passos para trás.

— Aquela noite foi um erro. — Cruzou os braços na altura do peito.

— Eu lembro que você disse que estava entediada, mas, meu bem, mesmo a pessoa mais entediada do mundo não daria beijos iguais àqueles... — Os olhos dele pareciam sonhadores, perdidos naquela noite no passado.

— Olha, esquece isso. — Paula balançou a cabeça.

Foi naquela noite que Paula descobriu que Maria estava certa sobre os sentimentos do garoto. Ela cometeu o erro de aceitar a proposta que ele fez de jogarem verdade ou consequência. Quando ela disse que a brincadeira era entediante, ele a beijou. Paula não recuou. Não era a primeira vez que havia beijado um garoto, nem havia sido algo marcante para ela. Precisava ser sincera consigo mesma, aqueles beijos e carícias não significavam nada.

No entanto, agora significavam. Eram uma memória difícil de processar. Que a fazia se lembrar de quem já havia sido, do que já havia feito com seu corpo. Coisas pelas quais ela sabia que Jesus já a havia perdoado, mas, ainda assim, pareciam ser um lembrete constante de sua indignidade.

— Não foi legal o que fizemos naquela noite. Na verdade, eu te devo desculpas. — Ela se posicionou na frente dele e expressou o que estava em seu coração: — Me perdoa.

Fernando franziu o cenho e balançou a cabeça.

— Não entendo como pode ter sido errado. Nós dois éramos solteiros, o que há de errado? Foi divertido e emocionante. — Ele juntava as sobrancelhas

— Eu não sentia nada por você. Eu só quis... — ela não conseguiu dizer aquilo olhando nos olhos dele — ... me divertir.

— Mas eu sentia e ainda sinto. — O rapaz relaxou os ombros. — Droga.

Era a primeira vez que ouvia alguém se declarar para ela. E, de certa forma, aquilo tornava tudo ainda pior. Prendeu a respiração por alguns segundos e soltou o ar devagar. Seus olhos cruzaram com os dele e ela esperou sentir algo, uma faísca, borboletas no estômago ou qualquer outra coisa. Mas não veio nada, nem mesmo uma mísera tontura. Já havia ficado mais animada com liquidações on-line do que com aquela declaração.

— O que você acha? — Ele aguardou.

— Fernando... eu sinto muito. Eu... eu era outra pessoa naquela época, eu não fui sincera nem responsável com você. Me perdoa?

— Perdoar? Paula, eu nunca mais esqueci aquela noite. É por isso que estou aqui, você bagunçou tudo aqui dentro, sei lá, jogou um feitiço. Você já fugiu várias vezes de mim.

— É por isso mesmo que estou pedindo desculpas. Eu sabia dos seus sentimentos. Não fui responsável.

— Eu não me importo com isso.

O rapaz sorriu, jogando charme. Nada aconteceu de novo. Ele era bonito, sempre muito bem arrumado e perfumado. Era um dos garotos mais cobiçados da escola e, a julgar pelo braço definido, com certeza tinha investido em musculação. A mãe de Paula amaria que a filha se relacionasse com Fernando, não à toa havia organizado todos aqueles jantares com os pais dele.

— Você não vai falar nada? — Ele pegou uma mecha do cabelo de Paula e segurou entre os dedos. — É por causa dessa coisa de religião? Eu prometo te respeitar, não vou me opor a você frequentar uma igreja... Eu sigo sendo ateu, não me incomodo. A gente pode vender essa sua fazenda e voltar para São Paulo, você não precisa mais se rebelar contra seus pais, fica comigo no meu apê. E não vou te deixar faltar nada enquanto for minha namorada.

— É isso que parece? — Paula afastou a mão dele de seu cabelo com delicadeza.

— O quê? — Ele piscou, parecendo perdido.

— Que estou aqui para me rebelar contra meus pais? Paula ouviu a tristeza na própria voz.

— É, é sim. Eu sei como é ter pais narcisistas e controladores.

— E ainda assim você se deixou controlar pela minha mãe e veio até aqui?

— Eu vim porque eu quis, porque pensei em você todos esses meses desde que terminamos a escola, porque eu fecho os olhos e você aparece na minha mente, porque eu... eu acho que te amo.

Paula ouviu um pigarro e virou a cabeça. Júlio estava parado a dois metros de distância.

**ALVES &
ASSOCIADOS**
ADVOGADOS

Querido futuro marido,

Como será que eu vou me sentir quando te encontrar pela primeira vez? Será que vai ser amor à primeira vista? Ou será que vai levar um tempo até que meus olhos te enxerguem com amor? O que será que meu corpo vai sentir? Será que vou sentir um panapaná em meu estômago?

Aposto que você não sabe o que é panapaná. Acertei?

Estou escrevendo para te contar algumas coisas sobre o meu passado. É possível que a gente até já tenha conversado sobre isso, mas eu espero que a carta me prepare para quando o momento chegar.

O que eu vou contar são coisas das quais eu não me orgulho e que às vezes eu preferia esquecer. O fato é que eu não guardei meus beijos para você, tampouco... o restante.

Eu sempre achei essa coisa de amor um pouco ultra-passada. O amor que eu conhecia era julgador, sempre cobrando algo em troca. Era como uma gangorra dese-quilibrada: nunca tinha diversão, eu sempre estava ou no alto, implorando para descer, ou no chão, entediada demais para prosseguir.

Quando eu era criança, as brigas em casa eram constantes. Meus pais nunca foram verdadeiros. Nossa família parecia uma vitrine que eles usavam para exibir nas reuniões, festas e confraternizações de empresa. Mas só eu sabia o inferno que era nossa casa. Se eu me concentrar, ainda posso ouvir os gritos da minha mãe e um copo de uísque se chocando contra a parede. Às vezes, era por minha causa, em outras, era a mancha de batom na camisa branca de papai.

Esse amor me assustava.

Até que conheci Jesus. E o amor deixou de ser uma gangorra sem graça. O amor se mostrou como um mar tranquilo e sem vento, que me deixa caminhar sobre as águas com coragem e confiança. E se esse mar ficar tempestuoso, eu ainda posso confiar que tudo vai ficar bem, porque não estou só. O amor ganhou um novo significado e exigiu de mim responsabilidade. Não só pelos sentimentos de outras pessoas, mas também pelos meus. Eu reconheço que busquei em beijos e carícias uma falta que não cabia no peito. Uma necessidade de ser amada, ainda que momentânea. Não sou capaz de expressar o quanto isso me destruiu.

Não estou te contando para que você me perdoe ou sinta pena de mim. Eu estou bem com meu passado, já aprendi tanto com Jesus nesses últimos tempos e sei que sou perdoada. O amor de Jesus me encontrou, e agora não vivo mais em uma gangorra de sentimentos.

ALVES &
ASSOCIADOS
ADVOGADOS

O amor tem outro significado. Mais forte, profundo e eterno.

E isso inclui o nosso relacionamento. Agora, quando penso em você e no amor que podemos ter em Cristo, sei o que quero. Eu quero namorar e me casar, e quero que seja para a glória do Senhor.

O assunto apareceu na carta porque eu disse não para uma proposta de namoro. Foi a primeira vez que alguém disse que me amava. Bem, ele disse que "achava" que me amava. Por fim, só estava confuso, preso a uma ideia que ele havia criado (e que talvez eu tenha alimentado).

Espero que eu não crie uma ideia de você, e que não te espere de forma errada. Eu quero te esperar do jeito certo, que é vivendo, aproveitando cada momento dessa aventura chamada existência, gastando os meus dias de forma sábia e glorificando o nome de Deus em tudo o que eu fizer. Espero que você esteja assim também.

O homem que se declarou vai embora amanhã, mas ele me deu algumas ideias para a fazenda. Quem sabe no futuro eu as coloque em prática.

Não precisa ficar com ciúmes. Nem se preocupar.

Fui gentil com os sentimentos dele.

Até a próxima carta.

Com carinho,
Paula

P.S. 1: Panapaná é o coletivo de borboletas e vem do tupi, que significa o barulho do bater das asas. Você vai ter uma esposa muito culta, isso eu posso garantir. Não sou apenas um rostinho bonito.

P.S. 2: Não era gripe.

- 13 -

Primeiras semanas no Caminho Para o Céu

— Você tem certeza de que não vai mudar de ideia? — Fernando passou a mão pelo bíceps, na manhã de domingo, enquanto se despedia. — Eu sou um homem bem bonito, vai ser difícil encontrar alguém assim por aqui.

— Gente convencida tem em todo lugar, isso eu te garanto.

— Paula abriu a porta da Lamborghini. — Faça uma boa viagem.

Fernando destoava do lugar. O carro também. Era difícil acreditar que ele estava mesmo parado diante de Paula, depois de todos aqueles meses sem conversarem. Ele curtia tudo o que ela postava, mas o diálogo nunca havia sido o forte dos dois. Paula tentava ler o garoto à sua frente, mas ele era um livro escrito em uma língua que ela não compreendia. E, com certeza, ele também não sabia traduzi-la.

— Você não respondeu à minha pergunta. — Ele pousou a mão sobre a mão de Paula.

— A resposta ainda é a mesma. — Paula puxou a mão.

— Uma pena. — Fernando colocou os óculos escuros e bateu três vezes no peito com a mão direita. — Você feriu meu coração, Paula. Estou destruído.

Paula estreitou os olhos. Havia um tom de brincadeira na fala, mas no fundo podia notar o ressentimento. Não queria ferir os sentimentos de ninguém, tampouco os próprios. O que ela deveria dizer?

— Você vai ficar bem — disse mais para si mesma do que para ele.

— É claro que vou. Esses últimos dias no campo me ajudaram a repensar minha trajetória.

— Trajetória? Está falando como se fosse o personagem de um livro.

— Vir até aqui e me declarar para você faz de mim um *gentleman* digno dos clássicos que nos obrigavam a ler na escola.

— Ah, claro que sim.

A luz da manhã iluminava Fernando. Ele ainda era o garoto implicante da escola, mas também estava se transformando em um homem. Apesar de os dois virem do mesmo lugar, terem referências semelhantes e criações parecidas, naquele momento da vida Paula não poderia se sentir mais diferente dele. Estava vivendo um tempo totalmente novo. Seu coração se compadeceu do rapaz. Queria que ele pudesse experimentar o mesmo que ela. Desejava que Fernando também pudesse mudar, não de endereço, mas especialmente a forma como encarava a vida. Mudar o rumo de tudo. Entregar-se a Jesus.

O rosto de Paula se iluminou.

— Espera aí. Quero te dar uma coisa.

— Um presente?

Ele gritou enquanto Paula corria para o interior da casa. A ideia parecia maluca e repentina, mas sentia em seu coração que era algo que precisava fazer. Abriu algumas caixas até encontrar o que procurava e, aproveitando um papel kraft que protegia um dos móveis novos, embrulhou com cuidado, fechando a embalagem com uma fitinha azul que encontrou jogada no chão.

Orou ao finalizar o embrulho e saiu correndo em direção a Fernando.

— Eu comprei isso antes de vir para cá. Só não sabia que acharia o dono tão rápido.

— Assim eu crio esperanças.

— Não crie. Eu espero que esse presente te transforme, como me transformou. Não precisa abrir agora...

Fernando a ignorou e abriu o embrulho apressado, rasgando o papel e jogando-o no chão.

— É uma pegadinha?

Ele virou a capa do livro para Paula, onde era possível ler *Bíblia Sagrada*. Há pouco mais de dois anos ela mesma havia experimentado a sensação de ganhar uma Bíblia pela primeira vez. Levou semanas para abrir o livro, e mais alguns meses para entender o que estava escrito. Um ano depois, ela não sabia mais viver sem Jesus. Ela reconhecia mais do que ninguém o poder da Palavra de Deus. Mas não sabia muito bem qual reação esperar de Fernando.

Mas ali estava. Nunca tinha visto os olhos dele com aquele brilho de indignação antes, nem mesmo quando havia chutado suas partes íntimas. Ele parecia uma panela de pressão prestes a explodir, e ela estava no caminho.

— Escuta, eu já não disse que não quero saber dessas coisas de religião?

— Não se trata de religião. Deus transformou a minha vida e é o que eu quero para você — falou com a voz gentil.

— Deus?

Paula sentiu o medo atravessar sua espinha. Fernando estava transtornado, olhava do livro para Paula como se planejasse algo, e de fato fez. Jogou a Bíblia contra o peito dela. A garota arfou com o choque.

— Fernando? — Ela se abaixou para pegar o livro que estava no chão empoeirado. — Por que você fez isso?

— Eu não te disse? Sou ateu, não acredito em nenhuma dessas mentiras escritas para enganar ignorantes. Me admira que você tenha caído nesse papo de gente louca. A culpa é daquela sua amiga caipira. — Ele entrou no carro. — Ela tem o estereótipo completo: a crente do interior, que arrasta os erres e vive de esmola, sugando gente como eu e você.

Bateu a porta do carro com tanta força que Paula achou que tinha quebrado.

— No fim você estava certa. Somos diferentes demais.

— Espera.

Mas era tarde. Ele já dava ré no carro, quase atropelando uma galinha desavisada que passava pelo caminho. O bicho saiu gritando, enquanto Paula passava a mão no peito, observando o carro de luxo se afastar.

* * *

— Não consigo acreditar que ele fez isso!

Mais tarde, Maria quase gritava ao telefone. Paula se sentou no sofá e cruzou os pés, apoiando os tornozelos esticados em cima de uma caixa.

— Nem eu.

Paula deixou o olhar se perder no cenário para além de sua janela. O sol já iluminava todo o quintal, e o orvalho da manhã começava a secar. Um grupo de patinhos seguia a mãe pela estradinha de terra ao lado da casa. Ela suspirou.

— Acho melhor você passar o dia aqui em casa hoje e talvez até dormir — disse a amiga. — Vai que ele volta?

O barulho da chaleira na cozinha da casa de Maria chiou alto no telefone, e Paula precisou afastar o ouvido por um momento.

— Eu não acho que ele vá voltar. — Ela encolheu as pernas e, deitando-se no sofá, sentiu o tórax doer pelo impacto da Bíblia. — Na verdade, sinto que ele só aproveitou a situação para descontar em mim toda a raiva guardada.

— Meu Deus, amiga! Ele atirou a Bíblia em você. Isso é coisa de piá birrento — Maria vociferou no telefone.

— Piá? — Paula riu na tentativa de aplacar a raiva da amiga.
— Ele é um piazinho.

Uma voz grave no fundo chamou por Maria.

— Júlio está aqui, vou contar para ele. — Ouviu a amiga chamando o rapaz para perto.

— Não, não faz isso. Que desnecessário.

Mas Maria já estava contando tudo. Paula cerrou os olhos.

— Vou passar aí — disse uma voz masculina.

Paula franziu o cenho.

— Pra quê?

— Pra ver como você está. E também para checar a Mimosa, daí.

A garota levou uma mão à testa e respirou fundo.

— Cowbee!

— Mimosa.

— Cowbee.

— Você é teimosa igual burro empacado, bah. Já falei que é Mimosa.

— Ai, parem, vocês dois! — Do outro lado, Maria perdeu a paciência. — Resolvam isso outra hora.

Paula se sentou no sofá.

— Foi ele que começou. Você viu! — ela se interrompeu e segurou a vontade de grunhir. Maria tinha razão. Era como se Júlio evocasse seu lado mais infantil toda vez que conversavam. Mesmo ali naquela hora, quando ele parecia querer ajudar, conseguia irritá-la. Ela respirou fundo. — Fala para o seu primo que ele não precisa passar aqui.

— Precisa sim. — disse Maria. — Ele ia passar aí de todo jeito, ou você já aprendeu a tirar leite sozinha? Além disso, esqueceu que combinamos de ir para a Escola Bíblica?

Paula levou a mão à testa. Tinha se esquecido de que era domingo. Olhou para o relógio. Oito e meia da manhã. Ainda dava tempo. Soltou um suspiro, concordou e desligou a chamada. Maria viajaria dentro de algumas semanas, e Paula queria passar a maior quantidade de tempo possível perto dela. Levantou-se para subir as escadas e se arrumar.

Antes de fechar a janela do quarto, espiou lá fora, para se certificar de que não havia nenhum carro estacionado na entrada da casa. Foram os muitos podcasts de *true crime* que a levaram a considerar a atitude de Fernando, no mínimo, estranha. Recapitulou a conversa várias vezes, procurando pelo que havia feito de errado, mas não conseguiu entender como uma Bíblia podia ofender tanto uma pessoa.

Assim, ainda observando a paisagem através de sua janela, Paula relaxou os ombros e orou por ele. Era o que podia fazer.

– 14 –

Na segunda-feira a primeira missão do dia era tirar leite da Cowbee. Paula se alongou e estalou o pescoço, como se estivesse se preparando para uma luta. No caso, contra a própria incompetência. Não podia ficar dependendo de Júlio para sempre.

Naquele dia, por exemplo, ele estava atrasado, o que provava que não tinha tanto compromisso assim em ajudá-la quanto gostava de fazer parecer.

Tudo bem, ela daria um jeito.

Pegou o celular e procurou por vídeos na internet. Descobriu que existia um equipamento perfeito para a tarefa e tratou de encomendá-lo. Levaria dez dias para ser entregue na fazenda, bem diferente de São Paulo, onde as coisas costumavam chegar no mesmo dia. O jeito era seguir com o plano manual, enquanto não tinha a ordenhadeira.

Depois de meia hora sentada em um banquinho de madeira, rodeada por xixi de vaca e silagem — que conseguia ser mais fedida que o xixi da vaca —, Paula escondeu o rosto entre as mãos. As duas já haviam tido até uma conversa, mas não importava o quanto Paula pressionava o úbere de Cowbee, não saia uma única gota de leite.

Júlio estava atrasado, mas já era quase meio-dia e a vaca estava inquieta, mugindo e batendo as patas no chão.

— Ok, bonita, parece que somos só nós duas hoje e vou tentar ajudar você, mas preciso que me ajude também. — Paula acariciou a barriga da vaca. — Certo, agora vou puxar os seus seios e você vai deixar o leite fluir para o meu balde, como se fosse uma cena de um filme de contos de fadas da Disney, combinado?

— Em resposta, Cowbee bateu o rabo na cara dela.

— Que indelicadeza a minha, esqueci de prender seu rabo. — Paula ficou em pé e com as pontas dos dedos pegou alguns fios do pelo da vaca. — Com licença.

Paula prendeu o rabo do animal, exatamente como Júlio fazia, mas antes que terminasse a vaca urinou em sua bota.

— Ai, isso não parece estar dando muito certo.

Os olhos se encheram de lágrimas. Paula escorou o braço na parede da estrebaria e respirou fundo. Imaginou a fazenda com uma placa de vende-se na frente e se viu de volta a São Paulo.

Não, isso não pode acontecer.

Endireitou a postura, prendeu os cabelos e estalou os dedos.

— Vamos lá! — Sentou-se no pequeno banco de madeira.

Um tanto desajeitada, começou a puxar as tetas da vaca, sem conseguir resultado nenhum. Tentou, tentou e tentou. Quando estava prestes a chorar, ouviu uma risada atrás dela.

Levantou-se apressada para brigar com Júlio, afinal, era tudo culpa dele.

— Você está atrasad...

E nunca conseguiu concluir a frase, pois não era Júlio quem ria dela.

— Desculpe, não pude evitar. — Um rapaz de chapéu de palha e olhos azuis se aproximou um pouco mais. — Seu jeito de tratar a pobre da vaca me fez rir.

O homem caminhou em sua direção com a mão estendida. Calçava botas brancas de cano alto, jeans surrados e uma camisa preta com os três primeiros botões abertos.

Paula fitou a mão do jovem estendida em sua direção e pensou por um segundo se deveria cumprimentá-lo.

— Meu nome é Felipe. — Ele balançou a mão e apontou com o rosto para que ela cedesse ao cumprimento.

Paula apertou a mão dele.

— Me chamo Paula — disse sem sorrir.

— Eu sei. — Ele esfregou a barba por fazer. — A paulista que está desbravando nossas terras em busca de uma nova vida.

— Quem te disse isso? — Ela espremeu o nariz em uma careta.

— Hum... não lembro se foi o leiteiro, o vizinho de cima ou um primo meu. Na verdade, acho que foram todos. Cidade pequena, sabe como é, não se tem muitas novidades. — Ele deu de ombros e enfiou as mãos no bolso. — Sei também que você é amiga de Maria.

— Ótimo, sabe muito a meu respeito e eu não sei nada sobre você nem por que motivo está na minha estrebaria. — Paula cruzou os braços na frente do peito e encarou o sujeito com a cabeça erguida.

— Desculpe. — Ele tornou a rir. — Estava passando quando ouvi você resmungar com a sua vaca e por um momento pensei que precisava de ajuda.

Como se tivesse entendido, a Cowbee soltou um mugido sofrido em resposta.

Traidora.

— Sou seu vizinho, moro depois da encosta. — Ergueu o queixo para algum lugar atrás dele. — Sabe, essa parte aqui do lado que tem essa plantação de milho é da minha família. Para aquele lado é dos Pontes e para lá, dos Gasparetto.

— Está soando como espionagem. — Paula estreitou os olhos. — Era isso que você estava fazendo, não era?

— Capaz! — Ele tirou o chapéu e coçou a cabeça. — Eu não colocaria as coisas desse jeito.

— Pois bem! Você disse que parecia que eu precisava de ajuda e você acertou! — Descruzou os braços e acariciou a vaca. — Não consigo fazer com que ela solte o leite, sabe? — Paula fez alguns gestos com as mãos, provocando risos em Felipe.

— Você é engraçada.

E você até que é bonitinho, Paula pensou e logo sentiu vontade de se esconder em um buraco. *Qual é o meu problema?*

— Vou te ajudar. Dois toques e o balde está cheio de leite.

— Ó-ótimo.

— Veja. — Ele se sentou no banquinho de madeira e começou a puxar gentilmente as tetas da vaca. — Não é a força, é o jeito certo. Não pode ficar de *bobiça*, que se não a vaca começa a reinar e esconde o leite. — Ele sorriu. — Pegue aquele outro banco e sente aqui do meu lado. Vou mostrar.

Paula obedeceu e seguiu os comandos do recém-conhecido. Depois da terceira tentativa ela finalmente conseguiu que o leite jorrasse para o pequeno balde de alumínio.

— Uau! Consegui! — Pausou o trabalho para bater palmas, animada.

— Olha só para você! — Felipe sorriu. — Quase uma profissional.

— Isso foi muito simpático da sua parte, vizinho. — Paula juntou as mãos e inclinou a cabeça em agradecimento.

— Sabe, não consigo evitar. — Ele passou os dedos na aba do chapéu. — Quando vejo uma dama em perigo eu preciso ajudar.

Paula estreitou os olhos e analisou a expressão dele.

— Acontece que eu não estava em perigo — ela debochou.

— Ah, não — Felipe disse. — Eu tava falando da... Como é o nome dela? Cowbee?

Paula abriu os lábios sem acreditar e perdeu as palavras.

— Bom. — O jovem bateu a mão no joelho e se levantou. — Agora que minha missão está cumprida, preciso voltar aos meus serviços.

— Voltar a me espionar? — Paula perguntou.

Ele prendeu o riso e apertou os olhos claros.

— Nos vemos por aí, paulista.

* * *

Quando Paula finalmente concluiu sua tarefa com Cowbee e estava transportando o balde com leite, Júlio apareceu na estrebaria.

— Vejam só o que temos aqui, um senhor muito atrasado! — Paula disse com a voz estrangulada por causa do peso que carregava.

— Paula...

A garota sentiu um arrepio na espinha assim que o rapaz pronunciou seu nome. Nada de *Paulinha*, apenas um gélido *Paula*. Colocou o balde pesado no chão devagar. Um pouco do leite entornou com o impacto. Endireitou a postura e se virou para Júlio. Quando encontrou os olhos dele, teve certeza de que algo estava muito errado.

* * *

Paula estava sentada no sofá da sala de estar da casa de Maria. As mãos não paravam de tremer em seu colo. Júlio andava de um lado para o outro. Quando o barulho de um carro finalmente os tirou daquele estado de transe, ambos se olharam. Os olhos vazios, típico de quem havia acabado de receber uma notícia triste.

— Ela precisa do nosso apoio. — Júlio foi até Paula e segurou suas mãos por alguns instantes, antes de se encaminhar para a porta.

Júlio, que era feito de sorrisos, estava sério. Paula sentiu desejo de abraçá-lo. Não apenas para consolá-lo, mas muito mais para ser consolada.

Quando a porta deslizou, revelou Maria. Arrasada, ela caminhou até a amiga, descansando o rosto em seu ombro e encaixando-se entre os braços abertos que a esperavam.

— Amiga, eu sinto muito, muito mesmo! — Paula disse, apertando mais o abraço. — Sua mãe... eu nem consigo expressar meus sentimentos.

— Eu... — um soluço saiu da garganta de Maria — ... eu não consigo entender. Ela estava aqui hoje de manhã, e agora não está mais.

— Sinto muito, amiga.

Paula passou a mão pelo cabelo dela.

— Por que ela tinha que pegar o trator e sair daquele jeito? Ela sabia que precisava de conserto, e agora... agora ela não está mais aqui. Paula, minha mãe morreu! Eu não consigo acreditar.

Paula sentiu a dor da amiga em seu íntimo. Sabia o quanto aquela família era unida.

Não havia nada a ser dito. Paula tinha acabado de conhecer a mãe da amiga, mas já a amava de todo o coração. Dona Carol era uma guerreira, uma matriarca maravilhosa, que lutava pela família e só pensava no bem-estar dos seus. Paula sabia que tinha encontrado uma segunda mãe no momento em que recebeu o abraço dela. Mas, antes que pudesse se permitir receber aquele carinho e amor, perdera a chance de crescer e aprender com ela. A vida era cheia de surpresas mesmo.

— Amiga... — Maria, com a voz rouca, tentou falar alguma coisa.

— Ei! Calma, estou aqui com você. Não precisa dizer nada, calma...

Assim que essas palavras deixaram a boca de Paula, Maria se permitiu chorar. Paula achou melhor acompanhar a amiga até o quarto e convencê-la a descansar.

Durante todo aquele dia, cozinhou e ajudou Júlio nos cuidados com o sítio da família de Maria. Antônio, o viúvo, e seus outros dois filhos organizavam toda a burocracia de um velório e enterro.

Os dias seguintes foram sombrios. Paula queria voltar no tempo, para o dia em que chegara. Ela fora tão boba em não aproveitar a companhia daquela família na primeira noite naquela cidade. Estava tão preocupada com o futuro que se esquecera do mais importante: o agora.

Paula e Sem Nome, seu cachorro, passaram a dormir com Maria todas as noites. Ambas oravam juntas, mas na maior parte do tempo não conseguiam dizer nada, além de chorar abraçadas.

— Às vezes acho que nunca vou conseguir superar isso — Maria confessou em uma dessas noites. — Nunca mais a vida vai voltar a ser como antes.

Paula passou a mão pelos cabelos lisos da garota e deixou que ela falasse, sem pressioná-la. Maria continuou:

— Eu tenho orado, mas no meu interior eu questiono e às vezes até culpo a Deus pelo que aconteceu. — Deixou o choro sôfrego sair. — Ela ainda tinha tanto para viver, para fazer... Eu queria dar a ela tantas coisas, ser uma filha melhor. Mas isso, no meio do caminho, acabou com todos os meus planos.

O silêncio invadiu o quarto. Paula queria dizer para a amiga que tudo tinha um propósito. Que a dor amenizaria com o tempo. Era normal que ela se sentisse daquele jeito naquele momento.

— Paula, eu sei o que você está pensando. Sei o que você quer me falar. — Maria deitou de lado e olhou no fundo dos olhos dela.

— Se você sabe eu não preciso dizer, não é?

Maria sorriu.

— A gente se conhece bem. Obrigada por estar do meu lado nesse momento e por me ouvir. Não sei se poderia resistir a isso tudo sem você aqui. Obrigada por ajudar. Você nem imagina o quanto isso significa para mim. — Ela fez uma pausa e se deitou de barriga para cima, fitando o teto do quarto. — Amanhã vou voltar à minha rotina e terminar de arrumar as malas para a viagem aos Estados Unidos.

Apesar de pensar por um breve momento que Maria desistiria da jornada aos estudos em outro país, Paula sabia que aquela decisão era a melhor. Além disso, tinha certeza de que dona Carol aprovaria a decisão. Paula procurou pela mão da amiga, a apertou e levou até a boca, dando ali um rápido beijo. Ela não precisava dizer nada, ambas sabiam que aquela amizade havia sido selada por Deus e que aquele momento também tinha saído do coração dele. O silêncio só foi quebrado por uma bola de pelo saltitante que subiu na cama e foi até o rosto de Maria, secando as lágrimas de suas bochechas com lambidas. Maria riu baixinho, encolhendo-se.

— Você precisa dar um nome para ele — disse rindo, enquanto o cachorrinho seguia sua tarefa.

— Aceito sugestões. — Paula ficou de pé e foi até a janela, fitando o céu no exato instante em que uma estrela cadente cortava a escuridão pontilhada.

— Você viu isso? — perguntou incrédula para a amiga.

— O quê?

— Uma estrela cadente!

Maria aninhou Sem Nome no colo e olhou para ela com uma expressão confusa.

— Jamais vi isso em São Paulo. Tem muitas luzes e o céu é sempre tão poluído — explicou Paula. — Uau! Estou em choque, olha, estou tremendo! — Paula foi para perto de Maria e mostrou as mãos.

— Você é tão boba — Maria riu.

— Já sei! Já sei! — Saiu saltitando pelo quarto. — É um sinal!

— Sinal de quê, sua doida? — Maria também ficou de pé, na tentativa de acompanhar a empolgação de Paula.

— Vou chamar essa bolinha de pelo — pegou o cachorrinho e ergueu acima de sua cabeça — de Halley!

— Halley? — Maria coçou o topo da cabeça — O que isso tem a ver?

— Faz todo o sentido! Estrela cadente, cometa... cometa Halley — Paula disse, como se fosse óbvio.

— Eu queria entender como a sua mente funciona.

— Olha, Halley — Paula colocou o pequeno cachorro na janela —, está vendo toda aquela fazenda antes da encosta? É lá que você vai correr, brincar e roer todos os ossos que quiser. — O cachorro apenas grunhiu baixinho e ela o pegou, soltando-o no chão, para que fosse brincar nos pés de Maria. — Afinal, eu moro no Caminho Para o Céu! Ah! É lindo!

As duas sorriam uma para a outra e Paula permitiu que uma pontinha de esperança renascesse no coração ao afagar a bola de pelo recém-batizada. Pegou a mão da amiga e apertou com carinho. Tudo ficaria bem, elas tinham uma à outra, e o mais importante, elas tinham a Deus. Ele não permitiria que sua amiga se sentisse sozinha, jamais.

ALVES &
ASSOCIADOS
ADVOGADOS

Querido amor da minha vida (risos),

Mais um dia triste nas terras geladas de Vale d'Ouro. Eu que pensava, não, quase jurava que levaria uma vida calma e tranquila nesta cidade, ultimamente tenho passado por fortes emoções. Além de tudo que já contei anteriormente, minha melhor amiga (e uma das madrinhas do nosso casamento, já está decidido) acabou de se mudar para os Estados Unidos. Deixei-a na rodoviária. Tenho quase certeza de que uma parte do meu coração embarcou com ela naquele ônibus.

Hoje orei por todas essas situações e, claro, me lembrei de você. Por isso estou debruçada sobre esta carta. Espero que sua vida esteja melhor do que a minha, pois aqui está uma bagunça. Com a morte da dona Carol, abandonei por completo os cuidados no Caminho Para o Céu. Júlio tem me ajudado. Sabe, espero que você se torne amigo dele, quando o conhecer. No começo ele vai parecer meio arrogante, mas depois você vai perceber que ele tem um ótimo coração. Não poderia ser diferente, afinal, todos na família de Maria são assim.

Ah! Você precisa saber que arranjei um nome para o cachorro: Halley. Espero que você se dê bem com ele também.

Agora preciso voltar aos meus afazeres. Administrar uma pequena fazenda não é tão simples.

Saiba que já amo você.

Paula

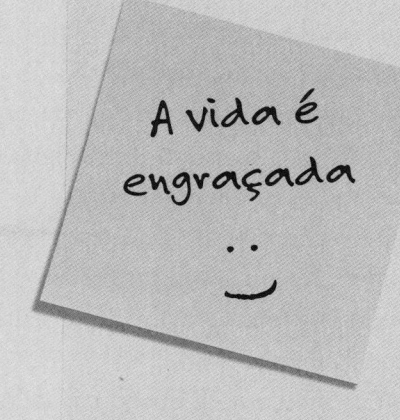

- 15 -

Os primeiros meses no Caminho Para o Céu

Eram seis horas da manhã quando a última vogal da carta foi escrita. Paula saiu do escritório acompanhada por Halley. O cachorro estava mais esperto e maior a cada dia, e já sabia para onde sua dona estava indo. Por isso, correu na frente, descendo as escadas com estardalhaço.

Assim que Paula entrou na cozinha, começou a preparar tudo para mais um dia. A água no bule e o aroma do café que logo se espalharia pela casa, os ovos colhidos no dia anterior e o pão caseiro, um presente da mãe de Felipe. Respirou fundo e fez uma oração. Preparou a mesa para duas pessoas, dando-se conta, somente ao se sentar, de que Maria não viria naquela manhã.

Entristeceu-se. E quando, já de pé, se preparava para tirar a segunda xícara e prato da mesa, ouviu batidas na porta da frente. Halley correu em disparada, com o rabo se agitando como um espanador de pó em ação. Paula nem precisou fazer esforço para saber quem era. Apenas gritou:

— Entre, Júlio! A porta está aberta.

Ouviu o rapaz entrar e conversar com o cachorro. As tábuas da velha casa estremeceram um pouco conforme Júlio se aproximava da cozinha. Ele parou no batente e descansou o ombro de forma relaxada na parede.

— Você deveria me ouvir quando digo para trancar a porta.
— Júlio passou a mão pelo cabelo, o semblante de quem estava cansado.

— Lá vem você com esse papo de que é perigoso. Meu amigo, eu venho das terras longínquas de São Paulo e sei o que é perigo — desdenhou, enquanto colocava a xícara de volta na mesa. — Venha, sente-se. Tome café comigo e seja minha Maria hoje.

Júlio estreitou os olhos e sentou-se em uma cadeira, bem próximo a ela.

— Ai, qual é o seu problema? Precisa sentar tão perto? — Paula se levantou e foi para o outro lado da mesa. Halley bufou um pouco e deitou-se aos pés de Júlio.

— Você está vendo, né, amigão? Ela nem consegue disfarçar, não consegue ficar perto de mim. — Piscou para Paula, enquanto levava à boca uma generosa fatia de pão.

— Realmente, é bem difícil ficar perto de você. Aliás, por que está aqui tão cedo?

— Vim avisar... — começou, mas logo se distraiu, baixando os olhos para a massa em sua mão. — Nossa, que pão gostoso! Vou até... — ele mergulhou o pão na xícara de café — *potchar!* — E comeu o pão úmido, enquanto Paula fazia uma careta de nojo.
— Enfim, vim avisar que hoje dois casais virão para a entrevista de emprego.

Paula uniu as mãos na altura do peito.

— O aviso no rádio foi feito ontem à tarde e já temos candidatos?

— Sim, o locutor conhecia um casal e a secretária, outro. Passaram meu contato e eu já agendei. Sou ótimo, não sou?

— Eu jamais admitirei que estou grata pela sua ajuda — revirou os olhos, enquanto Júlio ria.

Paula levou a xícara de café à boca, escondendo o sorriso. Adorava o som da risada de Júlio. Era confortável. Claro que ela nunca contaria isso a ele, pois, convencido do jeito que era, usaria isso contra ela pelo resto dos seus dias.

— Agora me diga, onde você comprou esse pão? Porque, com certeza, não foi você quem fez.

— Nem tentaria fazer pão. Aliás, acho que nem teria tempo para isso, com todas as coisas que tenho para fazer neste lugar. Foi a mãe do Felipe, acho que o nome dela é Luiza. Eles passaram aqui ontem à noite para me dar as boas-vindas e desejar sucesso na "empreitada".

Júlio falou alguma coisa sobre Felipe, mas Paula se perdeu nas lembranças da noite anterior. Os vizinhos a haviam pegado completamente de surpresa. Já estava devidamente vestida com o pijama de oncinha e com os cabelos acomodados na touca de cetim quando mãe e filho apareceram no portão. Ao bater os olhos em Felipe, quase se esqueceu de respirar.

Era uma visão muito bonita.

— Ei, garota, acorda! — Júlio balançava as mãos na frente do rosto dela.

— Ah, desculpa... — Paula piscou os olhos e o fitou.

— Me passa o leite — Júlio apontou para a leiteira.

Paula soltou um risinho.

— O *lêite quênte*? — imitou o sotaque de Júlio, mordendo os lábios para segurar o riso.

Ele nem ligou, apenas empurrou a xícara um pouco para a frente, para que Paula pudesse enchê-la.

— O que você disse antes? — perguntou ela, entornando o líquido na xícara. — Sobre Felipe...

— Nada não, apenas que fico feliz que esteja se dando bem

com seus novos vizinhos. — Ela não acreditou muito na sinceridade dele, mas decidiu não questionar.

Depois, uma curiosidade lhe ocorreu.

— Júlio, eu estava pensando aqui... Por que Felipe e a família dele não estavam no velório e enterro da dona Carol?

— Acho que pelo fato de a família de Felipe ter enganado meus tios há alguns anos. — Júlio deu de ombros. — Talvez eles não consideraram deixar de lado essas questões e se compadecer do luto de velhos amigos.

— Como assim *enganou*?

Ele se remexeu inquieto.

— Ô, garota fofoqueira.

Paula abriu a boca em choque. Pegou um salame na mesa e ameaçou lançar na direção dele. Júlio encolheu os ombros e piscou os olhos.

— Ei! Você não teria coragem...

A garota devolveu o salame para a mesa.

— Pra que você quer saber dessas coisas?

Paula ruborizou e engoliu em seco.

— Ué, eles são meus vizinhos. Não acha que eu preciso saber com quem estou lidando?

— Faz sentido. — Júlio ergueu as sobrancelhas. — Uns anos atrás, o pai de Felipe invadiu a propriedade do meu tio.

Paula arregalou os olhos.

— Como assim?

— Foram pelo menos uns cem metros.

— Mas e aí? Ninguém fez nada?

— Ah, o tio até tentou recorrer na justiça, mas obteve em resposta uma ameaça.

Paula largou a xícara na mesa. E o fitou assustada. Júlio contava aquilo assim? Como se não fosse nada?

— Ameaça?

Júlio coçou a cabeça.

— O juiz é genro dele.

— Do pai de Felipe?

— É. Marido da filha.

— Eu sei o que é um genro! — Paula protestou.

— Então você consegue entender o problema. Eles foram bem *jaguaras*. — Paula não sabia o que era um "jaguara", mas não devia ser coisa boa. Júlio esticou o braço para pegar outro pão e depois o levantou para ela. — Mas o pão tá massa.

— Uau, as coisas por aqui são intensas. Uma coisa meio *velho oeste* — Paula resmungou consigo mesma. — Mas e o registro da propriedade?

— Você ouviu *juiz casado com a filha*? — Júlio se levantou, ajeitou os cabelos para trás e levou o dedo em riste até a boca em sinal de silêncio. — Eu nunca te contei isso, entendido? Agora vamos! Preciso te passar uma informação muito importante.

Paula ficou de pé em um instante e o seguiu pelo corredor até chegar à varanda da frente.

— Diz logo. Que informação é essa? — ela falou, calçando as botas. Não eram mais as de Jimmy Choo. Havia passado na agropecuária do Zé e comprado um par que fosse resistente aos desafios da fazenda, e que ela não tivesse tanta dó de sujar toda vez que fosse ao chiqueiro — ou vontade de chorar de desespero sempre que a Cowbee fizesse xixi no couro caríssimo.

— Botas bonitas. — Júlio coçou o nariz.

Claro que ele não deixaria de reparar. Paula bateu os pés nas ripas da varanda e o fitou.

— E aí? Cadê a informação?

— Certo, bora comigo. Quando você comprou a fazenda, muitas coisas já estavam incluídas. A Mimosa, as galinhas, as ovelhas...

— As ovelhas eu não esperava.

— Largue mão de me interromper! E como assim você não sabia das ovelhas, você não leu o contrato? Meu chapéu... — Júlio deu um peteleco na cabeça de Paula.

— Ai! Não faz isso, seu... seu...

Paula deu um tapa no ombro do rapaz, tentando encontrar um insulto que não comprometesse sua fé. Palavras ofensivas rodavam sua mente, mas nenhuma passou pelo filtro.

— Seu? Ah, claro que eu posso ser seu. Se você me pagar bem... — Júlio piscou para ela.

Incrédula, Paula deu meia-volta, decidida a deixá-lo falando sozinho.

— Espera aí, eu preciso entregar as chaves.

— Chaves? Que chaves? — Paula parou e virou o corpo, cedendo à curiosidade.

— Bah! Você estragou completamente o meu discurso, era para ser um momento especial. — Ele fingiu estar decepcionado.

— Chega de *ratiar*, vou te mostrar a que pertencem essas chaves. Ele a abraçou de lado e a puxou.

— Não entendo essa sua obsessão de encostar em mim — reclamou, tentando se desvencilhar.

— Não reclame tanto. — Ele sorriu enquanto bagunçava o cabelo cacheado de Paula. — Eu acredito que sou assim porque toda a minha família sempre foi muito dada a demonstração de afeto a quem amam. Agora, pare aqui enquanto eu abro as portas da esperança.

A quem amam?

Mas ela não teve tempo para pensar. Júlio escancarou as enormes portas do galpão, o mesmo que Maria tinha mostrado havia algumas semanas.

Júlio tem uma surpresa para você ali, a amiga tinha dito. Agora Paula se perguntava como era possível que tivesse se esquecido completamente daquilo. Ficou paralisada e confusa quando olhou para o interior do lugar e viu uma antiga camionete vermelha da Chevrolet.

Alguns segundos se passaram e Paula espirrou diante da poeira que veio do galpão.

— *Tã-dã!* — Júlio esticou os braços para o veículo.

— Não estou entendendo. — Paula deu de ombros e balançou a cabeça.

— *Homi do céu*, às vezes você é muito devagar. — Júlio foi até ela e desferiu um segundo peteleco na testa.

— Você... ah!

O sangue da garota ferveu. Sem controlar os impulsos, ela deu um tapa leve no braço dele.

— Pare com isso! — ela rosnou.

Ele riu, o que a irritou ainda mais.

— Você é inacreditável. — Paula cruzou os braços e fechou a cara.

Júlio suspirou.

— Desculpa se passei do limite — ele pediu.

— Passou mesmo — ela disse, esfregando a testa.

— Deixa eu ver... — Ele deu um passo à frente e analisou a cabeça dela, apoiando a mão no ombro da moça. — Pelo menos não machucou.

Quando os olhares dos dois se encontraram, ambos ficaram sem jeito. Paula enrubesceu, e Júlio baixou os olhos para a mão no ombro dela e soltou um pigarro.

— Não consigo controlar, eu sou assim — ele disse com um passo para trás, desfazendo o toque.

Paula procurou as palavras por mais segundos do que o costume.

— Deveria se esforçar mais — ela disse, por fim.

— Ou você poderia aceitar que eu adoro te importunar, porque você fica muito... — ele a olhou nos olhos outra vez — ... engraçadinha quando está brava. Bem — Júlio limpou a garganta outra vez. — Então essa é a sua, hã... camionete. Aqui estão as chaves, e toda a documentação está no porta-luvas. Você precisa fazer a transferência.

Quando ela estendeu o braço para aceitar as chaves, as mãos deles se tocaram. Paula queria desviar os olhos, queria muito, mas parecia impossível. Júlio parou de sorrir. Paula sentiu o coração bater estranho, como se estivesse prestes a fazer algo fora do roteiro.

Então, uma galinha surgiu do nada, cacarejos e penas para todos os lados. Júlio deu um passo para trás, surpreso.

— C-como assim? Quero dizer, não me lembro de ter um veículo incluso no contrato — ela coçou o olho. — Se bem que também não me lembrava das ovelhas.

Júlio sorriu, quebrando um pouco a tensão.

— Não tava no contrato. A gente achou que não ia conseguir vender, sabe? A gente ia perder tudo. Meu pai ficou louco, você não imagina. Ele prometeu a São.... — Júlio pensou por um momento. — Bah, agora não lembro qual santo. Enfim, prometeu que se conseguisse vender a fazenda e se livrar da dívida daria a camionete ao comprador.

— Ai, eu não posso aceitar.

Ela olhou para a camionete e pensou no fusca de Júlio e nos problemas financeiros da família dele. Sentiu um arrepio. Parecia muito errado.

— Ih, você não tem escolha não, viu?

— Como assim? Estou falando sério. Entregue isso para o seu pai. — Ela esticou as mãos com as chaves.

— Entrego nada.

Júlio deu de ombros.

— Então eu vou pagar por ele.

Paula cruzou os braços e bateu com uma das botas no chão, desafiando-o a brigar.

— E você tá com dinheiro sobrando assim, é? Sua conta não tava ficando lisa?

Ela fechou a cara. Maria tinha que contar tudo para ele? Depois de suspirar, Paula foi até a camionete e passou a mão pela lataria. Era velha e tinha alguns risquinhos, mas nem mesmo quando ganhou um conversível dos pais sentiu o que estava sentindo naquele momento.

— Eu quero ela.

— Que bom — ele respondeu satisfeito e já estava dando as costas quando a moça protestou.

— Mas não de graça! Tá doido? Diga ao seu pai que vou pagar aos poucos, como se fosse um financiamento. E quando terminar, sim, passamos para o meu nome.

Ela ainda não sabia como iria honrar isso, mas ficou feliz por ter pensado em uma solução.

— Olha, você é *mesmo* teimosa feito um burro empacado, hein? E a promessa do velho?

Paula piscou os olhos.

— Achei que você era *evangélico*. Até onde me lembro, a gente não faz promessas.

— Eu sou, meu pai *ainda* não — ele pontuou. Paula deu de ombros.

— Diga que a proprietária agradeceu o presente... — Júlio já estava sorrindo quando ela completou: — Mas que eu vou pagar a ele.

Ele revirou os olhos e deu a volta na camionete, aparentemente desistindo de discutir. Paula suspirou observando o carro de um jeito apaixonado.

— O que foi? — Júlio perguntou, colocando a cabeça por cima da lataria.

— Me sinto vivendo meu próprio filme da mocinha da cidade que se muda para o interior.

— Mas foi exatamente o que você fez.

— É, né?

Com um sorriso, a garota entrou no carro e o ligou.

— Quer dar uma volta?

— Não, acho mais seguro ficar só observando.

Ele balançou as mãos na frente do corpo.

— Observe mesmo, quem sabe você aprende algo. — Paula piscou para ele e engatou a marcha.

Saiu do galpão e, pelo retrovisor, pôde ver Júlio abanando o rosto para afastar a poeira. A cena a fez sorrir. Estava dirigindo sua camionete na sua fazenda.

— Ahhhh! — gritou de alegria. — Obrigada, meu Pai!

* * *

Depois de dar algumas voltas com a nova camionete, Paula ficou no balanço da figueira conversando com Maria, que estava em uma escala no meio do trajeto para a América do Norte. Assim que desligou a videochamada, um Fiat Uno vermelho estacionou em frente à casa. O primeiro casal para a entrevista.

Era óbvio que ela não daria conta de todos os serviços na fazenda. Apesar de toda a ajuda de Júlio, muitas coisas ali estavam fora do alcance dela. Como, em sã consciência, ela arrumaria uma cerca de arame farpado sozinha?

Tão logo terminou de conversar com o primeiro casal e apresentar a casa do caseiro, o segundo casal candidato apareceu. Paula conversou por um longo tempo com esses, até sobre Deus falaram. Ela os reconheceu da igrejinha da comunidade.

— Nós também a vimos na igreja e até conversamos sobre você — disse a mulher, que se chamava Pietra.

Estavam sentados em volta da mesa de jantar. Paula serviu água para os dois e para si mesma.

— Espero que tenham sido coisas boas.

— Claro que sim, dona Paula!

Paula sentiu vontade de rir de toda aquela formalidade. Pietra tinha uma aparência séria, cabelo preso em coque e usava uma saia jeans abaixo dos joelhos.

— Pode me chamar só de Paula — respondeu. — Mas me conta o que vocês falaram sobre mim.

A mulher sorriu, tímida.

— Bem, só mencionamos sua coragem de se mudar para cá e de ficar sozinha nesta propriedade enorme. Nosso filho, que está servindo o exército, tem essa mesma coragem. Nós temos muito orgulho dele. — Pietra sorriu com carinho e então olhou para Paula. — Imagino que seus pais também devem se sentir assim, não é?

Paula assentiu e deu um gole na água. Adoraria que os pais também se sentissem orgulhosos dela. Como naquela vez, quando ainda moravam na França e uma senhora de cabelos brancos elogiara o francês de Paula. O pai estufara o peito e os olhos da mãe se iluminaram. Eles pousaram as mãos nos ombros da filha e agradeceram à senhora. Naquela tarde ela tomou o melhor sorvete de chocolate da sua vida.

— Acreditamos que temos muito a aprender com você. — Pietra pegou a mão de Paula.

— Comigo? Acho mais fácil o contrário. — Paula olhou para o homem. — O senhor acha que consegue me ajudar? Tem muita coisa para ser feita.

— Sou acostumado com a lida do campo. — Ele apoiou as mãos na mesa. — Antes de você nascer eu já tava tacando o terror no meio de milharal e domando potro.

Ele falou de um jeito engraçado, o sotaque forte, quase cantado.

— João é *bicho véio,* como falamos por aqui — Pietra disse. — Quer dizer que ele tem muita experiência — explicou, ao notar que Paula pendeu a cabeça para o lado.

— Isso inclui experiência em tirar leite? — Paula sorriu.

— Nós dois sabemos — João respondeu. — Já cuidamos de mais de cinquenta vacas no sítio dos Gasparetto, pode conversar com eles.

Paula arregalou os olhos. Já era difícil cuidar de uma vaca. Pietra pareceu notar a insegurança da menina. Juntando as duas mãos na frente do corpo, abriu um sorriso gentil e disse:

— Você é jovem, cheia de ideias, e nós queremos ver tudo o que Deus vai fazer através da sua vida aqui neste lugar.

Ali, naquele instante, Paula já havia feito uma escolha.

— Bom, se depender de mim — Paula anunciou, levantando-se da mesa —, podem trazer a mudança de vocês amanhã mesmo.

Pietra ficou de pé, sorrindo, e esticou a mão para apertar a de Paula.

— Se não fosse pela chuva, a gente se mudava ainda hoje.

— Mas que chuva, Pietra? — Paula olhou para a janela. — Tem algumas poucas nuvens lá fora, mas está bem ensolarado.

— Vai por mim, vai chover e muito! Vai ser de afogar o sapo no banhado.

Ela levantou as sobrancelhas, surpresa com a certeza da mulher, mas se fosse honesta, teria dito que duvidava um pouco daquela previsão. Depois de tratarem das questões salariais, despediu-se dos dois, animada por terem chegado a um acordo. As economias que havia feito com o que sobrara da venda do apartamento do avô garantiriam o pagamento do curso de agronomia e estadia dos funcionários ao longo daquele ano. Teria doze meses para fazer a fazenda produzir alguma coisa e se autossustentar.

A cabeça de Paula estava a mil. Quando o casal tinha acabado de sair, ela se lembrou de que precisava comprar ração para Halley e um medicamento para Cowbee, que vinha sofrendo de mastite — aparentemente por causa dos horários malucos em que ela estava tirando o leite da pobre.

Chamou Halley e entraram na camionete. Antes que atravessasse o portão de Caminho Para o Céu, as primeiras gotas começaram a cair. Quando chegou ao mercado, as ruas pareciam um rio turbulento. Riu sozinha lembrando-se de dona Pietra. No fundo estava feliz por contar com alguém tão experiente ao seu lado.

Ao voltar para casa, com Halley encolhido no banco ao lado, deixou-se distrair por um segundo, tempo suficiente para não notar um buraco na estrada de chão e sentir a direção do veículo ganhar vida própria. Acelerou, mas não adiantou, o volante estava completamente tomado. Tirou os pés do acelerador e deixou a camionete parar toda atravessada na estrada. Conseguiu controlar a respiração e verificou se estava tudo certo com ela e com o cachorro, e depois deu partida no carro, mas ele não saiu do lugar.

— Ótimo, estou atolada na lama.

Quando pensou em pegar o telefone nas mãos, um trator parou bem à sua frente. A chuva ainda caía torrencialmente quando Felipe saiu da cabine e veio até ela.

— O que aconteceu, vizinha? — Ele estava com o rosto molhado e a camisa colada no corpo por causa da chuva.

— Ah... não sei, eu acho que caí em um buraco e perdi a direção, agora estou atolada... — disse, sentindo-se ridícula por estar naquela situação diante de Felipe.

— Vou tentar puxar a camionete. Consegue dar partida?

Paula tentou algumas vezes, mas o veículo decidiu que não funcionaria naquele momento.

— Parece que não.

— Tudo bem. Tenho um cabo aqui e vou prender no para-choque e vou te rebocar até sua casa, tá bem?

Paula concordou com a cabeça. Fechou o vidro assim que Felipe foi para a frente. O rapaz prendeu o cabo e fez sinal para que ela apenas conduzisse o veículo durante o trajeto.

— Graças a Deus que estamos perto, né, Halley?

O cachorrinho soltou um uivo.

— E que temos um vizinho prestativo. — *E gato*, o pensamento a fez corar.

Felipe a conduziu com calma e logo chegaram ao Caminho Para o Céu, onde um Júlio recostado na varanda observava a situação toda.

Assim que Paula desceu da camionete com Halley no colo, Felipe também desembarcou do trator e, juntos, correram para a varanda, fugindo da chuva que insistia em cair. Halley foi até os pés de Júlio e deitou.

— Você sempre salvando damas em perigo! — Paula sorriu de um jeito meio bobo para Felipe.

Pelo rabo do olho, percebeu que Júlio continuava apenas observando, como se não estivesse no mesmo ambiente que eles.

— É claro que você se refere à camionete, não é?

— Claro, claro... — Paula riu alto.

Júlio soltou uma risadinha.

— Ah! Oi, Júlio. — Felipe estendeu a mão para ele.

Júlio apertou e perguntou o que havia acontecido. Paula explicou sem desviar os olhos de Felipe.

— Amanhã podemos ver... — Júlio começou, mas Paula o interrompeu.

— Felipe, por que você não fica e toma um café comigo — ela olhou para Júlio —, quer dizer, com a gente, para que eu possa retribuir sua ajuda?

— Claro, vai ser um prazer.

Assim que terminou de dizer isso, voltou-se para o trator e fez sinal para que alguém viesse até ele. Só então Paula notou a garota de longos e lisos cabelos escuros.

— Espero que não se importe — sorrindo —, mas não posso deixar minha namorada na cabine do trator.

Às vezes sou mandona e não sei contar piadas, mas seria muito gentil se você me obedecesse eventualmente e sorrisse de algumas tentativas minhas de ser engraçada.

Paula

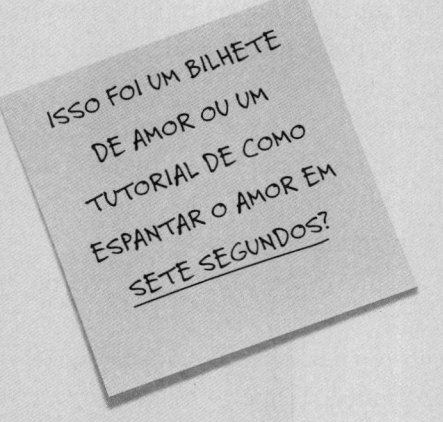

ISSO FOI UM BILHETE DE AMOR OU UM TUTORIAL DE COMO ESPANTAR O AMOR EM SETE SEGUNDOS?

doutoralbertoalves@gmail.com • Travessa do Devaneio, nº 02, Jardim Estrelas, São Paulo - SP

16

— Não posso acreditar que fiz isso! — Paula escondeu o rosto entre os braços na frente da pequena tela do celular.

— Para, imediatamente, com esse drama todo! Estou longe de você um dia e olha só o estado em que você se encontra.

Paula ouviu a amiga lixar a unha.

— Por que você não me disse que Felipe tinha namorada? — A pergunta soou abafada, pois a garota ainda estava com o rosto vermelho-incandescente escondido.

— Você não perguntou. E mais cedo ou mais tarde acabaria descobrindo. Nem consigo entender todo esse show, se considerarmos que você nem sente nada por Felipe. Bem, você está passando pelo que passei quando tinha uns treze anos.

Com isso, Paula levantou o rosto e fitou a tela do celular, espantada.

— Você também gostou de um cara comprometido!?

— Paula, você não gosta de Felipe — Maria riu —, você apenas está impressionada com a gentileza e, claro, com a beleza dele. Foi por isso tudo que me apaixonei quando eu tinha treze anos — declarou dando de ombros.

— Céus! Você também era apaixonada por *ele!* — Paula levou a mão à cabeça para verificar se estava com febre. — Acho que não estou muito bem.

— Você deveria ser atriz. Olha todo esse potencial sendo desperdiçado. — Maria riu.

— Foco, precisamos de foco! Não chegamos a nenhuma

conclusão desde que iniciamos essa conversa. Quer dizer que você também já caiu nos encantos do bom moço, fale mais sobre isso.

— Não há nada a falar. Estudei com ele, éramos do mesmo grupinho e, bem, foi natural. Todas as garotas da escola eram ligadas nele. — Balançou a cabeça em negativa. — Menos a Morgana, quase me esqueço dela. Aquela sempre teve uma queda, não, uma cachoeira inteira por Júlio.

Paula forçou um riso.

— Júlio deve ter subornado a moça para ela inventar essa história. — Paula riu da própria piada.

Maria apenas a fitou, com aquele olhar que Paula conhecia bem. A amiga só o usava quando tinha certeza de alguma coisa. Era o olhar de sabichona, de quem sabe mais que todo mundo.

— Odeio quando você faz essa cara — Paula bufou.

— Eu sei. Mas, vamos lá, onde estávamos? — A imagem da amiga ficou congelada por alguns segundos.

Paula pegou o celular e moveu um pouco para o lado, na direção do roteador. A imagem voltou e a voz de Maria saiu sem cortes:

— Eu *gostava* dele. Aí o pai dele deu um golpe na minha família. Apesar de conhecer Felipe e saber que ele é uma excelente pessoa, e de meus pais nunca terem me proibido de falar com ele, me senti como se fosse uma Julieta, enquanto ele era o Romeu. Na minha inocência, ele sentia algo por mim também. Qual foi minha surpresa quando ele apareceu com Monique algumas semanas depois? Estão juntos até hoje. Me admiro que ainda não tenham se casado, mas se não me engano ouvi minha tia mencionar que a data estava marcada para o final deste ano. É possível que você receba um convite.

— Ah! E agora isso. Olha, como você me faz falta por aqui. Se você estivesse do meu lado, eu não teria passado essa vergonha. — Paula escondeu o rosto entre as mãos mais uma vez.

— Paula! — Maria gritou.

Paula levantou o rosto com os olhos arregalados e choramingou:

— Você vai ser expulsa do seu quarto em tempo recorde desse jeito. Precisa gritar comigo? — disse baixinho.

— Vê se toma juízo e para com esse drama todo — Maria a ignorou e continuou falando alto. — Você precisa confiar em Deus.

Paula esfregou os olhos e fitou o celular. Uma garota loira com um casaco da ORU apareceu atrás de Maria e, em inglês perguntou se ela ia "para o tour da faculdade". Na mesma língua, Maria respondeu que ia com o segundo grupo.

— Não sei do que você tá falando — Paula disse depois que a amiga voltou a atenção para ela outra vez.

— Até pouco tempo você nem pensava em casar, namorar ou conhecer alguém. Agora está aí toda carente.

— Que exagero.

— Tudo tem seu tempo — Maria continuou. — Só porque mudou de ideia, não significa que um homem decente, que te ama e quer o seu bem, vai cair do céu de uma hora para a outra.

Um silêncio atravessou o continente americano de uma ponta a outra. As duas ficaram se olhando durante um bom tempo. Era possível ouvir os grilos e cigarras que cercavam o casarão de Caminho Para o Céu, enquanto na rua agitada do estado de Oklahoma, carros, buzinas e sirenes soavam.

— Você sempre tem razão. Queria ter essa plenitude e confiança que você tem — Paula disse por fim, quebrando o silêncio entre elas.

— Paula, não faça isso. Não se compare a mim nem a ninguém. Você é única. Não se esqueça de que algumas semanas atrás estávamos no meu quarto e eu fiz vários questionamentos sobre alguns acontecimentos em minha vida. — Esperou por um momento, antes de continuar. — Sabe, são fases.

Paula relaxou os ombros. Ela poderia contar qualquer coisa para aquela garota de olhos inteligentes, sabendo que receberia empatia, amor e um bom conselho. Ou simplesmente ouvidos prestativos e lábios que não julgam.

— Obrigada, maninha. — Paula se sentiu levemente emocionada.

— Você sabe que sempre pode contar comigo. Mas promete que vai deixar Deus cuidar de você e te surpreender?

Antes que Paula pudesse responder, alguém bateu na porta do quarto de Maria. Algo inaudível foi dito do outro lado.

— Agora eu tenho que ir — disse a estudante.

Paula soltou um suspiro.

— Vai lá fazer novos amigos e se esquecer de mim, pode ir... snif, snif, snif. — E fingiu secar uma lágrima.

— *There we go!* — Maria bateu palmas. — O Oscar de amiga mais dramática do ano vai para... *tan-tan-tan-tan*... Paula Alves! Palmas meus amigos, palmas!

Paula riu e fez uma reverência.

— Vai lá, aproveite e viva esse seu sonho da forma mais intensa que você puder. — Paula sorriu ao ver os olhos brilhantes da amiga, que nem mesmo o péssimo sinal da internet era capaz de apagar.

— Ah, vou fazer isso. *Believe me* — Ela piscou um olho. — Mas depois a gente senta juntas e separa alguns horários para poder conversar. Ainda preciso me acostumar com minha agenda aqui, mas sei que vamos nos ajeitar.

As duas se despediram dando beijinhos no ar, e Paula já estava fechando a tela do notebook quando a outra completou:

— Não procure muito, maninha. Às vezes o que desejamos está mais perto do que podemos imaginar.

E desligou.

17

A chuva castigava as janelas da cozinha. Paula estremeceu e segurou uma caneca de café quente entre as mãos. Do lado de fora, João passou, vestindo uma capa amarela. Ele retornava da estrebaria com um balde cheio de leite que logo se tornaria um saboroso queijo preparado pelas mãos habilidosas de Pietra.

Paula sorriu. As coisas estavam um pouco melhores desde que os dois começaram a trabalhar no Caminho Para o Céu. Até mesmo a Cowbee estava tranquila, nunca mais tinha visto a vaca pular a cerca.

Com essa ajuda extra, ela teve tempo livre para organizar o casarão. Estava tudo em seu devido lugar, com exceção de cinco caixas enormes que havia recebido de surpresa no dia anterior e que agora estavam aglomeradas em um canto na sala. Já não bastava os sapatos e bolsas que a mãe tinha enviado por Fernando, agora ela tinha mais essas caixas com coisas que preferia ter deixado na sua vida em São Paulo.

Estavam numeradas. Assim que Paula abriu a primeira, deparou com um bilhete da mãe que justificava o envio: o pai havia começado um novo projeto. Uma oficina de artesanato.

De que tipo?, Paula pensou.

Não conseguia imaginar o pai em meio a quadros, tecidos, pincéis ou qualquer coisa ligada a arte.

Aquilo mais parecia um recado dos pais. Algo como: volte ou não terá mais espaço para você aqui. As artimanhas da mãe sempre funcionavam com outras pessoas, e de fato muitas vezes funcionavam com ela também. Só que daquela vez não daria certo.

Tudo estava bem. No momento, Paula só precisava pensar em uma maneira de gerar renda com a fazenda. Os custos só aumentavam. Eram cercas quebradas, documentos para ajustar, medicamentos para os animais, ração especial para as galinhas continuarem botando ovos... era muita coisa. E muito dinheiro. O resto do dinheiro que sobrara da venda do apartamento estava definhando dia após dia em sua conta no banco. Ela precisava de retorno urgente.

Halley pulou em uma das portas do armário da cozinha para chamar atenção de Paula e, com isso, derrubou todo o aparato de fazer chimarrão de Maria.

— Ei, garoto! Cuidado.

Paula foi até a bagunça e pegou a cuia do chimarrão na mão. Olhou para o objeto e testou seu peso e ergonomia. De repente lhe ocorreu que nunca havia experimentado a bebida, apesar das ofertas de Maria. Pegou o celular e procurou por um vídeo que a ensinasse de maneira prática. Tentou se lembrar de como Maria fazia e, vinte minutos depois, deu o primeiro gole na bebida quente e verde.

— Halley, nem acredito que levei tanto tempo para experimentar. *C'est magnifique!* — Ela deu mais um gole e fechou os olhos por um instante.

O cachorro pendeu a cabeça para o lado e Paula abriu o Instagram. Gravou um vídeo experimentando o chimarrão. Editou e, sem pensar muito, postou em seu perfil.

Até a hora do almoço ela já tinha tomado toda a água da garrafa térmica e o vídeo estava cheio de curtidas e comentários, como sempre acontecia quando ela postava algo da nova vida.

Depois de injetar toda aquela cafeína na corrente sanguínea, Paula decidiu encarar as caixas enviadas pelos pais. Halley saltitava feliz no meio dos papelões e pedaços de isopor. Paula aproveitou e tirou várias fotos engraçadas do cachorrinho e algumas selfies. Então, focou em acabar com aquela bagunça.

Algumas caixas continham livros. Todos os seus romances estavam ali. Respirou fundo e sorriu com certa saudade das tardes que passava esparramada no tapete da biblioteca do pai ou no sofá da sala, lendo histórias lindas.

Pegou o primeiro livro da pilha: *Memórias póstumas de Brás Cubas*. Bom, apesar da escrita magnífica de Machado, aquela história não era do tipo que ela chamaria de linda. Quer dizer, qual era a graça de ler um livro em que você sabia que o protagonista morre no final, ou melhor, que já está morto desde o começo?

Deixou o livro de lado. Talvez outra pessoa pudesse apreciar melhor aquela leitura. Decidiu que faria uma doação para a biblioteca municipal que tinha visto no centro ou trocaria por outro no sebo.

Para sua sorte, um dos quartos do piso superior era totalmente recoberto por prateleiras. Júlio contou que aquele era um tipo de armário onde eram depositadas as coisas mais variadas. Paula já havia limpado e até colocado cortinas brancas de linho nas duas janelas. O quarto era enorme! Muitas prateleiras ficariam sem nada, mas com o tempo ela poderia transformar em uma biblioteca incrível, com uma poltrona no centro e quem sabe uma mesa para trabalho. Poderia até ser seu escritório.

Ao terminar de esvaziar as caixas com livros, tirou algumas fotos da estante e postou no Instagram, comemorando a arrumação. Logo uma chuva de comentários e likes inundou as notificações de seu smartphone. Ela nunca imaginou que postar sua vida na internet fosse gerar esse tipo de comoção nas pessoas. Precisaria tirar um tempo para responder aos comentários de amigos e de pessoas que ela nem conhecia.

Ainda haveria muitas novidades nas próximas semanas. Em breve começaria o curso de graduação em agronomia. Será que gostaria? Será que era aquilo mesmo que esperava para o futuro?

Bom, somente o tempo responderia, e era preciso tentar.

Ali, deitada no chão de sua nova biblioteca, acompanhada por Halley, Paula adormeceu e viajou para o mundo dos sonhos. Nele ela entregava uma enorme caixa cheia de cartas para um homem vestindo uma calça jeans e botas de couro pretas. O homem sorria e dava um beijo em sua testa, mas ela não conseguia ver o rosto por completo, apesar de ter certeza de que aquele sorriso não lhe era estranho. O sonho continuou e, de repente, ela estava na sala do casarão, com muitas pessoas de mãos dadas cantando um corinho que já ouvira na igreja, enquanto uma linda garota tocava violão. Era lindo e, não fosse a fome que a acordou, ela adoraria ter continuado naquele sonho tão doce.

ALVES &
ASSOCIADOS
ADVOGADOS

Querido, eu achei que tinha te encontrado.

É, eu sei que é besteira.

Passei as últimas noites em claro, depois de conversar com Maria e ficar remoendo a situação do outro dia: Felipe e a namorada tomando café comigo e com Júlio. Pensei que você, futuro marido, fosse Felipe.

Tá bom, desculpa, ok?

O que aconteceu é que ele foi um verdadeiro "gentleman", bonito, atencioso e prestativo (não fique com ciúmes, quando você estiver lendo isso, só terei olhos para você, prometo).

Depois de pensar, cheguei à conclusão de que estou ansiosa demais com esse negócio de namoro e casamento. Até há pouco tempo eu nem pensava em me relacionar com alguém, e agora, olha só como estou patética: iludida com a primeira possibilidade.

Coitado do moço. Em nenhum momento deu a entender qualquer intenção comigo.

Não que eu vá cair nessa onda de menosprezar quem eu sou. É sério. Já passei dessa fase. Teve um tempo que eu me importava com dietas e todo o resto para me encaixar em certos padrões, mas isso ficou no passado. Eu me amo. De verdade!

Sei que é importante me amar, pois como poderia amar outra pessoa sem me amar? Deus me fez do jeito que sou e ponto final.

Eu só preciso controlar a ansiedade.

Xô, ansiedade! Aqui não tem espaço para você.

Sei que meu Pai está cuidando nos mínimos detalhes da minha história de amor. Ainda existem algumas feridas que precisam ser tratadas e eu necessito aprender a confiar. Mesmo que agora pareça tudo tão difícil e distante, não vou desanimar.

Espero que você esteja bem, meu (futuro) amor. Saiba que continuarei na luta pela nossa história.

Paula

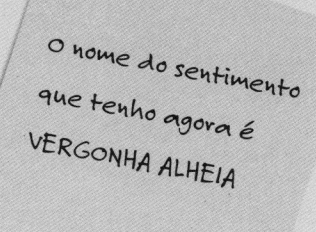

O nome do sentimento que tenho agora é VERGONHA ALHEIA

– 18 –

Um ano no Caminho Para o Céu

Tome nota disto: o tempo não para.

Os dias se enroscaram uns nos outros e se transformaram em semanas e, então, em seis meses. O prazo que o pai de Paula tinha dado para voltar para casa, arrependida.

Ela não recebeu nenhum telefonema nesse tempo. Nem uma mensagem de saudades. Nem mesmo quando os meses dobraram. Ou quando passou o Natal. Ou o aniversário dela.

Silêncio.

Era tudo o que ela tinha.

Cogitou ligar para os pais algumas vezes. Nesses momentos, segurava o aparelho firme nas mãos e os minutos se estendiam a perder de vista.

O que ela diria? Ou pior, o que ela ouviria?

Nos dias em que tudo saía do controle, Paula cogitava aceitar que seu pai estava certo. Imaginava-o rindo e a mãe a esnobando.

"Eu bem que te avisei" era uma frase que a fazia sentir calafrios.

O banho com água quente era seu maior aliado nesses dias. Deixava a água correr e orava com suas lágrimas.

Orava por tudo.

Pelos porcos que estavam com pneumonia.

Pelo pomar de laranjas que estava com um fungo.

Pelo trigo que não queria nascer.

Pela chuva que não dava as caras havia meses.

E pela chuva também, que decidiu cair toda de uma vez.

Ela orava por tudo isso e chorava. Chorava porque sentia que tudo era sua culpa. Não havia se preparado, não sabia nada sobre a vida no campo, e a faculdade a inundava com disciplinas básicas de engenharia que só tomavam mais do seu tempo.

E havia outro problema.

Os boletos não paravam de chegar. Seus doze meses de reserva se esgotaram. A conta estava quase zerada. Havia feito um financiamento para plantar milho, mas seu João só falava em prejuízo.

Em uma noite fria, quando Paula dirigia sua camionete pela estrada de chão e pensava no banho quente que a aguardava, algo aconteceu.

Depois de uma aula de hidráulica que havia sugado suas últimas energias, ela dirigiu devagar até chegar à fazenda. Atravessou o portal já se imaginando no banho, quando reparou no trator de Felipe parado em frente à sua casa.

— Boa noite, Fê! — Saltou da camionete sorrindo, mas a fisionomia do rapaz a alarmou. — O que aconteceu?

— Sua ovelha está parindo no meu curral e se tem uma coisa que eu não entendo é parto de animais. A situação está um *tendéu*, não sei o que fazer.

Paula levou uma mão à cabeça. Mais um problema.

Acordou João e Pietra e juntos foram até o curral de Felipe, onde encontraram Monique aguardando por eles com um olhar tão desesperado quanto o do namorado. Felipe estava mais agitado do que o normal, bem diferente do *gentleman* que prometera ser com damas em perigo.

— Felipe, está tudo bem com você?

— Não... quer dizer, sim. — Ele passou a mão pelo cabelo. — Na verdade, eu acho que não. Eu odeio sangue, sabe? E esse animal está gemendo aí, fico mal só de olhar.

Monique foi até ele e acariciou suas costas, tentando acalmá-lo. Paula olhou para João, mas o funcionário balançou a cabeça.

— Precisamos de um veterinário, ou os dois morrem. Ovelha e filhote. Estamos sem ocitocina na fazenda e imagino que você também não tenha, né, rapaz?

Felipe negou com a cabeça. O coração de Paula apertou no peito. Era sua culpa. Havia adiado a compra dos medicamentos porque não tinha como pagar. Já havia vendido a maior parte das bolsas e sapatos de marca em um site de desapego. O que mais ela poderia fazer? Pedir ajuda para os pais era decretar que tudo estava dando errado.

João tentou ligar para o veterinário da prefeitura que prestava assistência técnica na fazenda, mas o telefone dele só dava na caixa postal. Paula enviou mensagens, mas também não obteve sucesso. Tentou falar com o engenheiro agrônomo que ajudava na propriedade, igualmente sem sucesso. Gean costumava responder rápido, a qualquer horário. Tudo estava dando errado.

Monique soltou um gritinho e levou as duas mãos à boca. Todas as cabeças do recinto se viraram para ela.

— Que loucura, conheci um veterinário hoje. Como é mesmo o nome dele? — Ela fechou os olhos e bateu os dedos na testa. — Vitor! Ele estava no restaurante da Edith.

— Bah! Manda uma mensagem para ela, quem sabe tem o número dele — Felipe incentivou.

Foi o que fizeram. Paula acariciou a cabeça peluda da ovelha e sussurrou algumas palavras de conforto. O bicho gemia e fazia esforço a cada dois minutos.

Quando era criança, assistia a um desenho com ovelhas. Eram branquinhas, sensíveis e alegres. Estar diante daquela ovelha, quase sem vida, machucada, manchada de sangue e parecendo vulnerável, a fez querer chorar. Mas se segurou. Com todas aquelas pessoas ao redor, seria esquisito.

Paula começava a se preocupar com os próprios sentimentos. Talvez fosse o cansaço, os desafios que escalonavam dia após dia, mas ela só queria um tempo de tudo aquilo.

O veterinário chegou vinte minutos depois, na garupa de uma moto vermelha. Ele e uma mulher desceram apressados e, em poucos minutos, a ovelha estava aos berros. Não demorou muito para que finalmente o filhote desse seus primeiros gritinhos.

— Ai, que alívio — disse Monique ao lado de Felipe.

No entanto, apenas o filhote sobreviveu. A ovelha morreu assim que o veterinário conseguiu tirar o bebê de dentro dela.

Paula esperou que todos estivessem distraídos e, disfarçadamente, caminhou até os fundos do curral. Deixou as lágrimas caírem em cascata.

Era culpa dela, estava sem dinheiro para comprar os medicamentos.

Era culpa dela que a ovelha havia fugido, porque sobrecarregara João com todos os outros trabalhos.

Era culpa dela. Tudo. O cansaço do dia, os problemas da fazenda e da faculdade. Chorou por alguns minutos, com os ombros balançando para cima e para baixo. Até que sentiu uma mão tocar com gentileza suas costas.

— Tudo bem, Paula?

Ela virou o rosto e percebeu que a mulher da moto sorria para ela.

— É a primeira vez que você vê algo assim?

Paula assentiu e cobriu o rosto com as mãos.

— É tudo culpa minha. Eu... eu sou uma péssima tutora para os animais da minha fazenda.

A mulher a acolheu. Paula se deixou ser envolvida pelos braços da desconhecida.

— Deus está no controle de tudo, minha querida.

A garota franziu o cenho e meneou a cabeça.

— Eu acho que Deus está desapontado comigo.

— Por que ele estaria? Por que uma ovelha da sua fazenda morreu? — A mulher deu alguns tapinhas nas costas de Paula e a soltou do abraço. — Como isso poderia ser sua culpa?

— A cerca. O remédio que eu não comprei. Tudo. Eu não tinha como comprar... — Paula fungou um pouco e limpou o nariz na blusa de flanela. — Desculpa.

— Paula, eu tenho certeza de que você fez o que estava ao seu alcance. Vitor acabou de comentar com João que não tinha o que fazer, ele reparou que o animal tinha um defeito congênito e por isso atrasou o parto. Nenhum medicamento faria diferença. Animais são frágeis, e não temos controle nenhum quanto a isso. Você parece estar se cobrando demais por essa situação. A culpa não é sua! O que mais você poderia ter feito?

Paula olhou para a situação e pensou um pouco. De fato, se era como o veterinário falou, não havia muito o que ela pudesse ter feito. Suas economias estavam se reduzindo a nada, a fazenda estava cheia de pendências e uma série de prioridades estava na frente.

— Você tem razão.

A mulher sorriu.

— Você ainda é jovem, não coloque essa pressão toda sobre você. São aprendizados.

Paula encarou a mulher. Era linda. Do tipo desconcertante, o que a obrigou a desviar o olhar.

— Por que você está falando como se não fosse jovem também?

— Hum... — A outra cobriu a boca com a mão em concha. — Já passei dos trinta faz um tempinho.

— Sério? — Paula arregalou os olhos. — Oh, desculpa. Mas não parece.

— Bom — ela riu sem jeito. — Obrigada por isso. — A mulher pegou um lenço de papel da mochila que tinha nas costas e entregou para Paula. — Vamos voltar? Acho que você tem uma pequena ovelhinha para cuidar.

— A gente já se conhece?

— Eu já te vi na igreja. — A mulher estendeu a mão. — Edith, sou a dona do restaurante, aquele no centro da cidade.

— Ah, sim! — O rosto de Paula se iluminou. — Eu comi a melhor pizza da minha vida no seu restaurante. E olha que eu já viajei até para a Itália.

O rosto de Edith se iluminou, mas depois, Paula notou, uma sombra de preocupação passou tão rápido que quase não deu para reparar.

— Obrigada. O segredo é o meu molho caseiro de tomate. — A mulher suspirou. — Estou com problemas no fornecimento de tomates. O preço aumentou e a qualidade diminuiu. — Ela olhou de soslaio para Paula — Ah, me desculpe. Não quero te encher com meus problemas.

— Você acabou de me consolar, acho que seria justo eu te ouvir um pouco também. — Paula passou o lenço úmido uma última vez no rosto antes de guardar o papel no bolso.

Edith sorriu.

— Se você souber de alguém que venda tomates de boa qualidade, me avise. Estou desesperada.

Algo incomodou Paula naquela fala. O que era? Lembrou-se do pé de tomate que havia criado na varanda do apartamento dos pais e da história de como aquelas sementes foram parar ali. Os frutos daquele pé foram um dos mais saborosos que já havia comido. Talvez fosse porque ela mesma havia plantado e cuidado, ou talvez fosse pela ressignificação...

— Paula?

Com a mão estendida para ela, Edith a despertou do devaneio.

— Vamos ver sua ovelhinha recém-nascida?

Assim que voltaram para a frente do curral, todos olharam para Paula com curiosidade. Monique desconversou e levou o noivo para casa. João foi até o carro para pegar uma manta e cobrir a ovelhinha.

— Acho que vocês me ouviram chorar — ela soltou, sem conseguir evitar o clima.

— É, você estava chorando bem alto — o veterinário falou.

Paula sentiu as bochechas ardendo.

— Vitor — Edith ralhou.

— O quê? — Ele coçou a nuca. — Você não estava chorando? Porque parecia mesmo, com soluços e tudo...

— Vitor, pelo amor de tudo que é mais sagrado, cala essa boca.

Por um segundo, pareceu que o veterinário iria protestar, mas então seu rosto se iluminou.

— Ah, desculpa. Tô sendo indelicado.

— Não é melhor você falar sobre o filhote? — Edith piscou para Paula.

— Sim, com certeza, a filhote. É fêmea... Só um momento.

Ele foi até a maleta e começou a procurar por algo.

— Homens são sempre sem noção, não é?

Paula riu.

— Acho que faz parte de ser homem.

— Eu tô ouvindo vocês. — Vitor voltou e estendeu uma sacola para Paula. — As vitaminas que ela precisa tomar.

— Dory. — Paula pegou o bicho indefeso em seu colo.

— Oi?

— Vai ser o nome dela.

Com ajuda de João, voltaram para a fazenda e Paula acendeu o fogão a lenha. A casa não estava muito gelada, mas imaginou que a ovelha precisaria se aquecer.

Paula conferiu o cupom fiscal que o veterinário havia entregado para ela. Não tinha sido barato, e não fazia ideia de como pagaria aqueles custos. Talvez devesse vender a vaca, daria para manter a fazenda funcionando por mais um mês, mas perderia a produção de leite. Pietra fazia tantas coisas gostosas com leite. Queijo, iogurte, doce de leite e muito mais. A Cowbee já era parte de sua história naquele lugar. Não poderia se desfazer dela e ainda dizer adeus a todas aquelas gostosuras calóricas.

Dory descansava em silêncio do lado do fogão a lenha. Era tão pequenina e indefesa, parecia que mal poderia se manter em pé.

Paula tirou algumas fotos dela. Havia se acostumado a publicar a rotina da fazenda no Instagram ao longo do último ano, já havia reunido alguns milhares de seguidores. Fez um post simples contando a história da pequenina.

Tomou um banho apressado e se jogou na cama. Orou, pediu direcionamento e um milagre. Em algum momento, pegou no sono. No sonho, a pequena Dory parecia sorrir, enquanto segurava tomates brilhantes e vermelhos entre as patas, equilibrando-os de forma extraordinária.

Paula acordou em um salto e correu para o computador. O sol já brilhava alto no céu e as ideias fervilhavam em sua mente. Rascunhou a ideia e fez algumas pesquisas. Ligou para o centro da cidade e fez um orçamento.

Era isso.

Ela teria uma plantação de tomates!

Deu alguns pulinhos pelo escritório e se jogou no sofá. Ela finalmente tinha um plano. Fez uma oração rápida e agradeceu a Deus pela direção. Tinha certeza de que não viera dela, mas a situação toda da noite anterior a levara a esse plano.

E era um bom plano.

O celular tocou algumas vezes, até que conseguiu encontrá-lo perdido embaixo de alguns papéis.

— Oi, amiga! — Paula cumprimentou Maria, assim que o rosto da outra apareceu na tela.

— Você está bem?

Maria estava com a cara inchada, parecia ter acabado de acordar, mas os olhos denunciavam uma preocupação.

— Estou sim, por quê? O que aconteceu? — perguntou Paula, atônita.

— Você já viu seu Instagram?

Você já orou muito por algo e, quando Deus finalmente respondeu, você ficou sem reação? Pois é, era esse o sentimento que atravessava o peito de Paula naquele momento. As fotos que ela postou da pequena Dory haviam viralizado na madrugada. Só naquelas últimas horas seus alguns milhares de seguidores se tornaram uma centena de milhar. Havia mais de quinhentas mensagens não lidas, e isso incluía algumas emissoras locais que adorariam conhecer a história da pequena ovelha.

Paula ligou de volta para a amiga.

— Maria do céu!

— Eu sei, eu sei. Que loucura! Você tá famosa.

Paula sentou-se devagar na beirada da cama. Piscou os olhos e organizou os pensamentos.

— Amiga, eu tenho certeza de que isso é uma oportunidade. Escuta só.

Levou o dedo até o celular e abriu uma das mensagens.

— "Olá, Paula! Somos da BioXts500, uma empresa especializada em vitaminas para animais. Gostaríamos de fazer uma proposta para acompanhamento direto com a Dory. Por favor, entre em contato no número abaixo que passaremos as informações."

Paula deu um pulinho, colocando-se em pé com animação.

— Ai, isso é demais! Esse é só um deles. Tem vários assim.

Maria a fitou, incerta.

— Sim, mas calma. Isso é claramente uma permuta, eles querem que você poste sobre eles.

Paula mordeu os lábios.

— Não tinha pensado nisso. Mas acho que tudo bem.

— Não é assim, não, conversa com o seu pai.

Fez-se silêncio no quarto. Paula demorou para conseguir abrir a boca e responder.

— Meu pai? Por... por quê?

— Para ele te orientar. — Maria se conteve. — Ah, esquece, eu já sei o que você vai falar. Conversa com o Júlio, então.

Paula se jogou de volta na cama.

— Não parece uma opção melhor. Ele vai ficar se achando, e ainda falta um ano para ele terminar o bacharel em direito.

— Mas pelo menos ele pode olhar e te dar algumas dicas, antes que você se meta em confusão.

Ela ponderou, mas fez um biquinho. Maria não se comoveu.

— Fala com ele e mostra todas essas propostas. Isso é muito legal, mas vamos fazer as coisas direito para não ter arrependimentos depois. E vamos orar para Deus te ajudar a fazer as melhores escolhas.

— É tão chato admitir que você está certa.

— Eu sei, deve ser difícil para você.

As propostas não paravam de chegar. Paula mal teve tempo de se concentrar em seu plano da plantação de tomates. Já tinha respondido a metade das mensagens, quando percebeu que o número de seguidores continuava crescendo exponencialmente e o número de mensagens havia triplicado.

Aproveitou que o dia estava bonito e fez alguns vídeos da fazenda. Em menos de uma hora de postagem, o primeiro vídeo já estava com quinhentos comentários.

"Que paraíso!"

"Meu sonho é morar em um lugar como esse. Você fez uma ótima escolha."

"Está precisando de ajudante?"

"A moça é solteira? Tenho interesse. Me chama."

Paula riu do último.

Nos três dias que se seguiram, ela faltou às aulas. Estava exausta, havia gravado conteúdo se apresentando e feito um curso para entender como manter o público e o engajamento.

Além disso, vivia no telefone, em chamadas com Maria. Ficava mais segura para aceitar as propostas com os conselhos dela.

— Amiga, você não vai acreditar! — Em uma dessas ligações, Maria mal teve tempo de dizer "oi" e Paula já disparou a falar. — Uma empresa de cosméticos muito famosa entrou em contato comigo. Querem que eu faça alguns vídeos mostrando como me preparo para a universidade todas as noites e como faço meus cuidados com a pele no dia a dia. Além de me enviar toda a maquiagem, eles estão me pagando para fazer o que eu já fazia.

— Uau, você vai virar uma blogueira famosa! — Maria bateu palmas e fez menção de se curvar diante da tela do celular.

— Eu não gosto muito de aparecer na frente das câmeras, mas essa é uma excelente oportunidade para divulgar o trabalho que tenho feito por aqui. Tenho pensado muito sobre isso.

— Sim, é verdade — Maria balançou a cabeça. — Mas...

— Já sei, lá vem bronca. O que eu fiz desta vez? — Paula sentou-se na cama.

— Não é bronca. Mas eu tô vendo que você está realmente focada nisso. Vai com calma, amiga, e tome cuidado, não assine contratos sem ter certeza. Já ouvi muitas histórias sobre abuso de poder, contratos absurdos... Peça ajuda para Júlio. — Maria piscou para Paula.

— Isso de novo. Seu primo é um pouco convencido e me irrita. — Paula pensou por um momento e depois abriu um sorrisinho travesso. — Vou dar um jeito de fazer o Júlio se oferecer para me ajudar, assim não vai ficar se achando *le meilleur*. Detesto quando ele é arrogante!

Maria gargalhou com vontade.

— Vocês dois...

Paula revirou os olhos com a insinuação e mudou de assunto. Não sabia por que a amiga tinha essa fixação em tentar juntá-la com Júlio. Sim, o rapaz era realmente bonito, mas de boca fechada e de preferência sem aquele sorrisinho de canto.

A verdade era que os dois estavam se acertando nos últimos tempos. Talvez fosse o fato de Júlio ter acabado de completar vinte e três anos. Ele era quase três anos mais velho que Paula, mas parecia uma criança no maternal sempre que se encontravam. Fazia brincadeiras sem graça sobre o cabelo dela e sobre o jeito que ela executava as tarefas da fazenda. Sem falar quando aparecia do nada e a abraçava com aqueles braços enormes e musculosos. Paula quase ficava sem ar e ele ria como uma hiena, o que a tirava do sério. Sempre.

No dia seguinte à conversa com Maria, logo depois do café da manhã, Júlio estacionou em frente ao casarão e antes mesmo de colocar os pés na varanda, onde Paula tomava seu chimarrão, gritou:

— Ei, Paulinha!

Júlio pulou os degraus e se pôs em frente a ela, para em seguida bagunçar os cabelos da garota.

— Ai, que chatice. Já disse para não me chamar assim! — Paula ajeitou a mecha de cabelo que caíra em seu rosto, enquanto um Júlio sorridente a fitava. — O que você quer, bobão?

— Bah! Não posso chamar de Paulinha, mas você pode me xingar. Bem injusto, senhorita blogueirinha. — Fez beiço enquanto fingia ir embora.

— Volta aqui! — Paula foi até ele e tocou em seu braço. — O que te traz à minha humilde residência? — Piscou os olhos, de um jeito, esperava, adorável.

Ele pareceu pensar por um tempo.

— Maria me contou que você precisa da ajuda de um bom *quase* advogado. Vim disponibilizar meus serviços para você. — Piscou o olho e sorriu torto.

— Essa sua prima, como sempre, uma boca aberta, né? — Paula deu as costas para ele e voltou para casa.

— Ela só está com o coração apertado. — Júlio a seguiu. — Comentou que você vai assinar um contrato importante, que envolve sua imagem pessoal e a publicação de alguns vídeos para a internet. — Ele a seguia. — Acho que posso ajudar. Não quero que minha irmãzinha se meta em confusão.

Quando Júlio pronunciou aquelas últimas palavras, Paula travou os pés no chão no pé da escada.

— Do que você me chamou? — Ela estreitou os olhos e o encarou.

Ele pendeu a cabeça para o lado e pensou um pouco.

— De irmã, oras!

— Só pode ser piada. — Paula cruzou os braços, fuzilando Júlio com o olhar.

— O que foi agora? — Incrédulo, ele abriu a boca.

— Não força a barra. Irmã já é demais.

— Somos irmãos em Cristo, não somos? E como sou mais velho me sinto na responsabilidade de cuidar de você.

Ela piscou os olhos, entendendo tudo.

— Ah, isso...

— Ai, Paulinha... digo, Paula. Bah! — Júlio coçou a garganta.

— Eu só quero ajudar. Deixa de bobiça.

— Você está oferecendo seus serviços, certo?

Ele olhou para a garota como se ela fosse uma louca.

— Foi o que eu disse.

— Eu não pedi por isso, em nenhum momento, certo?

— Certo. — Júlio fez uma careta.

— Então vai ter que ser fiado. Depois acertamos os seus honorários.

Paula deu as costas para ele e subiu as escadas, na direção da biblioteca. Júlio a seguiu. Quando ele entrou, ela se levantou, com um sorriso e um brilho nos olhos, segurando três contratos de parceria pagas que ela havia recebido nos últimos dias.

Júlio olhou dos papéis para ela.

— Já disse que você é maluca, não disse?

— Isso é jeito de tratar sua cliente?

Paula arqueou a sobrancelha e se sentou na poltrona no centro da biblioteca. Puxou o laptop da mesa e o colocou no colo.

— Desculpe-me. O que seu servo pode fazer para se redimir?

Júlio se aproximou e se curvou diante dela. Quando ela ergueu a cabeça para olhar, prendeu a respiração. Ficou presa naqueles olhos verdes que transbordavam sinceridade. Júlio tampouco desviou os olhos, mas examinou o rosto de Paula, com o olhar se demorando em sua boca. Ela sentiu um calor subindo pela nuca e, por mais que quisesse se mover, o corpo não obedecia. Uma sensação de familiaridade a acometeu.

Foram interrompidos por Halley, fazendo jus ao nome com sua entrada triunfal. Pulou no peito de Júlio, que se deixou derrubar pelo enorme cachorro. Halley lambeu o rosto do rapaz, mantendo-o preso ao chão com as patas pesadas.

— Amigão, você está cada dia maior! — Júlio ria. — Ele faz isso com todo mundo?

— Só com você — a voz dela saiu rouca, desafinada.

Paula limpou a garganta e voltou sua atenção para o projeto que preparava no computador.

— Depois eu gostaria que você desse uma olhada em um projeto em que estou trabalhando. É uma ideia para uma casa de vegetação aqui para a fazenda.

Pelo canto do olho ela viu o rapaz concordar. Acomodou-se no sofá de modo a não encará-lo nos olhos.

Não queria olhar para ele tão cedo.

-20-

Alguns meses depois

Paula estava parada em frente à estufa. Fechou os olhos, respirou fundo e sentiu o cheiro dos tomates maduros. Era doce e suave. Um friozinho na barriga a fez estremecer. O dia seguinte seria um grande dia. Na última semana, havia conseguido entrar em uma feira de orgânicos na cidade de Joaçaba, no tempo certo de as frutas amadurecerem. Uma porta que só Deus poderia ter aberto.

Pietra se aproximou com uma cesta vazia nas mãos.

— Aqui está a cesta. O que você vai fazer?

— Separe os melhores frutos e os coloque aqui.

Pietra a fitou com o cenho franzido e apoiou uma mão no quadril.

— Vai levar para alguém?

Paula sorriu e concordou com a cabeça.

— Quero entregar para a pessoa que me ajudou a enxergar essa oportunidade.

— E que baita oportunidade — Pietra disse, apoiando uma mão no ombro dela. — Estou muito orgulhosa do seu trabalho, minha querida.

As duas olharam para a casa de vegetação.

— Obrigada. — Paula desviou o olhar para o horizonte. — Trabalhamos juntos. Quando a colheita terminar, vocês precisam tirar alguns dias de folga. O que acha?

Pietra sorriu.

— Querida, nós amamos tanto nosso trabalho que nem parece trabalho. Fazemos as coisas com gosto.

— Mas isso não significa que não precisem de uma folga, não é?

— Bem...

— Está decidido — decretou a jovem.

O sol começava a se pôr, e as duas haviam deixado tudo pronto para o dia seguinte. Era a primeira vez que venderia seus tomates nessa feira de orgânicos. Se tudo corresse bem, poderia expandir a produção e sair de vez do vermelho. Precisaria pagar o financiamento, mas ainda assim sobraria um bom dinheiro até o fim da safra. O sucesso com os tomates e o trabalho com a internet garantiriam um futuro melhor para a fazenda.

— Amanhã é um grande dia! Que o Senhor nos abençoe e permita obter êxito nessa jornada. — Paula abraçou Pietra e deu um beijo em seu rosto.

Pietra quase deixou a cesta cair, o que fez Paula rir.

— Você vai de carona com o irmão de Júlio, tudo bem?

— Ele também vai para a feira? — Pietra começou a separar alguns tomates na cesta.

— Sim, e vai ajudar você no que for preciso. Adoraria te acompanhar, mas amanhã cedo preciso estar na universidade para entregar e apresentar um relatório. Mas na próxima semana vou com você!

— Combinado.

— Vou filmar você preparando a cesta. Meus seguidores adoram ver os bastidores da fazenda.

Pietra pegou um tomate enorme e o segurou na frente da câmera do celular.

— O que achou desse take?

— Hum, você leva jeito, hein?

— E você leva jeito nisso tudo, Paula! É uma verdadeira empreendedora e sabe o que quer para a vida. — Pietra a olhou com carinho. — Me orgulho muito de você, guria.

Paula tirou os olhos da tela do celular.

— Pare com isso! Vai me fazer chorar. Preciso estar com a cútis descansada para minha apresentação amanhã. — Paula deu algumas batidinhas nas bochechas e Pietra riu. — Isso, bem melhor! Sorria! Com esse sorriso lindo tenho certeza de que vai vender todos os nossos produtos na feira e meus seguidores vão se apaixonar por você.

— Assim você me pressiona! — Pietra cobriu o rosto.

As duas conversaram por um longo tempo, até o sol se pôr por completo e a escuridão da noite se perder no meio da neblina, típica da região.

Ao voltar para casa, Paula se sentou na varanda com a companhia de Halley e do chimarrão. A fazenda estava crescendo, junto com a certeza de que se mudar para ali havia sido a melhor decisão que tomou na vida.

ALVES &
ASSOCIADOS
ADVOGADOS

Eu sou totalmente desafinada. Isso não significa que deixarei de cantar lindas canções de amor para você (piscadinha).

Paula

-21-

Algumas semanas depois

— ... o que realmente importa é passar protetor solar todos os dias. Esse da *Boutique Naturezal* é fácil de aplicar, por causa do formato em bastão. Além disso, ele seca rápido e dura por até quatro horas. — Paula sorriu para a câmera. — E por hoje é isso, pessoal, espero que tenham gostado das dicas. Deixe seu like e se inscreva no meu canal aqui no YouTube. Não se esqueça de passar no Instagram e votar na enquete que deixei lá! Nos vemos na semana que vem! — Acenou para câmera e correu para desligá-la.

Checou vídeo e áudio e, satisfeita com o resultado, guardou todo o equipamento. A luz na varanda era perfeita para as gravações. Agora só precisaria passar algumas horas na frente do computador, concentrada na edição. O vídeo deveria ir ao ar em dois dias. Precisava correr, pois ainda tinha aula à noite e mil tarefas da fazenda no período da tarde.

Conferiu o celular para ver se Maria tinha respondido a suas últimas mensagens, mas sem sinal. Nem visualizando estava. Tirou uma foto com a câmera e enviou para a amiga, com a mensagem "cadê você?".

Quando estava prestes a entrar no casarão levando os equipamentos de gravação para o interior, os gritos de Pietra fizeram seu coração bater mais forte no peito.

— Paula! Ah, minha Paulinha!

Correndo, Pietra subiu dois degraus de cada vez, parando diante de Paula.

— O que foi, Pietra? Aconteceu alguma coisa? — Paula estava com as duas mãos ocupadas, o que a impediu de se segurar na cadeira ao lado. — Fale logo!

— Calma! — Pietra se recostou no pilar, respirando fundo com a mão no peito. — É uma notícia maravilhosa!

— Pois fale, mulher! Estou quase tendo uma síncope!

— Uma o quê?!

Paula acenou para a mulher para que falasse logo.

— Daniel, o meu Daniel está voltando! — A mulher abraçou Paula com força, que quase deixou cair o equipamento de gravação no chão.

— Pietra! — Paula riu da empolgação da mulher. — Pode me soltar, estou quase sem respirar.

— Oh, desculpa, desculpa. — Ela se empertigou e ajeitou a saia, alisando-a com as mãos. — É que eu realmente estou faceira! Faz dois anos que não o vejo. Bem, claro, tem esse negócio de videochamada, mas não é a mesma coisa. — Respirou fundo. — Vou sentir o cheiro, abraçar meu menino e fazer todos os pratos que ele ama. — Dito isso, deu alguns pulinhos e partiu em direção à própria casa.

— Pietra! — Paula gritou, fazendo a mulher parar e virar o rosto. — Estou muito feliz por você. — Deu uma piscadinha para a mais velha, que sorriu em resposta.

— Obrigada, querida! Vou começar os preparativos. Ele chega amanhã de madrugada e quero ter tudo pronto. — E saiu em disparada, como se estivesse em uma corrida de cem metros rasos.

Sorrindo ao ser contagiada pela alegria da senhora, Paula convidou Halley para acompanhá-la à biblioteca, onde iniciaria a edição do vídeo. No caminho, imaginou se os pais também se empolgariam daquela maneira se ela decidisse aparecer na casa deles no dia seguinte.

Aos poucos, o sorriso no rosto dela se desfez. Fazia meses que não tinha nenhuma notícia dos pais. Tudo bem, ela também não tinha se esforçado para tentar uma aproximação. Mas só porque sabia que acabaria com o coração partido.

Ela não era uma filha tão horrível assim. Por que seus pais não conseguiam se comportar como pais de verdade? Estavam sempre tão preocupados com dinheiro, fama e viagens, que nem perceberam que a filha havia crescido. Além de uma única ligação, que ela nem conseguiu atender, o único contato que tivera com eles, desde que se mudara para Vale d'Ouro, foram as caixas e Fernando.

Balançou a cabeça, decidida a se concentrar no trabalho. Enquanto abria a janela do escritório, o telefone começou a tocar. Por um instante imaginou que poderia ser seus pais. Correu para a mesa no canto daquele quarto e tirou o telefone do gancho:

— Alô! — atendeu empolgada. — Ah, sim... — o semblante se entristeceu no mesmo instante. — Sim, claro. Preciso conferir minha agenda, mas vou confirmar para você dentro de alguns minutos. Sim, envio um e-mail. — A outra pessoa falou algumas coisas no outro lado da linha. — Claro. Até mais.

Paula praticamente socou o telefone na mesa. Estava brava consigo mesma por ter cogitado que seriam eles. Na verdade, era só mais uma chamada para a gravação de um vídeo institucional para uma marca de calçados vegana. Suspirou e foi para o computador. Era hora de deixar as preocupações de lado e se concentrar no trabalho e nos prazos que precisava cumprir. Em silêncio, fez uma oração, pedindo por si e pelos pais.

Por mais frustrada que se sentisse em relação a eles, sempre orava pedindo que Deus os alcançasse.

Na manhã seguinte, Paula acordou cedo, como de costume. Foi à cozinha e seguiu sua rotina: preparar e tomar chimarrão, ler um livro na varanda e aguardar pelo café da cafeteira. Halley sempre fiel, ao seu lado. Quando saiu para o ar fresco da manhã, para sentar-se na cadeira de balanço, observou que havia um Chevrolet preto estacionado em frente à casa dos caseiros. Pelo visto Daniel havia chegado. Pietra deveria estar exultante.

Paula sorriu. Aquela mulher era uma joia rara e merecia ser muito feliz.

Baixou os olhos para o livro que estava lendo. Era um romance cheio do agir de Deus, no qual dois jovens saíam da África com destino a Teresina, no Nordeste brasileiro, em busca de respostas para os dilemas e mistérios do passado. Leu alguns parágrafos e fechou os olhos, a cabeça apoiada no encosto da cadeira.

Sentia que Deus estava sempre a surpreendendo, fazendo muito além do que ela esperava ou imaginava. Ainda tinha tantas coisas que gostaria de melhorar em si e até mesmo na fazenda, mas naquele momento elevou seus pensamentos para o alto e agradeceu com sinceridade pelas misericórdias daquele Pai que nunca a esquecia.

Enquanto estava ali, de olhos fechados, ouviu um barulho. Halley passou a latir em total desespero. Ela abriu os olhos com o susto, mas antes que pudesse entender qualquer coisa, um rapaz alto de olhos negros como a noite estava em sua frente.

— Calma, cachorrinho, calma! — o jovem repetia.

Paula ficou sem ação por um momento, mas logo percebeu que o conhecia de algum lugar.

— Halley! Sossega o facho! — Ela agachou e passou a mão na cabeça do cachorro, que parou de latir, mas ainda rosnava baixinho para o visitante. — Foi mal, ele acha que é um cão de guarda. — Então ficou em pé e encarou o rapaz.

Ele era realmente muito alto e tinha o cabelo escuro rente à cabeça. Ela precisou olhar para cima a fim de conseguir enxergar o rosto dele.

— Claro, ele tem porte para isso. — O jovem passou a mão pela cabeça, com um sorriso constrangido. — Você deve ser a Paula.

— É o que dizem. — *Oi?* — Digo, é o nome que está no meu registro. — *O quê?*

Paula pensou em pular a varanda e se esconder no meio da plantação de milho do vizinho. Tudo bem que o visitante era bonito e tinha aquele porte atlético, mas ela precisava agir feito uma idiota na frente dele?

— E você só pode ser Daniel, acertei? — ela enfim disse e então sorriu, sem jeito.

— Sim, muito prazer.

Ele estendeu a mão. Paula o cumprimentou, mas sentiu que alguns ossos talvez tivessem se quebrado com a força daquele aperto.

— Minha mãe pediu que eu viesse te convidar para o café da manhã. Ela quer muito me apresentar para você.

— Acho que você já fez isso muito bem. — Paula corou antes mesmo que tivesse concluído a frase. — Digo... ah, enfim, você já está apresentado, não?

— Sim, mas eu não posso voltar para casa sem você. Minha mãe avisou que você não ia querer e resmungou algo sobre os paulistanos serem solitários, Zeca Baleiro e Criolo — ele coçou a cabeça. — Acho que são músicas, pelo que entendi, só não sei como que ela conhece.

Paula conhecia as músicas.

— Ela está enganada. Nem todos os paulistanos são assim.

— Ela disse que *você* é.

A garota arregalou os olhos. E Daniel fez uma careta, parecendo perceber que tinha cometido uma pequena gafe.

— Desculpa, eu não quis dizer isso. Foi mamãe... — Ele levou uma mão à cabeça. — Olha, desculpa. Por favor, não faz o seu cachorro me atacar.

Paula riu e repousou o livro na cadeira onde estava sentada alguns minutos antes.

— Então tá. Eu já vou. Preciso desligar minha cafeteira na cozinha. Bem, se você quiser ir, eu sei o camin...

— E correr o risco de você não aparecer? Não, muito obrigado — ele a interrompeu.

— Tudo isso é medo da sua mãe? — Paula debochou.

— Você deve conhecer uma Pietra muito doce e simpática. A que *eu* conheço me dá mais medo que um general. E olha que eu literalmente passei os últimos dois anos em um quartel.

Ele falou a última frase com o olhar distante e perdido. Paula duvidou da declaração a respeito da senhora simpática que a ajudava todos os dias, ao mesmo tempo que achava muito engraçado todo o drama daquele homem cheio de músculos.

— Então — Paula iniciou quando já estavam no caminho para a casa de João e Pietra —, você voltou para ficar?

Ele acenou positivamente.

— Vou servir em uma cidade próxima daqui, mas agora estou de férias — respondeu e levantou as mãos para o céu, agradecendo.

Pietra esperava os dois na porta, limpando as mãos no avental.

— Venham, meus queridos. Meus filhinhos... — Ela quase os empurrou para dentro da casa. — Fiz bolo de laranja, que vocês adoram. — Piscou para os dois. — Nem acredito! João... olhe isso! Nosso filho pródigo e nossa filha do coração, juntos, tomando café com a gente. Não é lindo?

Os olhos da mulher logo marejaram e João apenas balançou a cabeça, com um olhar compadecido para Paula, quase como quem pede desculpas pela situação.

— Vamos fazer uma oração e tomar nosso café, antes que tudo esfrie. Daniel, por favor.

O rapaz, com sua voz grossa, iniciou uma prece. Agradeceu pelo alimento e pela oportunidade de estarem ali reunidos. Agradeceu pela vida de Paula e por todos os projetos que ela tinha em mente e finalizou com um amém.

— Daniel vai passar um mês inteirinho aqui conosco! Vai poder nos ajudar nas tarefas da fazenda, vai ser uma bênção! Não é mesmo, meu filho?

Ele balançou a cabeça em concordância.

— Paulinha, acho que seria legal se ele te acompanhasse na feira hoje. Daniel é um ótimo vendedor. Já trabalhou com comércio antes de entrar no exército.

— Mas você não quer ir comigo? — Paula perguntou.

— Acho que vai ser mais útil se meu filho te acompanhar, assim eu posso preparar queijos. Estou com vários litros de leite na geladeira e, não sei, temo que vai azedar tudo se demorar mais um dia.

— Por mim, tudo bem. — Daniel sorriu para Paula.

— Mas você vai passar suas férias trabalhando?

— Isso não é trabalho, é diversão — Pietra se intrometeu.

— Se a senhora está dizendo... — Daniel mordeu um pedaço do bolo e sorriu, satisfeito. — Que saudade de tomar café em casa.

Paula encarou o homem comendo o bolo. Ele agradecia a mãe de tantas maneiras, não apenas com palavras. Tinha uma gentileza nos olhos, e o sorriso que direcionava aos pais era diferente, quase doce.

Seria estranho passar o dia com um rapaz que acabara de conhecer, ainda mais bonito daquele jeito. *Ai! Que pensamento desnecessário!*, ela se repreendeu, balançando a cabeça. O que estava acontecendo com ela? Nunca se importara tanto com essa coisa de relacionamento amoroso, e agora era só aparecer um homem bonito na sua frente que logo se imaginava casada, dois filhos, alguns gatos e Halley aos saltos ao redor das crianças.

— Paula! — Seu João a chamava, e só então ela percebeu que havia se desconectado.

Os três olhavam para ela, que segurava a xícara de café perto da boca.

— Ah, desculpa, seu João!

— Já que você vai para a cidade, tenho uma lista de produtos que preciso para a nova plantação de morangos.

— Claro, só me entrega a lista que vou providenciar tudo — disse isso e ficou em pé. — Muito obrigada pelo café da manhã. Preciso arrumar algumas coisas. Daniel — fitou o rapaz —, saímos em quinze minutos, pode ser?

Ele assentiu, sorrindo um sorriso cheio de dentes incrivelmente brancos.

* * *

Daniel se mostrou um excelente auxiliar. Ajudou a montar a exposição na feira, a descarregar e dispor os produtos e, sempre que uma cliente se aproximava, era simpático e prestativo. Antes das duas da tarde já haviam vendido tudo.

— Uau! Sua mãe não estava brincando quando disse que você era um ótimo vendedor. Nunca aconteceu isso, sempre voltamos para casa depois das cinco da tarde. Preciso pegar umas dicas com você — Paula falava, enquanto seguiam para a camionete.

A garota concordava que ele era um bom vendedor, mas com certeza o sorriso e a beleza haviam sido o fator decisivo para que todas aquelas garotas e senhoras parassem em sua banca naquela manhã.

— Sem problemas. Posso te dar alguns *bizus*...

— Uns o quê? — Paula olhou para ele com uma expressão de dúvida.

— Desculpe! — O rapaz sorriu. — É um gíria militar. Quero dizer que vou te dar algumas dicas.

— Ah, claro! — Paula entrou no banco do motorista, esperando que Daniel entrasse e colocasse o cinto de segurança. — Pode me passar esses... *bizus* enquanto almoçamos, que tal?

— A melhor coisa que ouvi hoje!

Seguiram para um restaurante próximo da feira. Conversaram sobre tudo e nada. Paula estava impressionada em como era fácil conversar com aquele homem troncudo à sua frente. Depois de ocuparem a mesa por quase duas horas, saíram do restaurante entretidos em um assunto polêmico que estava em alta nas redes sociais. A discussão amigável foi interrompida pelo telefone de Paula. A tela anunciava o nome de Maria, em uma ligação pelo WhatsApp.

— Só um segundo — ela pediu licença para Daniel antes de entrar no carro. — Oi, maninha! — atendeu alegre.

— Oi, meu bem! — Maria respondeu.

— A que devo a honra de receber uma ligação depois do seu sumiço? Se não fosse seu pai me falando que você estava bem, eu já teria acionado o FBI para ir atrás de você.

— Depois eu te explico. Preciso que você me faça um favor. — Paula já imaginou a amiga roendo as unhas, pois era assim que ela ficava sempre que precisava pedir algo a alguém.

— Claro. Pode falar.

— Júlio encomendou algumas coisas e mandei entregar aí. Só que a transportadora largou na rodoviária de Capinzal e só fui avisada agora. Você consegue passar lá e pegar?

— Tinha que ser coisa de Júlio...

Maria ficou em silêncio por alguns segundos.

— Eu liguei para ele, mas não me atendeu.

— Ele está em uma audiência. Aula prática. — Paula lembrou que ele havia comentado no dia anterior.

— Ah, sim! Então, você pode?

— Claro. Estou de saída de Joaçaba agora. Já passo lá e pego.

No trajeto de volta, Paula e Daniel continuaram a conversa. Ele ria de todas as histórias sem graça que ela tentava fazer com que soassem engraçadas.

— É sério, o cachorro dormia na minha cabeça, enquanto eu sonhava que era um guarda na Inglaterra.

Daniel ria a ponto de chorar.

— Você é hilária!

Assim, seguiram até a rodoviária de Capinzal. Quando chegaram, Paula desceu da camionete e, com os olhos fixos no celular, seguiu para o guichê da companhia que Maria havia mencionado na mensagem. Quase tropeçou no meio-fio da entrada da rodoviária e então ouviu uma voz que ela conhecia bem.

— Acho que você deveria olhar por onde anda.

Paula virou o rosto imediatamente e, com a boca aberta pela surpresa, correu na direção de Maria.

— Como...? O quê? Mas, você... — Olhou para Maria, que chorava de alegria. Paula secou as lágrimas dela e deu um beijo no rosto da amiga.

— Gostou da surpresa? — Maria perguntou, emocionada.

— Nem acredito, meu coração está acelerado!

As duas se abraçaram novamente e ficaram assim por alguns segundos.

— Você está aqui! — Paula deu um gritinho de alegria. — Seu pai sabe disso?

— Até agora você é a única. — Paula abraçou Maria de novo. A amiga estranhou. — Desde quando você é uma pessoa tão dada a abraços assim?

— Desde que sou abraçada por Júlio, os sobrinhos dele e por Pietra, aliás, você vai adorar ela. — Paula bateu a mão na testa. — Quase me esqueço, precisamos ir. Tem um belo exemplar masculino à nossa espera na camionete.

Maria fez uma careta.

— Você sequestrou um homem, amiga?

Paula riu.

— Ele veio por livre e espontânea pressão da mãe. O filho de Pietra chegou de viagem ontem e veio me ajudar com a feira. — Paula pegou uma das duas malas de Maria e seguiu para o veículo. — Vamos.

Quando chegaram perto, Daniel estava do lado de fora, encostado na porta.

— Eita! — Maria exclamou, com os olhos vidrados no moço.

— Disfarça, amiga — Paula cochichou. — Ei, Daniel! Ajuda a gente aqui, as malas estão pesadas.

O rapaz correu até elas. Paula limpou a garganta e apresentou a amiga. Os olhos de Daniel se demoraram nela além do esperado.

— Muito prazer — Daniel disse, e ficou desajeitado, parecendo decidir se abraçava, beijava o rosto ou apenas apertava a mão de Maria.

Maria estava mais vermelha do que os tomates de Paula, que sentiu o embaraço dos dois e tentou quebrar o gelo.

— Vamos lá, tenho que entregar essa encomenda para o seu Antônio — ela brincou, e fez de conta que carregaria Maria.

Na hora de entrar na camionete, Daniel e Maria se atrapalharam mais uma vez. Sentaram-se tímidos um ao lado do outro. A viagem seguiu com uma Paula tagarela e dois caroneiros com sorrisos eventuais.

ALVES &
ASSOCIADOS
ADVOGADOS

Excelentíssimo futuro marido,

Faz um tempo desde a última carta. Estava bem pensativa e precisava de um tempo para colocar as ideias e, principalmente, a ansiedade no lugar. Andei lendo a palavra do Senhor no livro de Mateus e busquei acalmar meu coração ansioso. Pensei que eu já tivesse resolvido essa questão, mas os acontecimentos das últimas semanas só mostram o quanto ainda sou infantil quando o assunto é este.

Deixe-me colocá-lo a par dos acontecimentos.

Há duas semanas um rapaz chamado Daniel apareceu aqui no Caminho Para o Céu. Conversamos a manhã toda, e meu coração acelerou quando ele me chamou pelo nome. Ele é militar, confia em Deus e tem sonhos muito bonitos. Vou direto ao ponto: achei que tinha me apaixonado.

Me perdoa por fazer você ler isso.

Como não entendo nada dessas coisas de sentimentos, achei que aquele calorzinho no coração e a vontade de estar por perto fossem o que chamam de paixão.

Porém, meu bem (desculpa pela rima boba), no mesmo dia, minha melhor amiga e irmã do coração, Maria, também chegou na cidade. Estou tão feliz por ter essa estrelinha por perto, mesmo que seja só por um período curto com data marcada para o retorno aos Estados Unidos. Tão logo minha Raio de Sol bateu os olhos em Daniel, foi amor à primeira vista. O mesmo aconteceu com ele. Eu estava lá, ninguém precisou me contar nada. Vi com esses olhos cor de esmeralda e, sinceramente, foi uma das coisas mais bonitas que já vi. Cena de cinema.

Desde aquele primeiro encontro, os dois ficam tímidos na presença um do outro. Todo mundo já percebeu, até Júlio, e olha que ele é muito tapado. Tentei conversar com minha amiga sobre esse assunto, mas nunca a vi tão esquiva assim! Fiz algumas brincadeiras sobre o jeito como eles se olhavam, mas ela ignorou e até me repreendeu por ficar de brincadeira com isso. Ela me deixou mal com esse comentário.

Pietra me contou que Daniel a encheu de perguntas sobre Maria. Esses dois... não consigo entender o motivo de não se aproximarem, já que é óbvio que ambos possuem sentimentos um pelo outro. Talvez eles tenham medo do futuro. Sim, é possível que seja isso. Os dois têm vidas bem diferentes. Maria ainda vai levar uns cinco anos para concluir seus estudos nos Estados Unidos e talvez esteja pensando em ficar por lá depois de formada, o que eu espero que não. Vou orar para que ofereçam um emprego incrível para ela aqui no Brasil.

Um pouco egoísta, eu sei, mas o Brasil também precisa de bons profissionais, coisa que Maria com certeza

ALVES &
ASSOCIADOS

vai ser. Já posso vislumbrar "a melhor professora de sociologia" jamais vista na história deste país. Ela é maravilhosa e merece ser muito feliz.

Acho que é cedo para criar longas conversas e, bem, ela não quer falar comigo e por isso vim aqui abrir meu coração para você. Eu comentei com Maria que achava Daniel muito bonito. Será que ela não se aproxima dele por causa desse comentário? Isso seria muita loucura, pois ele nem percebe minha existência, principalmente quando Maria está por perto. Eu seria facilmente atropelada se precisasse atravessar em uma faixa de pedestres e ele estivesse dirigindo um carro com Maria ao lado.

Espero que esses dois percebam o que estão fazendo e não desperdicem a oportunidade de, ao menos, se conhecerem melhor e desenvolverem uma amizade. Pensando bem, estou criando expectativas pela minha própria amiga! Vê se eu posso com isso? Será que essa ansiedade toda dentro de mim vai ter jeito um dia?

Hoje vou iniciar um devocional sobre ansiedade nos assuntos do coração. Preciso aprender a enxergar os homens como meus irmãos, não como potenciais maridos. Em um ano já fiz isso duas vezes! Acho que vou conversar com o líder da igreja também, preciso de conselhos, antes que você encontre uma Paula perdida em sua própria ansiedade e cometendo um monte de loucuras.

Talvez todos esses pensamentos que tenho tido nos últimos tempos sejam o motivo de tanto cansaço. Ontem à noite quase desmaiei no banheiro. Minhas vistas ficaram turvas e de repente vi tudo girar.

Mas, enfim, não quero te perturbar com isso.

Vou continuar orando para que o Senhor te proteja, onde quer que você esteja e seja lá quem você for. Não me importo de gastar cinco anos da minha vida escrevendo essas cartas para você. Espero que não esteja sofrendo dessa ansiedade desnecessária como eu estou, mas, se estiver, espero que busque ajuda, tal como eu farei.

Com todo o amor que em mim cabe,
Paula

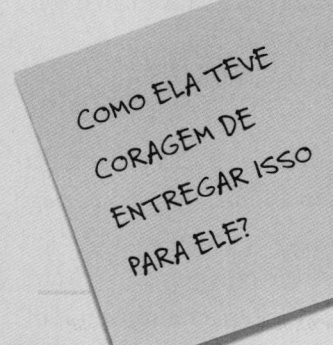

COMO ELA TEVE CORAGEM DE ENTREGAR ISSO PARA ELE?

-22-

Alguns dias depois

— Você está sendo infantil. — Paula atravessou a cozinha até chegar à geladeira, abrindo-a com força para pegar água.

— Você, mestre dos relacionamentos, acha que entende alguma coisa sobre amar outra pessoa? — Maria deu uma mordida com raiva no sanduíche.

— Pode tentar me ofender, eu a conheço o suficiente para saber o que está fazendo. — Paula colocou água no copo e boa parte caiu na mesa.

— Ah, então me conta! — Maria bufou e largou o sanduíche no prato.

— Você, bonita — Paula deu um gole na água, antes de continuar com o discurso —, está tentando desviar a atenção do foco, que é a sua teimosia estratosférica em não aceitar que está caída por Daniel, enquanto inventa uma briga ridícula comigo e ataca meu orgulho.

Maria abaixou a cabeça e Paula pensou ter visto um sorrisinho nos lábios dela.

— Conheço você, não se esqueça disso. — Paula chegou perto da amiga, mas não diminuiu o tom de voz. — Não consigo entender, qual o problema de ir ao passeio de trem com Daniel?

— Pare de falar alto! E se ele estiver por perto? — Maria olhou pela janela. — Paula, estou voltando para a universidade em poucos dias. Eu tenho uma responsabilidade enorme, não posso admitir distrações. — Maria deixou os ombros caírem. — Tenho que manter a minha bolsa. Além disso, você tem noção de a quantos quilômetros de distância vou estar daqui? — Voltou a olhar para a amiga.

— Não estamos falando de geografia, estamos falando de sentimentos. — Paula colocou a mão sobre o coração, de forma solene.

Maria apertou os lábios.

— Que são afetados por essa geografia que você despreza.

— Sempre odiei geografia na escola e não penso em mudar de opinião.

— Geografia é uma das maravilhas do mundo, o professor que não era muito bom.

As garotas contemplaram a parede branca da cozinha, relembrando a época da escola.

— Ah! — Paula balançou a cabeça e espantou as lembranças. — Vamos falar do que importa!

— Geografia é importante. — Maria deu de ombros.

— Aff! Chega desse papo. — Paula se virou para Maria de modo a ficar de frente para ela. — É só um passeio!

— Não é só um passeio! É um passeio de trem e depois ele falou que quer ir ao cinema, assistir uma animação, *Procurando Dory*... alguma coisa assim.

— Ai, sim! Eu quero muito ver, é a Dory de *Procurando Nemo*, que eu assisti tantas vezes que já perdi as contas. — Paula se animou, mas diante da cara fechada de Maria prendeu o sorriso. — É só uma animação, uma coisa que amigos fazem. Pare de ser teimosa, eu vou estar lá. Não se esqueça de que também fui convidada.

— Amiga, não preciso dizer como me sinto na presença de Daniel, preciso? Como vou passar duas horas de passeio ao lado dele e mais duas horas vendo peixes esquecidos no oceano, com aquele homem do meu lado? — Maria colocou a mão na testa e passou a andar de um lado para o outro.

— Ei, calma! — Paula se sentou na banqueta mais próxima e ficou reflexiva. — Consigo entender seus medos, mas será que quando estiver a quilômetros de distância daqui não vai ficar cheia de questionamentos? — Ela levou as mãos unidas ao queixo e imitou a amiga: — *Como teria sido se eu tivesse ido no cinema com o Daniel?*

Maria sentou-se na banqueta também e deitou a cabeça entre os braços.

— Paula — ela choramingou e levantou o rosto, apoiando o queixo na mão —, não posso ser irresponsável com os meus sentimentos e nem com os dele.

Paula esboçou uma careta ofendida.

— Não estou dizendo para ser.

— Mas você entende que posso criar expectativas se aceitar esse convite? Mesmo que seja um simples passeio... — Ela apertou os lábios. — Você entende?

Paula não respondeu, mas sentiu o peso da pergunta ecoando em sua mente. Era provável que Maria estivesse certa sobre aquela prudência toda. Mas, Paula pensava, não era como se ao ir ao cinema com Daniel a garota assinasse um contrato de casamento. Usou essa máxima para falar com a amiga.

— Não, já está decidido. — Maria ficou de pé. — Agora vou para casa, não quero mais falar sobre isso, ok?

— Tudo bem, senhora. — Paula bateu continência para a amiga.

— Pode parar — Maria disse, desanimada, e começou a caminhar em direção à saída.

— Maria. — Paula foi até ela e a abraçou. — Vou respeitar sua decisão e sei que você não faria essa escolha sem pensar muito a respeito.

— Obrigada. — Maria deitou a cabeça no ombro da amiga.
— Não posso comprometer todos os meus sonhos, construídos há tanto tempo, por causa de um rapaz que acabou de chegar. — Ergueu a cabeça e olhou no fundo dos olhos de Paula.

— Sim, você está certa. — Paula ajeitou uma mecha do cabelo longo da amiga atrás da orelha. — Nós duas podemos assistir o filme, não é? A gente pula a parte do passeio e vai em uma sessão da tarde, logo depois do almoço.

— Sem Daniel?

— Sem ele.

Maria relaxou os ombros e apertou os lábios.

— Ok. Podemos ir amanhã.

Combinaram o horário e despediram-se. Paula passou o resto do dia pensando na amiga e no quanto ela era forte e decidida. Gostaria de ser assim também. Quando se tratava dos assuntos do coração, Paula sentia que poderia pegar uma chupeta e usar fraldas, pois não entendia nada. Então, pensou, era melhor que ficasse quieta e deixasse Maria tomar as próprias decisões. Afinal, como ela poderia aconselhar alguém sobre um assunto que não compreendia?

Naquela noite, teve muitos sonhos agitados. Em todos, Maria estava no altar, ao lado de Daniel. Quando chegou a hora de cumprimentar os noivos, Paula tentou a todo custo parabenizá-los e abraçar os amigos, mas eles estavam perdidos em suas próprias juras de amor e não a viram.

* * *

Na tarde seguinte, as duas amigas se encontraram no shopping. Comeram um pedaço de bolo e tomaram café. Paula nem mencionou o nome de Daniel, e Maria não parecia preocupada como no dia anterior.

— Faltam cinco minutos para o filme começar. Acho melhor seguirmos para a fila antes que fique muito grande. — Maria se pôs em pé e ajeitou o cabelo. — E você sabe que adoro os trailers, então vamos!

Bateu palminhas para apressar Paula. A amiga revirou os olhos.

— Nunca vi uma pessoa gostar dos trailers.

— Eu também gosto! — Uma voz grossa, logo atrás delas, reverberou no corredor em que estavam.

Paula notou pelo canto do olho que Maria ficou pálida. As duas se viraram na direção da voz.

— Oi, Daniel! — Paula se aproximou e o cumprimentou com um abraço e dois beijinhos no rosto. Então, olhou por cima do ombro dele e percebeu a presença de outra pessoa. — E... Nossa. Oi, Júlio.

— Barbaridade, também quero beijo no rosto e abraço! — Júlio disse e, antes que Paula pudesse protestar, aproximou-se e depositou três beijos estalados na bochecha dela.

— Que surpresa encontrar vocês aqui — Daniel disse, com a expressão confusa. — Vocês comentaram que já assistiram esse filme.

— Sim, mas Paula queria muito assistir de novo — Maria disparou com a voz nervosa. — Ela *ama* essa tal Dory. Deu até o nome à ovelha, lembra? Ah! E ela também é fã de Nemo, então como uma boa amiga eu acabei topando vir para ela não ficar sozinha, mesmo que ela seja maluca e queira assistir o filme pela terceira vez.

Paula encarou a amiga sem entender por que estava tão nervosa e se embolando com as palavras. Mesmo assim, decidiu ser conivente com ela, então deu de ombros e concordou com um sorriso amarelo. Só esperava que eles não fizessem nenhuma pergunta a respeito do filme, porque nunca tinha visto antes.

— Vamos, então? — Júlio fez sinal para que elas passassem. — Quem sabe conseguimos poltronas próximas.

Como o cinema estava quase vazio, Júlio ficou todo animado e sugeriu que se sentassem todos juntos. Não havia dez pessoas além deles na sala. Maria se recusou a trocar de lugar, mas Paula comentou que com certeza ninguém se importaria. Em resposta, a amiga a fuzilou com os olhos. Júlio lançou uma piscadinha para Paula, que ela nem entendeu. As duas amigas continuaram em seus lugares, mas os garotos se mudaram para o lado delas.

— Conveniente, não? — Daniel disse ao se sentar ao lado de Maria.

Júlio ficou ao lado de Paula.

— Depois vamos conversar sobre isso — Maria sussurrou para Paula.

— O que foi? — Daniel perguntou.

Maria arregalou os olhos e apontou para a porta do cinema.

— Ah, alguém vai pegar pipoca?

— Não — os três responderam em uníssono.

— Então, Júlio — Maria iniciou, voltando a atenção para o primo —, como foi que você veio parar no cinema hoje?

— Eu tinha um ingresso sobrando e o convidei — foi Daniel quem respondeu. — Meus pais não gostam de cinema e, fora vocês duas, o Júlio é a única pessoa que conheço na cidade. Então, resolvi convidá-lo para vir comigo.

— Que legal, um encontrinho de *buddies*. — Paula piscou os olhos e fez um coração unindo as mãos.

— É isso aí! — Júlio deu um peteleco no coração na mão de Paula.

— É sério que você assistiu esse mesmo filme três vezes? — Júlio cochichou no ouvido de Paula.

— Na verdade — Paula se aproximou dele e falou baixinho —, é a primeira vez que tô vendo...

— Ué, mas Maria...

— Ela se confundiu. O que eu vi várias vezes foi o filme do Nemo. — Paula deu uma olhadinha na direção da amiga, que conversava com Daniel.

— Eu amo os filmes da Disney, e Nemo é um dos meus favoritos — Júlio cochichou.

— É muito bom, não é? — Paula sorriu para ele, animada.

Os olhos deles se encontraram por um momento e, mesmo com a luz fraca do cinema, Paula sentiu um incômodo no peito. Limpou a garganta e endireitou a postura na poltrona.

— Mas isso de assistir o filme mais de uma vez — Júlio riu —, você sabe, né? É coisa de maníac...

Júlio nem terminou a frase e levou um beliscão no braço.

— Ai! — reclamou o mais baixo que conseguiu. — Por que isso agora?

— Tem coragem! Me chamando de maníaca.

— Mas credo, com esse atentado contra a minha vida, agora é que eu tenho certeza das minhas acusações. E depois, eu tava falando era de mim! — Passou a mão no braço, resmungando.

Paula franziu o cenho.

— Por que de você?

— Já assisti *Procurando Nemo* umas cinco vezes. Eu poderia colocar a culpa nos meus sobrinhos, mas a verdade é que eu amo esses desenhos. Esse aí eu tô vendo pela terceira vez.

— No cinema? — ela duvidou.

— É. — Ele esticou as pernas.

— Você tá brincando, só pode!

Paula se mexeu na cadeira, ficando de frente para ele.

Ele arqueou a sobrancelha.

— Eu já sei até cantar as músicas, você vai ver. Agora, continue sentadinha e assista o filme bem quietinha. — Júlio pegou o rosto de Paula com as duas mãos e o virou para a frente. — Olha, já vai começar. Quando ela se perder dos pais você pode segurar a minha mão, tá bom? — E riu da cara de incrédula de Paula.

Dito e feito.

Não havia se passado nem três minutos do filme e Paula já não conseguiu esconder a emoção. Era uma cena simples. Um casal de peixes azul e amarelo prometendo que nunca se esqueceriam da filha. Era inevitável se lembrar dos pais, da infância na fazenda na França, do afastamento no último ano. Ela se esforçou para segurar, os olhos arderam um pouco. Olhou para o alto, encarando o teto. Talvez estivesse tudo bem derramar uma ou outra lágrima. Estava escuro e ninguém a veria.

Mas Júlio a viu.

Júlio tocou a mão dela e a segurou firme. Paula pensou por um momento e, bem, ela estava triste mesmo e talvez precisasse de uma mão acolhedora. Para sua surpresa, assim que os dedos de Júlio se fecharam sobre os dela, o coração começou a bater mais forte e, de repente, foi invadida por uma vergonha de olhar para aquele rapaz chato e arrogante ao seu lado. Ficaram de mãos dadas até o final do filme e, antes que as luzes fossem acesas, Júlio deu um beijo na mão dela. A garota ficou desconcertada, mas assim que os dedos dele se desprenderam dos seus, foi tomada por uma sensação de vazio.

E só então percebeu que não havia prestado a mínima atenção no restante do filme.

* * *

— Já que estamos aqui, vamos fazer o passeio de trem? — Daniel apontou para o alto.

Do lado de fora, em frente ao shopping, um outdoor gigante anunciava que a próxima saída aconteceria em trinta minutos.

— Dá tempo, se a gente correr — Júlio arregaçou as mangas.

— Ah, acho melhor não — Maria disse baixinho.

— Por quê? — Júlio a cutucou. — Não era você que vivia falando que queria ir nesse passeio, mas nunca tinha tempo?

— É que... — Maria ficou levemente corada e olhou para Paula, pedindo socorro. Paula retorceu a boca para baixo em uma careta.

— Ah, vamos — insistiu Daniel. — Esse horário é o melhor! Dá para ver o pôr do sol pela janela.

— Hum, que romântico — Paula falou baixinho.

Maria a fuzilou com os olhos.

— Vamos, está decidido. Eu pago, já que convidei. — Daniel praticamente empurrou todos para o interior de seu carro.

Chegaram à estação a tempo de comprar as passagens. O maquinista já estava a postos, e uma funcionária do trem organizava a fila dos passageiros. A fumaça se desprendia do trem formando singelos desenhos no ar.

— Isso é tão emocionante! — Paula bateu palminhas.

Maria cruzou os braços.

— É só um trem.

Paula franziu o cenho e virou o corpo para ficar de frente para ela. A amiga tentou ignorá-la por um momento, mas estavam lado a lado na fila, o que tornava a situação ridícula. Por fim, ao se dar por vencida, Maria a fitou de cara fechada.

— Eu, hein... Que mal humor é esse? — Paula sussurrou.

— Você ainda pergunta? — a amiga respondeu entredentes.

Paula sorriu para a funcionária, que olhou com curiosidade para elas, e se inclinou próximo ao ouvido de Maria para se defender:

— Não tenho culpa em nada disso.

— Podem entrar.

A funcionária indicou o caminho para as duas. Paula olhou para o interior do trem e depois para Maria.

— Pode ficar emburrada aí, eu vou aproveitar ao máximo, como se estivesse em um filme antigo.

Ela foi na frente, mas a amiga logo a seguiu. Atravessaram metade do trem até encontrar assentos vazios. Daniel e Júlio sentaram-se de frente um para o outro, deixando uma vaga do lado de cada um deles para as duas. Paula pensou rápido e sentou-se ao lado de Júlio, o que obrigou Maria a se sentar com Daniel.

— Quer ficar na janela, Paulinha? — Ele fechou os olhos com força. — Desculpa, *Paula*.

Ela riu.

— Se você não se importar.

— Capaz! — exclamou, ficando de pé. — Já fiz esse passeio mil vezes. Pois fique à vontade.

Paula escorregou para o banco da janela. Os joelhos dela encostaram nas pernas dele.

— Desculpa.

— Não tem problema, eu não derreto se você encostar em mim. — E piscou.

Paula deu um sorrisinho amarelo. No momento seguinte, um apito anunciou a partida do trem. Paisagens de mata, plantações e pontes de ferro começaram a se pintar na janela enquanto o vento fresco bagunçava os cabelos dela. Júlio fez o papel de guia turístico particular, descrevendo as localidades. Conforme o trem sacolejava pelos trilhos, as pernas deles se tocavam e, sempre que ele apontava para alguma coisa pela janela, seus rostos ficavam próximos.

E Paula não se afastou nenhuma vez.

* * *

Na volta do passeio, Maria contou para Paula que iria a um jantar com Daniel no dia seguinte. Pelo visto, a coincidência no cinema (porque foi coincidência mesmo) serviu para ajudá-la a abrir o coração. Paula deixou a amiga em casa e retornou para Caminho Para o Céu. Mas tomou um susto quando, mesmo ao longe, percebeu que Júlio estava sentado na varanda da casa dela.

— Oi — disse assim que chegou perto do rapaz.

— Oi — ele respondeu, ficando em pé. — Eu vim de carona com Daniel e, bem, ele ia me deixar em casa, mas eu precisava falar com você.

— Sobre o quê? — Ela passou por ele, indo em direção à porta, mas antes que pudesse continuar sentiu a mão firme em seu cotovelo, fazendo-a parar.

— Eu... — Júlio a olhava com intensidade. — Eu... — ele repetiu. — Bom, na verdade, queria dizer que já li o último contrato que você me enviou e fiquei em dúvida sobre uma cláusula e gostaria de repassar ela com você. Sabe que esses caras podem ser *jaguaras* quando querem, e não quero ver você *ratiando* comigo depois, dizendo que não fiz meu trabalho direito.

— Ah!

Paula ouviu o desânimo na própria voz, mas não compreendeu muito bem o motivo.

— Acho que isso poderia esperar até amanhã, já está tarde.

— Sim, mas como eu estava aqui perto, decidi já resolver de uma vez por todas.

Ela pensou por um momento. Ele ainda a segurava pelo braço.

— Vamos tomar um café, e podemos discutir isso, às — olhou para a tela do celular — vinte e três horas. Você me quebra, hein, Júlio! Isso é hora? — Ela tentou quebrar a tensão, o que funcionou.

O rapaz soltou o braço dela, e logo aquele sorriso arrogante estava no lugar de sempre. Paula quase suspirou de alívio.

— Melhor fazer um chá — ela disse ao se retirar para a cozinha. — Ou ninguém vai dormir.

Júlio sentou-se na cadeira de balanço da varanda de trás da casa. Pela janela da cozinha Paula conseguia ver bem. Era melhor que ficasse do lado de fora, de onde os caseiros podiam ver os dois.

Preparou o chá, com os olhos fixos em Júlio. Ele lia o contrato que estava em suas mãos, em busca da bendita cláusula contratual dúbia. Paula só se deu conta de que estava hipnotizada pela cena quando o chá escorreu da garrafa térmica, sujando toda a pia.

Levou uma xícara para ele e sentou-se na outra cadeira vaga. Assim que encontrou a cláusula, Júlio a mostrou para Paula. Ele estava certo, era algo que precisaria rever com a empresa contratante. Apesar disso, ainda achava estranho ter o rapaz ali, naquele horário, logo depois do que aconteceu no cinema.

— Então é isso. Problema solucionado. — Paula fechou a pasta.

— Paula — Júlio começou. Respirou fundo, ficou de pé e passou a mão pelos cabelos castanhos. — Não vim aqui para falar do contrato.

Naquele instante ela prendeu a respiração. O coração parecia querer saltar do peito e, depois de alguns segundos, os pulmões cobraram oxigênio e ela se lembrou de respirar. Deu um gole no chá antes de olhar nos olhos dele.

— D-do quê você quer falar?

Ele voltou a se sentar, sem tirar os olhos dela.

— Eu...

O telefone tocou no exato momento em que Júlio começou a falar. Como, entre todas as possibilidades, aquele telefone decidiu tocar justo naquele momento? Paula tentou ignorá-lo, mas Júlio se levantou e foi até a cozinha, a contragosto, e tirou o aparelho do gancho levando-o ao ouvido.

— Sim, ela está aqui.

Silêncio.

— Precisei resolver um problema com um contrato. — A voz dele soava mecânica.

Silêncio mais uma vez.

— Maria, de verdade, o que você pensa de mim? — E desligou o telefone com raiva.

Paula observou tudo da varanda e, quando Júlio retornou, percebeu que o rosto dele estava vermelho.

— Maria? — Paula perguntou.

— Sim, ela disse que você não respondeu a mensagem dela no celular, então achou melhor ligar. — Júlio colocava o casaco, Paula observava confusa.

— Você já vai?

— Sim. — Fechou o zíper da jaqueta. — Conversamos em outro momento.

— O que você tinha para me dizer?

Ela ficou de pé e abraçou o próprio corpo porque o vento frio ultrapassava a barreira da manga da camisa de malha. Olhou para o casaco em uma mesinha e caminhou para mais perto dele. Júlio continuava carrancudo e com as bochechas intensamente coloridas.

— Nada importante. Já tá tarde e preciso voltar pra casa.

— Eu posso te levar.

Paula também começou a colocar o casaco, mas Júlio balançou a cabeça, negando.

— Não tem necessidade. Acho que preciso de uma caminhada. Ela franziu o cenho. Ele não parecia muito convincente.

— À meia-noite? Tem certeza?

— Sim. — Eles se olharam em silêncio. A expressão de Júlio foi ficando menos tensa. — Amanhã a gente conversa. Tá bom, Paulinha?

— Já disse para não me chamar assim, seu... — Paula rosnou, mas antes que concluísse a frase, Júlio a interrompeu com uma gargalhada.

Logo em seguida, aproximou-se dela e a envolveu em um dos seus abraços de urso. Desta vez, porém, ele demorou para soltar. Paula contornou o corpo dele com as mãos e pousou a cabeça em seu peito. Era impressão dela ou o coração dele estava acelerado?

— Boa noite, Paulinha.

Quando ele a soltou, descansou um beijo em sua testa. Era a segunda vez, em poucas horas, que Paula sentia um vazio enquanto Júlio se afastava dela. Ele caminhou na direção da porteira e ela ficou ali, parada no centro da varanda, sem compreender muito bem o porquê de não conseguir se movimentar. Afinal, o que estava acontecendo com Júlio? E por que ele estava estranho? E mais, por que ela estava sentindo aquela vontade de correr atrás dele e abraçá-lo mais uma vez?

Como engrenagens que se encaixam com perfeição, ou como a última peça do quebra-cabeça, algo dentro dela compreendeu. Levou uma mão à boca, em espanto.

Não poderia ser. Será que ela...?

-23-

Paula passou os dedos na mão esquerda, onde os lábios de Júlio haviam pousado na tarde anterior. Era como se ela ainda pudesse sentir exatamente onde os lábios haviam tocado, pois estavam quentes.

E como eram macios!

O amor sempre tinha sido algo que ela deixava para os livros e filmes. Na vida real, não parecia haver espaço para coração acelerado, saudades intensas e todos aqueles clichês. Mas agora era diferente. Desde que havia começado a escrever as cartas, ficava pensando em como seria incrível ter alguém com quem dividir a vida, os sonhos e os dramas. Alguém que estivesse do seu lado, fosse qual fosse o momento pelo qual estivesse passando.

A imagem de Júlio pairou em sua mente.

Lembrou-se dos olhos esverdeados, da barba por fazer quando ele estava muito atarefado, dos cabelos castanhos enrolados nas pontas. Sim, aquele homem era lindo, até mesmo com o sorrisinho que a irritava. Percebeu o sorriso bobo no próprio rosto ao se lembrar dele sentado em sua cozinha, brincando com Halley. Ou na casa da família dele, brincando com os sobrinhos. Recordou-se das inúmeras vezes em que ele a ajudou nas tarefas da fazenda ou com os contratos de publicidade.

De repente, sentiu uma vontade enorme de encontrá-lo, de abraçá-lo e conversar sobre aqueles filmes idiotas que ele adorava. Chamou Halley e começou a correr em direção à camionete. Precisava ver Júlio e era naquele instante.

Antes que pudesse dar partida no veículo, porém, João e Daniel apareceram, caminhando alguns metros na frente, ambos com caixas na mão.

— Bom dia, Paula! — Daniel a cumprimentou. — Preparada para mais um dia de feira?

Ela olhou para as caixas mais uma vez e depois para os homens.

— Ah, claro! — concordou desanimada, procurando entender como havia se esquecido de que era dia de viajar para Joaçaba.

João colocou a caixa na carroceria e deu a volta no veículo para falar com ela.

— Tá tudo bem, menina?

Paula piscou, ainda voltando para a realidade.

— Sim, sim. Claro. — Então virou-se para o mais novo. — Daniel, você vai comigo?

— Aham — ele respondeu. — Minha mãe disse que quer preparar alguns doces para Maria, já que ela viaja em breve. Se você não se importar, é claro.

— Não tem problema, fico feliz que ela se preocupe com Maria. — Paula desceu da camionete e foi ajudar os homens a carregarem as caixas, em sua maioria de tomates.

* * *

Passou o dia todo em outro planeta. Daniel chamou a atenção dela inúmeras vezes. Desta vez, ele contou histórias no retorno para casa, mas Paula apenas sorria eventualmente.

— Tem certeza de que está tudo bem? — Daniel perguntou assim que chegaram na fazenda.

— Só estou com muita coisa para resolver. Desculpa se não te dei atenção hoje.

— Não se preocupe, está tudo bem. — Daniel checou o

relógio de pulso. — Preciso ir, tenho um compromisso. Espero que você dê conta de todas as suas tarefas — falou já se afastando.

Paula entrou em casa, checou a secretária eletrônica, olhou as mensagens no celular e chamou por Pietra, que passava em frente à janela da cozinha:

— Alguém me procurou hoje?

— Não, Paulinha. Hoje esteve tudo muito calmo por aqui. — Pietra sorriu, sem diminuir o passo.

— Júlio não passou por aqui?

A mulher parou e pensou, mas balançou a cabeça em negativa.

— Você está esperando alguma encomenda? — Pietra questionou, já que era normal Júlio trazer a correspondência para o Caminho Para o Céu.

— Quase isso... — Paula entristeceu-se.

Pietra sorriu e seguiu seu caminho. Halley entrou correndo na casa e, com o focinho gelado, reivindicou a atenção da dona. Paula passou as mãos no pelo do animal, os olhos distantes.

— Por que ele não apareceu? — perguntou para o cachorro.

* * *

Naquela semana, Paula foi soterrada por uma enxurrada de problemas relacionados à administração da fazenda. Isso sem mencionar a semana de provas na faculdade. Portanto, não conseguiu ver Júlio. Os dois só voltaram a se encontrar na despedida de Maria, na casa dela, no final de semana seguinte.

Quando se sentaram à mesa, Júlio sorriu para ela, mas nem se aproximou para abraçá-la. Paula estava prestes a perguntar o motivo do comportamento estranho, quando uma garota baixinha, cabelo cortado no estilo chanel e com sardinhas espalhadas pelo rosto de boneca, entrou na sala de jantar. Maria foi até Paula e fez sinal para que a seguisse até a cozinha.

— Quem é essa garota que acabou de chegar? — Paula perguntou.

— Morgana. Ela é... — Os sobrinhos de Júlio entraram na cozinha aos gritos no momento em que Maria terminava de falar, mas Paula ainda conseguiu ouvir o suficiente para entender. — ... namorada do Júlio.

Paula se sentou na primeira cadeira que encontrou, boquiaberta. Maria andava de um lado para o outro, falando mais coisas sobre Morgana para as quais Paula não conseguia prestar atenção.

— Não estou me sentindo muito bem — Paula a interrompeu. — Preciso de ar.

— O que você tem, amiga?

Paula ignorou a pergunta e atravessou a sala com o corpo dormente. O que era aquele sentimento? Respirou fundo, mas não adiantou. Uma tontura a fez piscar rápido e errar o degrau da entrada. No segundo seguinte, seu corpo foi impulsionado para a frente. Tentou se segurar em algo, mas não havia nada no caminho que pudesse servir de suporte. Tropeçou em uma pedra e caiu de modo que sua cabeça foi ao encontro da pá de um trator que estava estacionado em frente à casa.

Maria correu para o lado da amiga.

— O que aconteceu?

Jogada no chão, Paula endireitou o corpo com a ajuda de Maria e levou a mão ao topo da cabeça. Quando encarou os dedos vermelhos, sujos de sangue, uma nova tontura a acometeu.

— Amiga, você está sangrando!

Maria olhou para os lados e gritou alguma coisa. Paula encarava os próprios dedos enquanto uma forte pontada atravessava sua cabeça.

— Paula, o que você está sentindo? — Maria voltou a atenção para ela.

Um zumbido intenso tomou conta dos ouvidos de Paula, e sua cabeça pendeu para o lado. Maria pegou o boné de uma das crianças que se aproximaram e abanou o rosto da amiga. Antes que Paula pudesse responder, Júlio apareceu, com os olhos arregalados.

— O que houve? Paula, você está bem? — Ele segurou as mãos da garota, mas ela as puxou de volta e se levantou de supetão.

— Maria, preciso ir ao banhe... — Mas, antes que pudesse completar a frase, o mundo começou a girar ao seu redor, e seu corpo foi amparado pelas mãos firmes de Júlio.

Ela tentou se manter de pé, mas a visão embaçou.

— Ai, meu Pai! — Júlio soltou.

— Calma, Júlio! — Maria gritou com ele.

— Estou calmo, meu Deus! — Júlio gritou de volta. — Vamos ao médico, agora!

A essa altura, todos os convidados do almoço estavam ao redor deles. Paula fechou os olhos e desejou um desmaio, que não veio. Ela sentia as pessoas a encarando, os cochichos preocupados e a urgência na voz de Júlio.

Ele a pegou no colo e a levou até o carro. Sua blusa branca já estava completamente manchada de sangue. Mal conseguiu protestar, apenas se deixou conduzir para o hospital.

* * *

Paula estava em observação já fazia duas horas. Júlio não saiu de seu lado nem por um segundo. A médica de plantão a colocou no soro e solicitou alguns exames. À espera dos resultados, o rapaz segurou a mão de Paula e acariciou os dedos com suavidade. Ela se manteve de olhos fechados, mas sentiu o carinho. Enquanto por um lado queria se afastar dele, mandá-lo embora, por outro, estava com medo de ficar sozinha.

Hospitais a lembravam sua mãe. O cheiro asséptico, o branco exagerado das paredes, as enfermeiras e suas pranchetas, a urgência e a seriedade, o pinga-pinga quase inaudível do soro. Tudo era doloroso demais, tinha cheiro de adolescência, cheiro da ausência da mãe. Um lembrete mergulhado em álcool 70 de que ela sempre estivera em segundo plano.

Quando ela abriu os olhos, Júlio tocou seus dedos com os lábios, depositando um beijo leve ali. Arrumou os cabelos da garota e acariciou o rosto dela.

— Júlio, eu...

Mas as palavras foram interrompidas pela chegada de Maria e Morgana, que invadiram a enfermaria. Maria tinha milhões de perguntas.

— A médica disse que ela precisa ficar mais um pouco em observação — Júlio disse, quando a prima enfim parou de falar.

— E fizeram um raio-X? — perguntou ela.

Júlio encarou Paula por um segundo e respondeu:

— Eu bem que insisti. A médica disse que não era necessário e a senhorita aqui — ele afunilou os olhos — não ajudou muito, já que ela não quis fazer.

Maria chegou mais perto, com sobrancelhas enrugadas, e olhou Paula nos olhos.

— Amiga, sua cabeça está doendo?

Paula levou a mão automaticamente para o local da pancada.

— Não... — pensou um pouco. — Uma dorzinha leve, apenas. A médica disse que não foi grave, nem precisei fazer pontos.

— Mas não fizeram nenhum exame?

— Sim — Júlio se antecipou —, porque eu insisti. Mas, credo, não queriam fazer. Aí bati o pé até que fizeram um exame de sangue, pelo menos. A médica observou uma deficiência em ferro e desidratação. Ela chegou à conclusão de que Paula pode estar estressada demais e se alimentando mal. — Júlio explicou, sem soltar a mão de Paula.

Maria assentiu e encarou o relógio.

— Ai, garota, ia te dar um peteleco se não estivesse nessa cama. Paula se encolheu um pouco.

— Meu ônibus sai daqui quarenta minutos. Já nem sei se devo viajar... — Maria se aproximou do outro lado da cama em que Paula estava.

— Maria, largue mão! — Júlio falou. — Ela vai ficar bem, só precisa descansar e se alimentar melhor.

Morgana se aproximou e colocou a mão no ombro de Júlio.

— Ele tem razão.

Paula puxou a mão que Júlio segurava e cruzou os braços na altura do peito.

— Maninha, faz sua viagem. — Paula se esforçou para não tropeçar nas palavras, sentindo uma leve tontura ao conseguir sentar-se na cama. — Não se preocupa. É sério. Eu tô bem.

— Promete que vai se cuidar, então — Maria disse, insegura.

— Vou me esforçar.

— Eu acho que se esforçar é a última coisa que você deveria fazer — Júlio comentou.

Morgana soltou um risinho, mas quando os olhos de Paula pousaram sobre ela, ficou séria no mesmo segundo.

— Maria — Paula se voltou para a amiga. — Desculpa por não poder te levar como a gente tinha combinado.

— Não se preocupe. — Uma voz a fez olhar para a porta, e só então Paula viu Daniel. — Eu faço isso.

Maria a abraçou em despedida e saiu com o rapaz. Assim, restaram Júlio e Morgana ao lado da cama, com um silêncio zombeteiro passeando entre eles. Foi estranho, mas o celular de

Morgana tocou e ela, com uma expressão de alívio, pediu licença para atender à chamada.

— Você pode ir com ela, não precisa ficar aqui comigo.

A voz de Paula saiu mais acusatória do que ela gostaria.

— Não. Vou ficar com você — Júlio respondeu.

— É sério, não precisa.

— Porque você está bem... — ele zombou.

Paula fechou a cara e cruzou os braços.

— Isso.

Júlio apertou os lábios e a fitou dentro dos olhos.

— Está bem óbvio que isso não é verdade, Paulinha.

A moça abriu a boca para contestar, mas, naquele exato momento, Morgana retornou ao quarto. Ela estava com uma expressão simpática até deparar com Paula. No mesmo instante, de novo, desfez o sorriso.

— Olha, Morgana. — Júlio disse. — Vamos precisar cancelar nosso combinado de hoje.

— Ah, tudo bem, eu super entendo. — A garota ajeitou a bolsa no ombro e pareceu não saber para onde olhar.

— Eu tenho que ficar com a Paula.

Ela concordou rapidamente com a cabeça.

— Então eu já vou indo. Mas amanhã sem falta, tá bom?

— Com certeza. Já deixei algumas coisas com seu pai.

— Ah, ótimo! — Morgana olhou para Paula. — Fica bem e... toma bastante água.

Uma nuvem negra parecia ter pousado sobre a cabeça de Paula, que assentiu, mas de forma leve e quase imperceptível.

A garota acenou timidamente e saiu.

— Por que você foi toda xucra com Morgana? — Júlio perguntou ao ajustar a cortina que escondia a cama onde Paula se sentava.

— Eu? Não sei do que você está falando.

Ela sabia sim, e tentava ignorar o remorso. A garota não tinha culpa. Mas Júlio, ah, esse tinha. Por que ele precisava ser desse jeito? Confundia os sentimentos dela com sorrisos, abraços e aqueles olhares que pareciam atravessar sua alma.

— Paula Alves? — uma enfermeira chamou por ela.

— Sou eu.

— Os últimos resultados chegaram, a médica quer vê-la antes de você receber alta. Seu namorado pode nos acompanhar. — A enfermeira apontou para Júlio.

— Ele não é meu namorado e vai esperar aqui. — Paula se levantou, arrastando o suporte do soro, sem olhar para Júlio.

* * *

Júlio estacionou o carro do pai de Maria em frente ao casarão e desceu depressa para ajudar Paula. Abriu a porta e deu a entender que a pegaria no colo.

— Ei, ainda sou capaz de caminhar, só estou com anemia, mas bem viva — Paula resmungou. Desceu do carro e caminhou com os passos pesados na direção da entrada da casa, com Júlio em seu encalço.

— Você poderia ser um pouco mais simpática com a pessoa que está te ajudando, sabe? E será que dá para caminhar mais devagar? — Ele passou na frente dela e abriu a porta para que ela entrasse.

— Não pedi por sua ajud...

Antes de terminar a frase, sentiu-se tonta e, não fosse os braços de Júlio ao redor de sua cintura, teria caído no chão.

Paula endireitou a postura e se segurou na parede ao lado.

— Você sempre está me segurando.

— E você sempre caindo aos meus pés. — Ele sorriu.

Paula prendeu a respiração, e repetiu mentalmente: *Ele tem namorada, ele tem namorada, ele tem namorada...*

— Consegue subir as escadas?

— Não sei, acho que não...

— Quer deitar um pouco no sofá?

— Eu quero a minha cama. Fernando estava errado, o sofá não é nada confortável.

Júlio juntou as sobrancelhas e fez uma careta.

— Aquele cara não sabe de nada. Nesse caso, vou ter que te carregar até seu quarto.

Ela nem teve tempo de protestar, e Júlio a pegou no colo. Paula soltou o ar pela boca, o coração acelerado no peito.

— Passe o braço aqui. — Ajeitou o braço dela ao redor de seu pescoço. — Isso.

Seus olhos se encontraram naquele instante e o ar ao redor pareceu ser sugado, como se ela não precisasse de oxigênio para respirar, só daqueles olhos voltados para ela daquela forma. Olhos doces, sinceros e tão próximos dos dela. *Tão próximos...* Se ela quisesse poderia se aproximar um pouco mais. Olhou para a boca dele. Os lábios entreabertos, não com o típico sorrisinho irritante, mas algo diferente, escondido em um sussurro ainda não dito.

— Paula — ele arquejou.

O som da voz dele a trouxe de volta para a realidade.

— Me coloca no chão.

Talvez os remédios e o susto tivessem feito com que ela se esquecesse de seus princípios. *Perdão, Senhor! Perdão*, murmurava em sua mente enquanto se debatia nos braços dele, na tentativa de voltar ao chão.

— Para com isso, Paula.

Ele a apertou contra o peito e subiu as escadas, levando-a até o quarto. Ela fechou os olhos, resignada. A cada passo, seus pensamentos a envergonhavam um pouco mais. Seria mais simples se ele a deixasse para trás, se não fosse um amigo que se importava com ela.

Júlio deitou Paula com cuidado e ajeitou os travesseiros. Ela se acomodou e virou de costas para ele, envergonhada demais para encará-lo. Ele a cobriu com o cobertor e ela pressionou os olhos. Ela seria traída se o olhasse, tinha certeza de que estava estampado em sua cara.

Era errado. Levaria um tempo para superar isso, mas ela aguentaria. Seria forte e superaria aquele sentimento borbulhante em seu peito. Só precisava de espaço e de tempo. Ficou nessa posição por um tempo, o quarto mergulhado em silêncio.

Abriu os olhos. Uma luz fraca de dia nublado entrava pela janela. Respirou fundo e virou o corpo, deitando-se de costas. Encarou o teto e bateu as pernas na cama, soltando grunhidos.

— Por que ele precisava ser desse jeito? — resmungou. — Por que ele tinha que ser tão bonito, hein, Senhor?

Pegou o travesseiro do outro lado da cama e tapou a cabeça, abafando um gritinho.

— Está tudo bem?

A voz veio do canto do quarto, da poltrona que usava para acomodar as roupas que ainda poderia usar mais uma vez.

Ela tirou o travesseiro e virou o rosto devagar, mas já sabia que era ele.

— Júlio?

Que vergonha.

— Ué, quem mais?

— Por que... quer dizer, o que você está fazendo aqui ainda?

— Não ia te deixar sozinha. Estou esperando Pietra voltar da cidade.

— Mas você tá esse tempo todo aqui no quarto sozinho comigo?

Júlio arregalou os olhos e se levantou, remexendo-se todo nervoso.

— Oras, mas que ideia! Olha a sua condição. Eu tava querendo ajudar! Eu... eu... Pensei que você estivesse dormindo.

Ela escondeu o rosto entre as mãos.

— Você tá com dor, alguma coisa?

— Não.

Ouviu os passos dele, se aproximando da cama.

— Então por que estava gritando e reclamando?

O que ela poderia dizer? *Ah, eu estava pensando em você e em como você é lindo e sua namorada não vai gostar de saber que você está sozinho comigo aqui!*

Pelo menos ela poderia colocar a culpa na febre, no remédio que tomou no hospital ou na batida de cabeça. Júlio se inclinou perto dela, examinando-a com os olhos. Paula sentiu o rosto arder.

— Quer voltar para o hospital?

— Não! — ela disse rápido demais. Precisava inventar alguma coisa. — Lembrei daqueles filmes idiotas que você curte. Talvez se a gente subir a tevê eu possa assistir algum.

Levantou o rosto, um sorriso débil nos lábios. Júlio sentou-se na beirada da cama olhando-a em um misto de preocupação e curiosidade.

— Não são filmes idiotas — disse, por fim. — E, olha, acho que ninguém além da Pietra sabe que a gente tá sozinho aqui em cima. Mas, sério, isso importa? Olha pra você. Eu fiquei preocupado. Não sou doido de te deixar sozinha nesse estado. Mas... se quiser eu saio. Sento ali no chão gelado do corredor...

— Para. — Paula revirou os olhos. — Pode ficar.

Júlio abriu um sorriso satisfeito.

— Eu só ia pegar a tevê com essa condição mesmo. Não ia ficar de fora enquanto você assistia aquelas preciosidades sozinha.

Paula riu. Em algum momento, antes de ele ter desaparecido por uma semana inteira, eles haviam conversado sobre filmes. Ela geralmente preferia assistir séries, mas ele insistiu tanto que ela decidiu dar uma chance para os títulos tão recomendados.

— Essa é a sua opinião, mas eu, na condição de doente, tenho o direito de falar que são filmes horríveis!

Ele cruzou os braços e se aproximou dela um pouco mais. Paula percebeu, mas não disse nada.

— Sem essa — Júlio soltou. — Eu te desafio a citar um filme daquela lista que não seja ótimo.

Paula franziu o cenho.

— Posso começar por *Rocky Balboa I*...

Júlio cobriu a boca com uma mão.

— Você está criticando um clássico do cinema?

— Clássico ou não, é um verdadeiro show de horrores! — Paula arqueou as sobrancelhas.

— Sabe — ele se inclinou, os rostos ficaram muito próximos —, acho que eu sei do que você precisa.

Paula se encolheu o máximo que pode contra o travesseiro antes de perguntar:

— O quê?

Antes que ela pudesse compreender, Júlio fez cócegas em sua barriga, tirando-lhe o ar de tanto rir. Paula tentou escapar, mas ele a segurou pelos braços, imobilizando-a. Com as mãos ocupadas nos punhos de Paula, ele continuou a observá-la, a respiração de ambos se acelerando.

— Para com isso! — ela conseguiu dizer. — Eu sou uma moribunda! — Júlio não cedeu. — Para! Para! Isso pega mal.

Júlio cessou os movimentos.

Paula olhou para ele com raiva e forçou o braço, mas ele não fez menção de soltar.

— Nada a ver um cara na sua condição fazer isso comigo.

Júlio piscou os olhos.

— Como? O que você disse?

— Você sabe!

Júlio abriu a boca. Mas os dois ouviram a porta de baixo ranger. Ele olhou para baixo, confuso, e se levantou da cama. Um minuto depois, Halley entrou no cômodo, fazendo uma arruaça, com Pietra vindo em seguida.

— Menina, que susto foi esse que nos deu! — A mulher passou a mão pela testa dela. — Quatro pessoas já me ligaram perguntando sobre você. Cidade pequena, sabe como é! As pessoas se preocupam.

— Ou se metem onde não são chamadas — Júlio resmungou.

— O que disse, querido? — Pietra perguntou.

Júlio balançou a mão no ar.

— Nada. Vou até a casa de Maria pegar a camionete e já vou aproveitar e trazer um pouco de sopa que pedi para mamãe fazer.

— Eu já estou bem. Não tem necessid...

— Na última vez que você disse que estava bem, quase desmaiou. — Ele interrompeu e se voltou para Pietra. — Acho melhor a senhora ficar com ela até eu voltar.

— Claro, menino Júlio. Não se preocupe, não vou desgrudar da nossa menina nem por um segundo.

— Você não precisa voltar — Paula disse, olhando para Júlio.

— Claro que preciso — ele falou e, antes que ela pudesse discutir, se retirou com a testa franzida.

ALVES &
ASSOCIADOS
ADVOGADOS

Querido,

Espero que, onde você estiver, esteja bem e debaixo da bênção de nosso Pai. Oro para que você cresça em graça e conhecimento e submeta todos os seus planos à vontade de Deus. Oro para que seu caráter seja moldado e que o Senhor o abençoe e ajude a ser uma pessoa melhor. Oro, também, para que você goste de chimarrão, pois me descobri viciada nessa bebida e já não imagino meus entardeceres sem um bom mate.

Nesses últimos dias em que estive doente (já estou tratando, é anemia), fiquei pensativa sobre como seria legal ter você do meu lado para cuidar de mim. Porém, logo espantei esse pensamento que despertou ansiedade e tristeza, para me concentrar no fato de que Deus colocou pessoas lindas e boas no meu caminho, amigos que são verdadeiros anjos. Tenho certeza de que você também possui pessoas incríveis e lindas, presentes de Deus, que cuidam de você e o ajudam a prosseguir neste mundo de enganos e mentiras.

Pietra, João e Daniel cuidaram de tudo na fazenda. As pessoas dessa família são anjos na minha vida. É uma pena que Daniel viaje hoje, ele tem sido um ótimo amigo e quase o estou aprovando como meu irmão e cunhado, já que Maria é minha irmã do coração e ninguém muda isso.

Outra pessoa que tem estado muito presente é Júlio.

Ainda não tive a oportunidade de ficar sozinha com ele e lhe dizer algumas verdades sobre as expectativas que ele despertou em mim. Sim, eu pensei que estivesse gostando dele. Mas qual não foi a minha surpresa ao descobrir que está namorando com Morgana! Tenho me esforçado para não ficar com ressentimentos dela, pois ela não tem culpa de nada e nem a conheço.

Ainda sinto o coração acelerar quando vejo Júlio, e quando ele está muito próximo sinto até as bochechas corarem. Tenho me repreendido por causa dessas sensações. Onde já se viu? Gostar logo de um cara comprometido. E ainda mais Júlio, aquele irritante, infantil, imaturo e tantos outros adjetivos que começam com a letra "i". Não sei, acho que a anemia deve ter afetado meu cérebro, só pode! E pensar que por um vislumbre de momento eu achei que poderia haver uma chance para mim e Júlio... nossa, como fui tola! <u>Só de lembrar fico com vergonha.</u>

Espero que você não se importe por abrir meu coração desse jeito, mas sei que quando você chegar, seremos melhores amigos e que poderei confiar a você todos os meus medos, da mesma forma que você encontrará em mim uma amiga, conselheira e o que mais precisar.

Essas cartas estão cada vez mais parecidas com um diário. Espero que você goste de ler (e que não se importe com o fato de eu ter uma biblioteca sendo preenchida com muitos livros todos os meses).

Abraços,
Paula

eu também estou com vergonha, help!

-24-

Paula estava sorrindo. Ela percebeu isso quando seus olhos focalizaram o vidro da janela. No quintal, Júlio ajudava Daniel a carregar algumas caixas. Havia chegado o dia de o filho de Pietra retornar para o exército. Estava fardado e cheio de sorrisos. Paula tinha decidido tirar uma foto para enviar a Maria. Acenou e pediu para ele fazer uma pose. Mas Júlio resolveu sair na foto. Abraçou o soldado pelo ombro e abriu um sorriso. Os olhos de Paula ficaram presos na imagem dele dentro da tela do celular.

Ela pendeu a cabeça para o lado e se lembrou do dia em que ele a carregara até o quarto. O perfume de Júlio estava impregnado em sua memória, ela nem precisava fazer esforço para sentir o cheiro almiscarado e suave.

A culpa a invadiu naquele momento.

Foi até o banheiro do quarto e lavou o rosto uma, duas, três vezes. Fitou o reflexo no espelho. Ela precisava tomar uma atitude, não podia continuar daquele jeito. Ficar suspirando por um homem comprometido. Era uma vergonha!

Mas o que ela faria com os sentimentos? Como escondê-los? Ou melhor, como se livrar de algo que já havia saído do controle e a amarrava por todos os lados?

Fechou os olhos e viu Júlio sorrindo.

— Argh! — Deu alguns tapinhas no rosto.

Jejuar. Era isso que ela faria.

Ouviu a porta do carro de Daniel bater. Não se despediria dele, não queria encontrar Júlio. Não agora. Ouviu o ronco do carro se afastar e imaginou Daniel cruzando o portal da fazenda. Teria que enviar uma mensagem para ele.

Alguns segundos depois, batidas na porta a fizeram se encolher no piso frio do banheiro. Só podia ser Júlio.

Esperou as batidas pararem e alguns minutos depois o Agromóvel roncar e fazer o mesmo caminho que o carro de Daniel.

Evitaria Júlio a todo custo.

Afinal, o que os olhos não viam, o coração não sentia. Ou assim ela esperava.

* * *

— Acho que preciso fazer uma viagem! — Paula bateu as mãos e fitou a tela do celular apoiada no espelho da penteadeira, como quem chega a uma conclusão estupenda. — Sabia que fazer um cruzeiro pelo litoral brasileiro não é tão caro? Eu chequei quanto seria uma eurotrip, mas fora de cogitação. Eu até queria mochilar pelos Estados Unidos e ficar um tempo com você, mas fora do orçamento também.

Paula levou o celular consigo, pegou a nécessaire de maquiagens no banheiro e voltou para a cama, procurando pelo creme hidratante.

— Amiga, vamos por partes — Maria começou. — Primeiro, você não pode abandonar a fazenda agora, é época de colheita.

Paula soltou o ar pela boca e fez um beicinho, enquanto abriu a tampa do creme hidratante. O cheiro do produto a fez suspirar, lembrava um pouco o perfume de um certo alguém.

— Pietra e João cuidam de tudo por aqui, eles dão conta e posso contratar um temporário — Paula interrompeu, dando batidinhas para espalhar o creme.

— Segundo — Maria ignorou o comentário —, você tem uma avalanche de vídeos para produzir sobre a vida na fazenda,

ou se esqueceu do seu último contrato? Júlio me contou que...
— Paula sentiu um aperto no peito ao ouvir aquele nome e engoliu em seco. — ... e seria legal se... Nossa, que cara é essa? — Maria a observou com desconfiança.

— Nada. — Escondeu o rosto atrás da paleta de sombras.

— Sei... — Maria agitou as mãos e prosseguiu. — Bem, não terminei. Por que você iria querer desperdiçar tanto dinheiro assim do nada? Não faz um mês que você falou que estava juntando o dinheiro das publicidades para quitar o último financiamento. O que mudou?

— Você é uma estraga-prazeres. — Paula olhou para a pequena tela do celular com tristeza. — Nada mudou, ué. Só queria umas férias. — Passou um pouco de blush, forçando um sorriso.

— Alguém precisa ter os pés no chão por aqui. — Maria analisou a amiga. — Mas para de história. Desembucha. Do que você quer fugir?

— Fugir? Não quero fugir de ninguém — Paula respondeu, rápido demais.

Maria estreitou os olhos.

— Conheço você o suficiente para saber que tem alguma coisa por trás dessa ideia mirabolante.

Paula cogitou a possibilidade de falar sobre os sentimentos confusos em seu coração enquanto passava o batom. Ela havia conseguido evitar Júlio nas últimas semanas. Até mesmo na faculdade, quando o via — ou a Morgana — nos corredores, corria para o banheiro e sempre ficava alguns minutos a mais na sala, ou saía antes, para garantir que seu horário de saída não coincidisse com o de Júlio.

Sentia-se como uma criminosa. Se bem que, se parasse para analisar os sentimentos conflitantes em seu peito, era provável que seria declarada culpada, até mesmo pela amiga.

Não. Era melhor manter aquilo em segredo. Quanto menos pensasse ou falasse sobre o assunto, mais fácil seria esquecer-se dele.

— Amiga, preciso desligar. O culto começa em dez minutos.

Maria mordeu os lábios. A insatisfação pela mudança de assunto estava nítida na expressão dela.

— Ok, mas na volta pode me mandar mensagem e explicar tudo.

Paula se levantou, agitando a cabeça.

— Tchau. Amo você. Se cuida. — E desligou a chamada antes que a amiga pudesse responder.

* * *

Chegou à igreja no momento em que finalizavam um dos hinos de abertura. Sentou-se no último banco, seu lugar favorito de sempre. Tinha feito algumas amizades ali, mas sempre preferia sentar sozinha e prestar seu culto a Deus sem interrupções.

Com os olhos fechados, orou. Pediu desculpas pelos pensamentos inconvenientes, pela falta de sinceridade consigo mesma e com Maria. Orou também pelos pais, de quem sentia muita saudade, embora a pouca coragem ainda a impedisse de ligar ou mesmo mandar uma mensagem.

Com os olhos ainda fechados, sentiu que alguém se sentou ao seu lado. O cheiro era familiar.

Concluiu a oração agradecendo por todos os cuidados que Deus tinha com ela. Ao abrir os olhos se deparou com Júlio, que sorriu ao seu lado. Claro, só podia ser ele. O coração deu um salto. O pastor Carlos pediu que todos ficassem de pé para a leitura da Palavra. Paula estava tão nervosa que mal conseguiu entender em que livro deveria abrir a Bíblia. Júlio pareceu perceber, pois encostou o ombro no dela e levantou a própria Bíblia, apontando para a palavra "Hebreus". Paula procurou pelo livro em sua Bíblia e fixou o olhar nas letras miúdas, tentando se concentrar na leitura

Quando o pastor terminou de ler, Paula olhou para a frente, em busca de Morgana. Encontrou-a no primeiro banco ao lado de Ester, a esposa do pastor, e de um homem, que, espere... estava segurando a mão da garota?

Mas... como? O quê?

Olhou para Júlio e depois para Morgana e para o homem com a mão entrelaçada na dela. Ele parecia ser mais velho. Talvez fosse o pai. Ou um irmão. Era estranho, mas decidiu se concentrar no culto. Nem conseguiu ouvir o que o pastor falara sobre o versículo que tinha acabado de ler.

— Podem tomar seus assentos, meus queridos.

Paula se sentou, deixando um espaço entre ela e Júlio. Procurou um papel no interior da Bíblia e abanou o rosto. Ouviu os louvores e sentiu os músculos relaxarem. A mente se desconectou por completo da presença do homem ao seu lado, e seus pensamentos se voltaram para a mensagem do culto.

Enquanto o pastor Carlos transmitia a mensagem sobre confiar nos planos de Deus mesmo que as coisas parecessem estar fora de controle ou muito diferentes do plano que havia sido traçado, Paula pensava sobre a própria vida. Não tinha sido uma vida difícil, quando se observava pelo olhar da sociedade que só pensa no quanto você tem e no quanto pode pagar. Sua infância havia sido privilegiada. Ela reconhecia isso. Sempre tivera tudo que as mãos podiam tocar e o dinheiro, pagar.

No entanto, antes de conhecer Maria, que a apresentou a Jesus, parecia que nunca tinha o suficiente. Queria mais. Era como um saco sem fundo. Um vazio que nunca era preenchido.

Sorriu, com o coração grato ao perceber que não sentia aquele vazio havia muito tempo.

Enquanto o pastor fazia a oração final, Paula espiou Júlio. Ele estava com a mão no peito e os olhos fechados. Era o momento ideal para sair, antes que o pastor a fizesse abraçá-lo, como era o costume do homem aos finais do culto. Pastor Carlos e Ester haviam acabado de chegar à cidade. Aquele era talvez o quarto domingo do casal na igreja. Todos estavam ainda se acostumando com a nova liderança, mas ela não conseguia entender por que o pastor tinha essa mania de fazer os irmãos abraçarem quem estava ao lado.

Pegou a Bíblia e se retirou. Quando chegou à camionete, porém, ouviu a voz grossa chamando por seu nome.

— Paula.

Virou o rosto em direção a ele.

— Está tudo bem? — Júlio a alcançou e colocou a mão no ombro dela.

— Sim, tudo bem.

— Por que saiu correndo? O culto nem terminou.

A mão dele em seu ombro a fez estremecer. Por quê? Por que precisava ser daquele jeito? Nenhum garoto nunca teve esse tipo de efeito sobre ela, e por que ela precisava ter se apaixonado logo por ele?

— Ai, Júlio, o que você quer? Por acaso é meu guarda-costas, um fiscal ou o quê? — Paula empurrou a mão dele para longe, irritada com os próprios pensamentos. — Vê se me erra, tenho mais o que fazer.

Júlio franziu a testa, paralisado.

— Nossa, tinha me esquecido do quanto você consegue ser estúpida — ele disse, cuspindo as palavras. — Grossa feito coice de cavalo.

Paula sentiu o calor subindo ao rosto, e desta vez era de raiva. Raiva de si mesma por não ser capaz de controlar a própria língua, e raiva dos sentimentos conflitantes em seu peito que a faziam duvidar de sua sanidade mental.

— O que eu não entendo é essa sua fixação comigo. Por que não volta para lá e cuida da sua vida?

Mal terminou de pronunciar as palavras e o arrependimento tomou posse de cada milímetro de seu corpo. Por que ela precisava ser tão parecida com os próprios pais? Era uma pergunta que pairava preguiçosa sobre sua cabeça.

— É exatamente o que estou fazendo aqui — Júlio vociferou. — Cuidando da minha vida.

— Você parece um maluco, gritando comigo assim. A gente acabou de sair da igreja! — Paula abriu a porta da camionete, ansiosa para fugir de si mesma e de seu descontrole, mas antes de entrar sentiu as mãos de Júlio prendendo seu braço.

— Paula, o que tá havendo com você? Por que tá me afastando? Eu pensei que... — Júlio soltou o ar, exasperado. — Pensei que, bem, eu e você...

— Pensou o quê? — Paula puxou o braço e fechou a cara.

— Eu não entendo você.

Quando Paula preparava seu melhor argumento para jogar na cara daquele dissimulado — isso, claro, na opinião dela —, um tremor no chão fez sua espinha gelar. No segundo seguinte, um som alto e catastrófico cortou o silêncio da noite, fazendo-os cobrirem os ouvidos.

Foi uma explosão, e vinha da igreja. Viraram-se na direção do barulho. Olharam perplexos para as chamas que rapidamente subiam em direção ao céu e, logo em seguida, pessoas correndo aos gritos para o estacionamento.

— Ligue para os bombeiros! — Júlio falou para Paula e saiu correndo na direção do incêndio.

Paula fez o que ele mandou e, assim que encerrou a ligação, foi em direção a algumas pessoas que estavam tossindo por causa da fumaça. Lembrou-se de que tinha no carro garrafas de água que havia levado à feira e as distribuiu. Observava as chamas de longe, tentando compreender o que havia acontecido. Tudo tinha se passado tão rápido que ela se perguntava se aquilo era real.

— Estão todos aqui? — o pastor perguntou. — Alguém está ferido?

Paula se juntou ao aglomerado de pessoas ao redor do pastor. As pessoas falavam baixo e confirmavam se todos estavam por perto, quando de repente uma mulher começou a gritar.

— Meu filho não está aqui! — ela berrava, correndo na direção da igreja em chamas. — Meu filho! Meu filho! Guilherme!

O pastor segurou a mulher e Júlio, que junto aos outros homens tentava aplacar as chamas com baldes cheios de água de um lago ali próximo, foi até eles para entender o que acontecia.

— O Guilherme sumiu! — a mulher bradou em desespero.

Sem pestanejar, Júlio correu na direção do incêndio, desaparecendo no meio da fumaça.

— Cuidado! — o pastor gritou, e então completou baixinho: — Mas ache o menino.

Paula sentiu as pernas fracas e quis gritar, chamar aquele idiota de volta. Sentiu as lágrimas descerem pelo rosto, sem tirar os olhos do lugar por onde Júlio tinha entrado. O desespero tomando conta de cada músculo de seu corpo. Quando pensou que desmaiaria ali mesmo, no estacionamento da igreja, lembrou-se de algo importante: oração.

Iniciou uma oração em voz alta, para logo em seguida ser acompanhada pelas outras pessoas ao seu redor. Os minutos pareciam horas, e nada do rapaz aparecer. Paula se arrependeu de ter gritado com ele poucos minutos atrás. Desejou ter dito a verdade. Que o amava e que queria a felicidade dele.

Cenas de dias felizes começaram a rodar sua mente. Momentos que compartilharam, Halley pulando ao redor e aquele bendito sorriso arrogante que, na verdade, ela amava.

A mãe do menino estava ajoelhada e chorava. As sirenes do caminhão do corpo de bombeiros soaram. O veículo logo virou a esquina e estacionou em frente à igreja. O pastor foi ao encontro deles, avisando que havia duas pessoas lá dentro. Nesse momento, uma segunda explosão fez com que todos silenciassem.

Paula imaginou que seu coração pararia de bater assim que seus olhos focaram um movimento na janela lateral, onde o fogo ainda não havia alcançado.

— Ali, olhem! Tem alguém ali! — Correu na direção da janela, mas foi afastada por um dos bombeiros.

Estava pronta para lutar com o homem ao perceber que eram eles. Quando ela desistiu de se esquivar, o homem que a segurava a soltou para correr até os dois. A janela estava aberta, então não foi difícil passar o pequeno Guilherme pela estrutura. Porém, assim que Júlio entregou o menino para o bombeiro, desmaiou. O mesmo homem que conteve Paula pulou a janela e conseguiu tirá-lo de lá, deitando-o no gramado próximo.

Paula correu até ele, ajoelhando-se ao lado do corpo inerte, e pegou em sua mão.

— Moça, precisamos de espaço para iniciar os procedimentos de primeiros socorros. — O bombeiro pegou um rádio e falou algo com o companheiro. — Moça, por favor!

— Não! Não vou sair do lado dele! — Paula chorava ao ver Júlio coberto de fuligem e cheirando a fumaça, o braço visivelmente queimado em toda a sua extensão.

Assim que ela pronunciou aquelas palavras, Júlio abriu os olhos, tossindo em seguida. O bombeiro, gentilmente, afastou Paula sem dar atenção aos protestos da garota. Colocaram uma máscara de oxigênio em Júlio e iniciaram uma limpeza no ferimento.

Paula ficou por perto, os olhos fixos no rapaz. Não conseguia conter as lágrimas e o tremor nas mãos. Alguns minutos depois, uma ambulância chegou. Colocaram-no com cuidado em uma maca.

— Precisamos de um acompanhante. — O bombeiro apontou para Paula — Venha, pode ser você.

Enquanto caminhavam na direção da ambulância, Paula viu as pessoas ajudando umas às outras e o fogo sendo contido aos poucos pelos bombeiros. Ouviu quando o chefe dos bombeiros falou com o pastor:

— Amanhã será preciso fazer uma vistoria, para verificar os estragos. Recomendo que todos vocês voltem para suas casas. O restante do telhado pode cair a qualquer momento.

— Aquela — o pastor apontou para um emaranhado de fumaça e cinzas — era a minha casa.

A esposa do pastor o abraçou e começou a chorar. Num impulso, Paula foi correndo até ela.

— Dona Ester! Dona Ester!

A mulher secou o rosto com as mãos e levantou a cabeça para olhar para ela.

— Está tudo bem com você, Paula?

— Sim, não se preocupe. Tome. — Paula entregou as chaves da casa e da camionete. — Sei que acabaram de chegar na cidade e sei o que é isso, não conhecer muitas pessoas — ela olhava na direção de Júlio e depois para a esposa do pastor —, por isso estou pedindo que fiquem em minha casa.

Um bombeiro apressou Paula.

— Vou acompanhar Júlio até o hospital, qualquer coisa me liga.

Paula saiu correndo. Assim que subiu na ambulância, deram partida com a sirene ligada. Ela sentou-se ao lado de Júlio e pegou sua mão. Seus olhos se encontraram, e ela sussurrou que tudo ficaria bem. Ele assentiu. Paula não suportou vê-lo naquele estado, tão vulnerável e frágil.

Lembrou-se de Morgana e pensou que o mais adequado era que ela estivesse ali, mas agora era tarde, não poderia voltar. Júlio precisava chegar ao hospital.

* * *

O atendimento foi rápido e, em menos de trinta minutos, Júlio estava em uma cama — provavelmente não muito confortável, mas, ainda assim, uma cama. Estava deitado e com um aparelho bipando ao lado, o que só podia significar uma coisa: estava vivo, ainda que tossisse sem parar e sentisse um ardor terrível em cada milímetro do corpo, como ele deixou claro entre resmungos e gemidos.

— Você não faz ideia do quanto estou feliz em... *cof, cof*... ver... você... — Fez uma pausa e tomou um pouco da água que haviam deixado em uma bandeja ao lado da cama.

— Por favor, não force sua garganta. — Paula se aproximou da cama com o celular nas mãos. — Seus pais devem chegar a qualquer instante, e eu expliquei para a Morgana que precisei te acompanhar.

Tinha dado um jeito de conseguir o número da garota só para dar a notícia. Sentia-se péssima por estar ali com Júlio, ocupando um lugar que deveria ser dela.

— Por que... *cof, cof, cof* — Júlio pigarreou e precisou tomar mais um copo de água.

Uma enfermeira entrou no quarto para checar a temperatura de Júlio. A mulher os reconheceu da última vez que haviam estado ali por causa de Paula. Depois de cumprimentos cordiais, Paula decidiu esperar no corredor, para que a família dele não tivesse dificuldade de encontrá-la. Assim que a enfermeira saiu do quarto, Morgana apareceu, acompanhada dos pais do rapaz.

— Paula! — A mãe de Júlio a abraçou, emocionada. — Quem diria que uma coisa dessas poderia acontecer na igreja! E pensar que a gente quase aceitou o convite de Júlio para ir hoje... — A mulher segurava um lenço e tinha os olhos vermelhos de quem andou chorando. — Está tudo bem com ele?

— Sim, ele está bem! Seu filho é um herói. Devem estar muito orgulhosos. — Paula afagou o ombro da mulher.

— Ele é um maluco, isso sim! — o pai de Júlio reclamou, com o peito estufado e os olhos brilhando.

— Ele está neste quarto aqui, acabou de receber medicação. — Ela apontou para a porta fechada.

— Filha, pode voltar para casa agora. — O pai de Júlio pegou a mão de Paula. — Obrigado por toda a ajuda.

A garota quis reclamar e dizer que só sairia do hospital acompanhada de Júlio, mas ao fitar os rostos preocupados dos pais e de Morgana, ocorreu-lhe que ele já estaria muito bem cuidado. Com certo pesar, abraçou a todos, avisando que se precisassem de qualquer coisa não era preciso pensar duas vezes, bastava que a chamassem.

— Vou deixar o celular do meu lado!

— Não se preocupe, Paula — disse a senhora. — Júlio tem uma saúde de ferro e ficará bem.

Ela concordou e se despediu. Depois, pegou um táxi que a deixou na porta de casa. Assim que abriu a porta da entrada, o pastor se levantou do sofá, acompanhado pela esposa, que estava ao seu lado.

— Paula! — Ester foi ao encontro dela e a abraçou. — Como está Júlio?

Paula lhes contou o que os médicos haviam dito e que, naquele momento, Júlio dormia como um anjo.

— Ótimo! Vamos orar por ele esta noite. Vamos orar por todos os acontecimentos e também agradecer a Deus por ter colocado você em nosso caminho. — O pastor Carlos sorriu para Paula. — Apesar de tudo, Deus ainda tem cuidado de nós, assim como cuidou de Guilherme e Júlio.

— Descobrimos que a explosão iniciou próximo da cozinha... — Ester fungou um pouco. — Querida, que bom que você saiu antes.

Paula levou a mão até a boca. Ela e Júlio eram os únicos que estavam sentados nos bancos que ficavam próximos à cozinha da igreja.

— E havia alguém lá? — perguntou, agitada.

— Graças a Deus, não. Sem feridos graves — o pastor disse. — Não sabemos o que será do futuro da igreja, mas sabemos que Deus está no controle de tudo. Ele cuidou de cada um de nós.

Ester sorriu para o marido, um sorriso dolorido, mas cheio de esperança.

— Acho que estamos todos muito cansados e deveríamos dormir — disse ela.

Paula os acompanhou até o quarto, mostrando onde era o banheiro e onde poderiam encontrar roupas de cama e toalhas.

Eles agradeceram mais uma vez, e ela os deixou à vontade. Paula admirou a fé daqueles dois, pois, ao se colocar no lugar deles, imaginou que seria incapaz de sorrir e manter aquela serenidade.

Depois do banho, deitou-se em sua cama, mas os pensamentos agitavam-se feito passarinhos, pousando em muitas árvores e nenhuma delas era a do sono. Orou, leu um livro e desceu para a cozinha a fim de esquentar um copo de leite. Checou o celular infindáveis vezes e, sempre que fechava os olhos, lembrava-se de

Júlio correndo na direção das chamas. Parecia que o desespero daquele momento a invadia mais uma vez. Paula também pensou na igreja e no quanto havia sido destruída. Levaria muito tempo para que conseguissem reconstruir. Muito tempo e muito dinheiro.

A noite seguiu com seus pensamentos passeando por universos paralelos, onde aqueles acontecimentos não passavam de pesadelos impossíveis. Conforme a madrugada passava, algumas ideias nasciam em seu coração. Ideias que considerou excelentes e que ajudariam muito o pastor e a comunidade local. Um pouco antes de o galo cantar, e depois de mandar algumas mensagens para a mãe de Júlio, ela finalmente descansou a mente e o corpo por uma hora inteira.

* * *

As ideias que haviam lhe ocorrido na madrugada ainda estavam na superfície, flutuando na imensidão do mar de sua mente como garrafas com mensagens românticas em seu interior. Paula desceu para a cozinha e encontrou Ester e Carlos preparando o café da manhã.

Depois de os cumprimentar e tomar alguns goles de café, Paula iniciou sua fala:

— O senhor está vendo aquela sala enorme? — Ela abriu os braços na direção da sala de estar.

— Sim, sua casa é bem grande — disse o pastor, desligando o fogo onde preparava ovos mexidos.

— Sim! — Paula repetiu, satisfeita. — Só precisamos das cadeiras.

— Cadeiras? — o pastor perguntou confuso.

— Oras! — Paula estava animada para fazer o anúncio daquela ideia que ficou tamborilando em seu coração durante boa parte da madrugada. — Ouvi o que o bombeiro falou sobre a igreja ser interditada. Não podemos permitir que as pessoas fiquem sem ouvir a Palavra de Deus. Por esse motivo — limpou a garganta, impondo um pouco de drama ao que estava prestes a dizer —, sugiro que até a reforma da igreja ser concluída, os encontros passem a ser realizados aqui, na minha humilde sala.

Ester engasgou com o café e o pastor piscou algumas vezes, antes de abandonar a frigideira e pegar as mãos de Paula.

— Você está falando sério?

Paula confirmou com a cabeça, e o homem correu para abraçar a esposa.

— Não imaginava que receberíamos uma resposta tão rápido — Ester falou, com os olhos cheios de lágrimas.

— Deus é bom! — O pastor olhava para o alto, com as mãos levantadas. — Vamos providenciar as cadeiras o mais breve possível e ainda hoje vou passar na casa dos irmãos avisando-os do novo e temporário endereço.

— Tem certeza de que deseja fazer isso? — Os olhos de Ester estudaram Paula, assim que tornou aquela pergunta audível.

— Mais do que tudo! — Paula respondeu sem pestanejar. — Além disso, metade de todo o valor que a fazenda e o meu trabalho com internet gerar nos próximos meses, será destinado para a reconstrução da igreja e as despesas com os encontros aqui em casa. Sei que tenho muitas contas para pagar, mas também tenho fé de que tudo vai correr bem e que vai haver multiplicação de forças e bens por aqui.

Um sentimento incandescente queimou em seu peito, feito brasa acesa. Imaginou seus irmãos na sala, os louvores e a ministração da Palavra. Viu a si mesma junto daquelas pessoas e percebeu, pela primeira vez em sua vida, que estava no lugar certo e que havia encontrado uma família. Fitou os rostos alegres do pastor e de sua esposa e deixou aquela alegria contagiá-la.

Porém, antes que se permitisse comemorar com os amigos, o telefone tocou.

— É a mãe de Júlio. Estranho... conversei com ela antes de descer para o café e não tem nem dez minutos.

Paula sentiu a garganta se fechar e o coração sambar no peito. Estava com medo do que ouviria ao atender aquela chamada. Reuniu esperança e com uma breve prece, *Por favor, Senhor, que não seja nada grave*, arrastou o botão verde da tela.

— Alô?!

**ALVES &
ASSOCIADOS**
ADVOGADOS

Querido,

A vida é um sopro.

Não gosto de pensar muito sobre a morte. Apesar de ter certeza do lugar para onde estou indo, ainda sinto que tenho muito a fazer, pessoas para ajudar e, bem, muito o que melhorar. Desde que me mudei para esta cidade pacata muitas coisas aconteceram. Ok, eu sei que na verdade nada acontece por acaso e que todas as coisas possuem um propósito. Me agarro a essa certeza a cada notícia ruim ou acontecimento desagradável.

Quando a mãe de Maria faleceu foi um momento difícil para minha amiga, e sei que até hoje o coração dela se entristece ao lembrar de todos os momentos que a mãe não vai mais viver. Talvez Maria se case (e se eu pudesse apostar, apostaria em Daniel) e tenha filhos que nunca conhecerão aquela mulher forte e incrível que viriam a chamar de vó. Sei que essa é nossa realidade e que somente no porvir não teremos mais que derramar lágrimas por causa da morte, mas, por enquanto, me entristeço e permito que algumas lágrimas molhem este papel.

Desculpe se estou sendo muito mórbida, mas a ideia de perder pessoas que amo me assombrou ontem e me fez refletir.

E o mais estranho é que esse sentimento todo veio à tona com a ligação de uma notícia boa. A mãe de Júlio ligou há pouco, anunciando que meu amigo acabara de receber alta. Meu cérebro, porém, criou todo um cenário horrível antes que eu pudesse ouvir o que a pessoa do outro lado do telefone tinha a dizer.

Sabe, acho que é importante que você saiba, futuro marido, que eu me descobri apaixonada por esse Júlio e por isso o medo de perdê-lo me consumiu por completo. Espero que você não sinta ciúmes... ele tem uma namorada fofa e linda, e eu estou determinada a esquecê-lo.

A vida é um sopro... e passa muito rápido.

E por falar em passar rápido, espero que o tic-tac do relógio acelere para que eu possa te encontrar em breve e, quando nosso encontro acontecer, desejarei que os ponteiros das horas e minutos entrem em greve.

Com amor e com saudades,
Paula

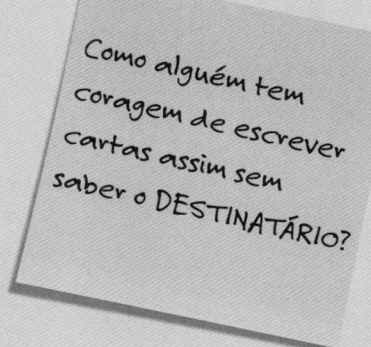

Como alguém tem coragem de escrever cartas assim sem saber o DESTINATÁRIO?

ALVES & ASSOCIADOS
ADVOGADOS

Futuro amor,

Espero que não se importe, mas quando estou muito cansada, ronco ao dormir.

Sua princesa,
Paula

Será que esse é o tipo de coisa que um homem gostaria de ler?

Eu, hein!

Cinco meses depois

Paula estava arrumando a sala, limpando as cadeiras e distribuindo os hinários. Estava feliz e ignorava todos os problemas com as galinhas, com Dory, que parecia doente, e com a polêmica gerada no último vídeo que publicara. As pessoas estavam implicando com o fato de ela ter emagrecido. Quando começou com os vídeos, as pessoas reclamavam que ela estava acima do peso, agora era isso! A vida de influencer não era fácil, alguns seguidores sempre se achavam no direito de falar coisas absurdas e impiedosas. Costumava afogar as mágoas assistindo com Pietra a filmes de super-herói recomendados por Júlio. Elas maratonaram a saga *Vingadores* em três noites. João já estava começando a ficar com ciúmes do Capitão América.

Ela gostava de compartilhar a vida na internet, sentia que era uma forma de documentar sua história e quem sabe um dia poderia mostrar tudo para os filhos. E tinha esperança de que os pais também a acompanhassem.

Espantou os pensamentos mais uma vez e sorriu ao olhar para todas aquelas cadeiras dispostas na sala. Lembranças dos últimos cinco meses percorreram sua mente. Quantas mensagens lindas ouvira ali, quantas orações em favor de tantas pessoas e quantas almas alegres! Foi um período de despertar. Sua fé havia sido testificada de tantas maneiras nesse tempo. Não faltara nada, nem para ela nem para a igreja.

Aquela noite seria a última vez que se reuniriam ali. A reforma da igreja fora finalizada no dia anterior.

Paula fez uma breve oração, para logo em seguida ser interrompida por Pietra, que solicitava sua ajuda na casa de vegetação.

— Apareceram aquelas manchas tipo ferrugem mais uma vez... como é mesmo o nome da praga? — Pietra posicionou a mão no queixo e deixou o olhar distante, fazendo Paula rir.

— Vamos lá conferir, se for o que estou pensando, ainda temos aquela receita do medicamento caseiro que o agrônomo passou.

— E por falar em agrônomo...

Pietra sorriu e deu uma cotovelada no braço de Paula.

— O que foi, Pietra? O que tem ele? — Ela riu.

— Ele tem vindo bastante aqui, não é?

— Não sei. Você acha?

Pietra balançou a cabeça.

— Menina, nunca vi um engenheiro agrônomo da prefeitura ter tanto interesse em uma propriedade.

Um barulho de carro chamou a atenção das duas.

— Falando no diabo... — Pietra revirou os olhos.

— Não fala assim, credo.

Pietra bufou. O homem estacionou o carro branco do lado das duas, os alto-falantes do carro tremendo ao som de sertanejo universitário.

— Bom dia, Paula.

Ele saltou do carro, sem tirar os olhos dela.

— Oi, Gean, estávamos falando de você.

— Ah, é? Coisas boas, eu espero. — Ele sorriu.

Os dentes eram perfeitamente alinhados e brancos, e ele mantinha a mão na fivela do cinto.

— Não conte com isso — Pietra murmurou.

— Não entendi.

— Eu disse que você não me cumprimentou, Gean querido.
— Pietra forçou um sorriso.
— A senhora ficou com ciúme?
— Pois é!
Paula riu. Pietra era muito transparente, pelo menos para ela.
— Estamos indo para a casa de vegetação, as mudinhas de tomate estão com manchas.
— Vamos resolver isso.
Gean tirou o chapéu, sinalizou para que as duas fossem na frente e voltou para o porta-malas do carro, de onde começou a tirar uma série de ferramentas e frascos.
— Toma cuidado, porque ele não vale nada. — Pietra olhou para trás. — E ele tá arrastando a asa pra você.
— Pietra! Ele vai te ouvir.
— *Humpf.*
Paula pensou um momento.
— Eu não acho que seja o caso, e mesmo que fosse, eu não estou interessada.
— Ainda bem! É porque ele tem boa pinta, essa coisa meio de Capitão América do Agro, fiquei preocupada. As meninas do mercado são caidinhas por ele, quando ele passa elas ficam babando.
Paula não falou nada.
A estufa estava perfumada pelas mudas de tomate, e o calor a fez usar o boné para ventilar o rosto.
Enquanto analisava uma mudinha, Pietra limpou a garganta:
— Paulinha...
— Sim.
— Desculpe a minha intromissão, mas já que estamos falando dos seus pretendentes...
— Tem mais de um?

— Ah, você nem imagina. Sempre distraída, e nem repara no tanto que os rapazes te observam.

Paula riu.

— Paula, o que está acontecendo entre você e Júlio? — Pietra soltou a pergunta como se fosse algo preso em sua garganta havia tempos.

Paula apertou a muda em sua mão de forma involuntária.

— Não aconteceu nada.

— Eita, essa mudinha na sua mão já era. — Pietra apontou.

— Nada disso, ela pode se recuperar.

Paula a colocou no tubete com cuidado e pingou algumas gotas de um medicamento natural.

— Por que ele não aparece mais por aqui? — Pietra insistiu.

Paula não tirou os olhos do pequeno procedimento que realizava.

— Júlio deve estar ocupado com a faculdade. Maria me contou que ele está estagiando no Cartório Eleitoral, faz parte da formação dele.

— Mesmo assim, ele sempre estava por aqui. — Pietra pegou a plantinha da mão de Paula. — Sabe, eu pensava que ele era apaixonado por você.

— Jú... *cof, cof*. Júlio? — Paula levou a mão até o peito. — Mas do que você está falando?

— Ué, que reação é essa? Estou falando o óbvio.

— Cheguei, meninas! — Gean balançou um saco cheio de frascos para o tratamento das mudas de tomate.

— A Pietra vai te ajudar.

Paula passou pelo homem, os passos apressados e desobedientes. Pegou o celular que estava no bolso e acabou batendo a mão na mesa que usava para separar as mudas. O celular voou para dentro do balde com o preparo orgânico para o tratamento das plantas.

— Que maravilha — resmungou.

O agrônomo, que estava de luva, tirou o aparelho de dentro do líquido pastoso e o balançou um pouco no ar.

— Vixe, acho que você pode pensar em trocar esse aqui.

Paula revirou os olhos e deu as costas para o homem e Pietra.

— Espera, não vai levar seu celular?

— Deixa isso comigo — Pietra chegou a falar, mas Paula já estava longe.

E os pensamentos também. Pairavam nas lembranças de Júlio. Ela havia conseguido evitá-lo nos últimos meses. Primeiro, ele ficou em recuperação por um bom tempo, depois, sempre que aparecia, ela dava um jeito de atender o telefone, conversar com alguém ou, nos cultos, subia para o quarto até ter certeza de que só restavam ela e os pastores em casa.

Ela e Júlio estavam distantes e frios, Polo Norte e Polo Sul, ou como em uma canção de sua infância que falava sobre o mar e a lua: distantes e impossíveis. Seu primeiro amor verdadeiro, fadado ao fracasso e ao esquecimento.

Por que amar alguém precisava ser doloroso daquele jeito? Por que a dor que sentia em seu peito era física e real? Massageou as têmporas. Pensar em Júlio queimava seu peito, ardia seus ossos e fazia sua cabeça latejar. Queria esquecer o sentimento. Queria esquecê-lo.

* * *

Carlos e Ester estavam arrumando sua pequena mala. Depois do culto daquela noite, retornariam em definitivo para a casa pastoral. Paula os observava.

— Paula, sei que pode ser repetitivo, mas nós estamos imensamente gratos por tudo o que fez por nós enquanto estivemos aqui em sua casa. — Ester sorriu.

— Se eu ganhasse um centavo toda vez que vocês me agradecem, já teria moedas empilhadas em quantidade suficiente para construir uma ponte para o outro lado do país.

— Deus é bom! — Carlos pronunciou a frase que Paula sabia ser a preferida dele. — E vamos orar para que ele continue derramando bênçãos sobre a sua vida.

— Amém! — Paula sorriu. — Agora, vou trabalhar mais um pouco. Em breve as pessoas começam a chegar. Acredito que hoje teremos a casa, ou melhor, a sala cheia.

Paula foi para seu quarto e sentou-se na cama. Sentiu-se triste ao saber que no dia seguinte não teria mais a companhia do pastor e sua esposa. Já estava acostumada com as risadas e as visitas dos irmãos, sem falar dos cultos que enchiam a casa com louvores a Deus.

Repreendeu-se por pensar aquilo, soava egoísta demais. Estava feliz pela conclusão da reforma. Havia cuidado pessoalmente dos últimos retoques da casa de Ester e Carlos, queria que eles se sentissem bem no novo lar. Apesar de não terem idade suficiente para isso, ela os considerava como pais atenciosos, pelos quais nutria um amor imenso e que era recíproco, diferentemente dos pais biológicos. Ela amava Susana e Alberto, com um amor que era inerente ao seu ser, mas duvidava muito de que eles sentissem o mesmo por ela.

Afastou os pensamentos e decidiu trabalhar um pouco na biblioteca, antes de se preparar para o culto. Precisava postar um vídeo e publicar um texto no Instagram.

Depois do culto colocaria todos aqueles sentimentos no papel em suas cartas para o futuro marido. Já fazia tempo desde a última, estava precisando esvaziar a mente, e aquelas cartas a ajudavam. Era um momento só dela e de Deus, já que essas eram escritas a punho e muito bem trancadas na primeira gaveta da mesa do canto. Depois de quase dois anos escrevendo, já tinha uma pequena pasta cheia.

Terminou tudo o que precisava fazer na biblioteca, fechou as portas e foi se preparar para o culto, que começaria em menos de uma hora. Antes de entrar no banheiro, olhou pela janela do quarto que dava para a frente da casa e percebeu que algumas pessoas já começavam a chegar, incluindo Júlio, que naquele instante saia de seu fusca enferrujado e, uau!, estava mais lindo do que nunca. Usava calças jeans, camisa branca e uma jaqueta de couro marrom por cima. Tinha deixado a barba crescer.

Halley correu ao encontro dele e pulou em suas calças. Paula repreendeu-se por ficar admirando, em uma janela, um homem comprometido. Deu um tapa na própria testa e seguiu para o banheiro.

* * *

Depois de tomar banho e usar a primeira roupa que avistou no closet, Paula saiu do quarto e estava prestes a descer as escadas, de onde já era possível ouvir alguns louvores sendo entoados, quando percebeu que as luzes da biblioteca estavam ligadas. Caminhou até lá para desligá-las, jurando que já tinha feito isso naquela noite e que, inclusive, tinha fechado a porta.

Assim que as mãos tocaram o interruptor e as luzes se apagaram, no centro da biblioteca, Júlio virou-se para ela, tirando a mão da gaveta das cartas.

— O que você está fazendo? — Paula caminhou assustada em direção à mesa.

— Nada. Estava relembrando os tempos que te ajudava por aqui com os contratos. — Júlio percebeu que Paula olhava fixamente para a gaveta. — Ah, estava aberta. Decidi fechá-la no momento em que você entrou.

Paula desviou os olhos da gaveta e pousou-os em Júlio.

— Você não deveria estar aqui — disse com a voz trêmula.

Ele sustentou o olhar e ficou em silêncio por um longo e

estranho minuto. O quarto, mergulhado na penumbra e iluminado pelas luzes que vinham do quintal, não permitia que Paula enxergasse a expressão dele.

— Você está bem? — ele perguntou, dando um passo à frente.

— Estou.

Paula cruzou os braços.

— Está com frio? — Ele se aproximou um pouco mais.

— Um pouco, mas já vou pegar meu casaco.

E ele a abraçou.

Paula sentiu os braços dele envolvendo-a. Travou os pés no chão, incapaz de se mexer. Em um movimento impensado, deixou que seus braços contornassem a cintura de Júlio e fechou os olhos. O cheiro dele a fez voltar no tempo, quando ele sempre a abraçava sem motivo algum e isso a irritava. Aquele abraço era familiar e aconchegante.

Júlio beijou o topo da cabeça dela e respirou fundo antes de dizer com a voz trêmula:

— Eu sinto tanto a sua falta...

— Eu também sinto saudades de você.

Ouviu a própria voz sussurrar aquela verdade até então escondida em seu coração, para em seguida, com um clique, afastar-se de Júlio.

— Isso é muito errado.

Júlio tentou se aproximar, mas ela deu um passo para trás.

— Paula, que bicho te mordeu?

O tom da voz dele era suplicante, e apesar da pouca luz no cômodo, ela podia ver que ele estava confuso.

— Não vem, não, fique longe de mim!

Paula caminhou em direção à saída e ligou o interruptor de luz. Júlio colocou-se diante da porta antes que ela pudesse passar, fechando-a em seguida.

— Me deixa sair — grunhiu.

— Não! Você vai me explicar por que tem agido estranho comigo e é agora!

— Você é muito dissimulado!

Paula passou a mão na testa, limpando as pequenas gotículas de suor que apareceram. Ela não estava com frio a poucos segundos?

— Que raios eu fiz para ser dissimulado, barbaridade?! — Júlio abriu os braços, em sinal de rendição.

— Você não tem respeito por mim, nem por você — Paula foi em direção a ele e, apontando o dedo no peito, finalizou: — e muito menos por Morgana! Você é um covarde.

— É o quê?! — Júlio gritou. Lembrando-se de onde estava, diminuiu o tom da voz: — Olha, eu não sei do que você tá falando.

Paula apertou os lábios e o encarou com frieza.

— Daquela garota linda, encantadora, cabelo chanel, sardinhas pelo rosto...

— Eu conheço Morgana — Júlio a interrompeu —, mas o que eu não entendo é o que ela tem a ver com a gente.

— Como assim não entend.... — Paula abriu a boca, mas Júlio a impediu de falar.

— Me deixa terminar. Você tá com ciúmes? Que bobiça é essa? A gente namorou por uns três meses no máximo, na época do ensino médio.

Paula estava na frente dele, o dedo ainda esticado e descansando no peito do rapaz, mas ela não sabia o que dizer.

— Mas... — Paula disse, quase em um sussurro. — A Maria me disse que ela era sua namorada.

— Ou a minha prima se perdeu no mapa — Júlio deu de ombros e pegou a mão de Paula — ou você entendeu tudo errado. O que, aqui entre nós, não é a hipótese mais difícil.

Paula olhou para ele com dúvida. Maria não mentiria sobre isso. Será que tinha... entendido errado?

— Então você não namora.

— Desde a última vez que eu cheguei, não.

Paula ficou com vergonha e escondeu o rosto no peito de Júlio.

— Eu pensei que você estivesse namorando — a fala saiu abafada.

— Não estou. — Júlio puxou Paula para mais perto, abraçando-a.

Ela levantou a cabeça para ele. Podia ver seu reflexo naqueles olhos.

— Eu gosto de você — disse num fôlego só, antes que se arrependesse. — Não — continuou —, na verdade, eu estou apaixonada por você.

Júlio sorriu, daquele jeito torto que Paula *odiava*.

— Sabe, é uma enorme coincidência. — Ele aproximou o rosto, encostando seu nariz no dela.

— O quê? — Paula sentia as pernas bambas, ainda bem que Júlio a tinha em seus braços.

— Você mencionar que está apaixonada por mim — a voz rouca de Júlio fez com que ela sentisse borboletas na barriga. — Porque eu também... — beijou a ponta do nariz de Paula — ... estou apaixonado por você. Perdi os parafusos todos por sua causa.

Paula sentiu que podia parar de respirar naquele instante. Ela não sabia dizer se seu coração estava pulsando no peito ou se ela havia morrido. Uma das mãos descansava no peito de Júlio, e ali ela sentiu o coração agitado dele. Era real.

— Repete — falou baixinho.

Ele riu e pegou a mão dela, onde depositou um beijo.

— Estou apaixonado por você.

Os olhos dele estavam fixos nos dela. Estavam próximos e ela podia sentir a respiração dele, o hálito fresco de menta, os lábios vermelhos que acabaram de falar palavras bonitas demais para se ouvir apenas duas vezes. Queria que ele repetisse mais, que gritasse e também sussurrasse em seu ouvido.

Queria beijá-lo.

Céus, como queria beijá-lo.

Não era errado. Ele não estava com outra pessoa e a amava. Tocou os lábios dele com o dedo indicador, para ter certeza de que eram reais, e levantou o rosto em sua direção, fechando os olhos. Júlio suspirou.

Alguém bateu na porta.

— Paula, você está aí?

Não. Não. Não.

Paula entreabriu um dos olhos. Queria ficar ali, perdida naqueles olhos tão próximos dos seus, queria que aqueles lábios encostassem nos seus, e não queria que Júlio a soltasse. A pessoa voltou a bater na porta.

— Paula! — a pessoa gritava do lado de fora. — Tem um casal lá embaixo dizendo que são seus pais e se recusam a entrar...

Paula saiu do transe em que se encontrava e Júlio a soltou, mas antes deu um beijo rápido na testa dela, falando:

— Essa conversa não acabou.

— Com certeza.

Paula abriu a porta da biblioteca e, com um sorriso rápido para o mensageiro, desceu as escadas em um piscar de olhos. O coração acelerado pelo momento que acabara de viver e pela possibilidade de reencontrar os pais. Será que eram eles?

Ao chegar à varanda, o casal estava de costas. O cabelo da suposta mãe estava diferente, e o pai, pela primeira vez em anos, não estava de terno, mas sim com uma camisa polo estampada.

— Pai? Mãe?

-26-

Os dois se viraram ao mesmo tempo e a noite engoliu todos os sons. Eram eles. Susana e Alberto.

— Filha! — Alberto avançou na direção dela, abraçando-a forte.

Paula piscou os olhos.

— Que saudades! — Ele a soltou, analisando cada parte do rosto dela. — Você emagreceu, cortou o cabelo e continua linda. — Ele mergulhou em um abraço mais uma vez.

Se ela fosse do tipo que acreditava em alienígenas, aquele era o momento perfeito para suspeitar que o corpo do pai havia sido invadido. Ela sentiu o cheiro de Giorgio Armani de sempre. Ainda assim, será que era o pai mesmo? Nem se lembrava da última vez que ele a abraçou, se é que em algum momento o fizera.

— Alberto, deixe Paula respirar — Susana interrompeu o momento abraço. — Olá, Paula!

Por um momento, Paula achou que ela também a abraçaria. Mas então viu a mão estendida em sua direção. Apertou a mão de Susana, com as costumeiras unhas vermelhas impecáveis, e a mulher sorriu.

— Como... por quê? Por que estão aqui?

Uma pontada na cabeça a fez passar a mão na testa.

— Não podemos visitar nossa filha? — A mãe arqueou as sobrancelhas.

E por que não pensaram nisso nos últimos dois anos?, Paula se perguntou. Nem mesmo no seu aniversário havia recebido uma mensagem.

— Está tudo bem com vocês? — Estreitou os olhos.

Talvez estivessem com problemas de saúde e por isso estavam ali. Ela poderia listar dez filmes com final triste em que cenas como a que estava vivendo aconteciam minutos antes da desgraça.

— Claro, querida.

Querida? Por acaso o pai já havia a chamado uma única vez desse jeito e sem ser em tom de ironia? Aquilo tudo estava sendo um pouco demais. Sentiu a cabeça latejar um pouco.

— Como vocês encontraram o sítio?

— Fernando nos mostrou o caminho.

— Fernando?

Paula acompanhou o olhar da mãe. Escorado em um Porsche preto no quintal, estava Fernando. Ele acenou com um sorriso tímido e, tirando as mãos do bolso, subiu as escadas da varanda.

— E aí, Pá?!

Ele deu um passo na direção dela, mas Paula deu um passo para trás.

— Bom te ver, de novo. — Ele sorriu.

Paula olhou para os pais.

— Eu mal posso acreditar que vocês estão aqui.

— Decidimos fazer uma surpresa para você.

— *Tcharam!* — Fernando abriu os braços.

— Vamos entrar — Paula disse, ignorando o homem.

— Ah, não queremos atrapalhar. Parece que você está dando uma festa. Eu detesto penetras e não suportaria ser uma.

— Bem, é uma festa sim... — Paula sussurrou.

Ela havia se esquecido totalmente do culto.

— Então nós voltamos amanhã — decretou Susana, olhando em volta. — Conseguimos um quartinho numa pousada mequetrefe logo na entrada dessa cidadezinha.

— Nada disso — Paula interrompeu. — Vocês estão convidados.

— Eu também? — Fernando piscou para ela.

Ela o encarou pela primeira vez.

— Todos. Minha igreja está reunida aqui em casa. É uma longa história. Depois eu conto — Paula deu um passo em direção à porta. — Vocês estão convidados a participar do culto.

— Igreja? — Fernando repetiu.

Era impressão dela ou o rosto dele tinha se iluminado?

— É um tipo de religião? — Alberto caminhou até a porta, espiando a movimentação no interior.

— Bem, sim... mas é mais que isso.

Paula sentiu vontade de rir da expressão espantada que o pai fez. Desconfiava que os dois nunca haviam pisado em uma igreja em toda sua existência. Conduziu-os até duas cadeiras vagas. Fernando ficou na porta, de braços cruzados.

— Você é bem-vindo. — Paula foi até ele e apontou para o interior da casa.

Ele assentiu e ela decidiu se juntar aos pais, mas Fernando segurou sua mão.

— Escuta, Pá! Eu tô indo embora daqui a pouco, eu só queria te contar... — Ele fechou os olhos por alguns segundos e então tornou a encará-la. — Eu só vim porque eu queria...

Um louvor começou a tocar no púlpito improvisado. Fernando encarou o ambiente e depois olhou para Paula.

— Acho que você está ocupada agora.

— Não, tudo bem, pode falar.

Ele soltou os ombros tensos e ela puxou a mão.

— Desculpa por aquele dia.

Paula mordeu o interior da bochecha, mas não disse nada. A memória cheia da poeira que ela comeu naquele dia brilhou em sua mente.

— Eu fui um idiota, foi mal por ter dito aquelas coisas para você.

— Está tudo bem.

E estava mesmo. Ela entendia Fernando, já estivera no lugar dele e, por mais grosseiro que ele tivesse sido, era louvável que estivesse se desculpando. Ele a olhou por alguns segundos e então sorriu.

— Você se lembra do que me disse no dia em que nos conhecemos?

Paula balançou a cabeça.

— Não lembro. Eu deveria?

— Depois de me humilhar diante da escola inteira, você se inclinou e sussurrou no meu ouvido: *Você se acha melhor que todo mundo, não é? Você não vale nada. Espero que se lembre disso quando olhar para o seu reflexo hoje à noite. Ah, e fica longe da Maria.*

— Eu disse isso mesmo? Poxa, me perdoa, eu era uma adolescente cheia de rebeldia. Não acho que você não vale nad...

— Disse, sim — ele a interrompeu. — E sabe do que mais? Há alguns meses eu descobri que, de certa forma, você estava certa.

— Como assim?

Os irmãos reunidos começaram a cantar uma música em alta voz. Fernando olhou para ela com um sorriso, então acompanhou o louvor:

— *Eu estava perdido, mas fui encontrado.*

Paula arregalou os olhos e abriu a boca espantada. Fernando riu e, percebendo que ela compreendia tudo, abraçou-a em seguida.

— Que cara é essa, minha irmã? — Ele piscou devagar e endireitou a postura. — Eu estava mergulhado no pecado, mas agora há em mim algo mais precioso do que tudo.

— Como foi que isso aconteceu? — Ela se soltou dele, olhando-o nos olhos.

— Digamos que eu fiquei curioso sobre a Bíblia e sobre o que você me disse na última vez que estive aqui e fui tentar entender. No meio do caminho Jesus me encontrou... — ele fez uma pausa e piscou os olhos. — Eu fui encontrado, Pá.

Paula cobriu a boca com emoção pulsante. Queria gritar. Então gritou:

— Isso é incrível!

Ela se encolheu, voltou a tapar a boca e olhou para a sala cheia. Alguns dos irmãos sentados nos bancos e os pais de Paula olharam para a direção da porta.

— Perdão, pessoal.

Fernando riu.

— Não ria, a culpa é sua. — Mas Paula sorria de orelha a orelha. — Poxa, isso é incrível! Glória a Deus. Estou muito feliz por você.

— É, eu também estou. — Ele estufou o peito.

— Fica para o culto. — Paula pegou a mão dele.

— Claro, posso até louvar, se me derem um espaço.

— Ele ainda louva! E tem gente que fala por aí que Deus não opera mais milagres. — Ela levantou a mão para o ar, louvando a Deus.

— Está tudo bem por aí?

Júlio se aproximou dos dois, encarando Fernando, que o cumprimentou:

— Tudo tranquilo, meu irmão?

Paula olhou para Júlio e apontou para Fernando.

— Ele foi encontrado!

Júlio pendeu a cabeça para o lado e arqueou uma das sobrancelhas.

— O que você quer dizer com isso?

— Que Jesus o encontrou.

Júlio continuou sério, mas balançou a cabeça afirmativamente.

— Uma ótima notícia — Júlio estendeu a mão para o outro.

Os dois se cumprimentaram.

— E então, como vai o namoro? — Fernando sorriu.

— Namoro?

— É, você e Paula.

— Do que você está falando? — Paula desviou os olhos de Júlio.

— Ah, ainda não... — Fernando estalou os dedos e apontou para os dois. — Mas em breve, não é?

Júlio sorriu para Fernando e assentiu.

— Acho melhor nos sentarmos, estamos atrapalhando o culto.

Paula foi até onde os pais estavam e sentou-se do lado da mãe. Logo Júlio apareceu do seu lado.

— O que você disse que eles estão fazendo? — Susana cochichou no ouvido de Paula.

— É um culto, mãe. Sou cristã. — A expressão da mãe era a mesma que ela fazia quando estava com algum exame e tentava entender o resultado. — Deus? Jesus? — Paula tentou.

O rosto da mãe se iluminou com o entendimento, mas logo fechou o semblante.

— Desde quando? — Susana colocou a mão na boca, disfarçando o espanto. — Pensei que fosse agnóstica, como eu!

— Sou cristã desde o ensino médio. Eu contei para v... — Paula interrompeu sua fala no mesmo instante. Não adiantava argumentar com a mãe, ainda mais naquele momento. — Depois eu explico. Vamos nos concentrar no que o pastor tem a dizer.

— Espero que não demore muito — Susana sussurrou para o marido enquanto cruzava as pernas.

Paula pôde notar que o pai estava com os olhos vidrados na pequena banda que louvava ao Senhor. O homem nem piscava.

Esse foi um daqueles momentos inesperados da vida, aqueles acontecimentos que nos tiram o ar por alguns segundos, e Paula de fato estava com dificuldade de respirar. De um lado, os pais, e do outro, Júlio. E, se olhasse para alguns bancos à frente, Fernando, com a mão no ar, louvando ao Senhor. Susana e Alberto tinham os olhos fixos no púlpito, ouvindo a mensagem que falava sobre perdão, amor e salvação. Pelas caras que faziam, dava para deduzir que nunca tinham ouvido nada parecido. Paula orava em silêncio para que Deus a guiasse e a presenteasse com sabedoria para falar com eles e o que fazer a respeito da declaração de Júlio.

No meio de sua oração silenciosa, sentiu a mão sendo embalada pelos dedos firmes e fortes do rapaz que estava ao seu lado. Quando encontrou o olhar dele, pôde ver mais do que amizade. Percebeu que havia sido tola. Se tivesse conversado com ele desde o princípio, se tivesse permitido que ele conversasse com ela ao invés de fugir, nada daquela bagunça em seu coração teria acontecido. Sorriu para Júlio e, quando recebeu o sorriso em resposta, decidiu que não ficaria se martirizando com o que poderia ter sido, mas que usaria o aprendizado adquirido para não mais se deixar levar por fofocas e informações de terceiros.

— ... e muito mais Jesus fez por nós e pelo mundo, tanto mais que o apóstolo João escreve que nem todos os livros do mundo seriam capazes de guardar toda essa informação. Meus queridos, sejamos gratos! Não deixe o tempo passar, escorrendo pelos dedos, para aprender a valorizar a presença de quem você ama. Viva e viva com intensidade, deixe Deus usar você, para que muitos sejam os livros necessários para escrever o que o Pai fez através da sua vida.

Paula olhou para o pai, que estava emocionado. A mãe mantinha a aparência de uma estátua de mármore, mas ela notou certo brilho em seus olhos. O pastor fez a oração final e, antes de despedir a todos, agradeceu a Paula por ter cedido sua sala para a realização dos cultos e por todo o aporte financeiro para a reconstrução da igreja.

— Não sabemos como te agradecer, mas um passarinho nos contou — ele piscou para Ester — que você tem um amor especial por rosas. — Um dos sobrinhos de Júlio entrou com um vaso lindo cheio de rosas vermelhas e brancas. — Espero que aceite como um ato simbólico de gratidão, pois você merece muito mais.

Paula se abaixou para pegar as flores e deu um beijo na testa do menino, que abraçou suas pernas e saiu correndo ao encontro dos pais. Paula contemplou os olhares que estavam sobre ela. Chorou ao olhar para aquelas pessoas, que eram como uma família, chorou ao ver a mãe secando uma lágrima no canto do olho e o pai sorrindo para ela, e chorou ao ver Júlio iniciando uma salva de palmas. Todos acompanharam, e as crianças que estavam sentadas no chão davam gritinhos de alegria.

Aquela foi uma noite especial para Paula, e quando no início da madrugada repousou sua cabeça no travesseiro, dormiu com dores na mandíbula de tanto sorrir.

* * *

— PAULA!
Silêncio.
— PAULA!

Aquilo só podia ser um pesadelo.

— PAULA! — O grito pareceu mais um choro sofrido.

Era real.

A garota saltou da cama num pulo só e desceu as escadas. Os cabelos cacheados cobrindo a visão embaçada pelo sono, os olhos tentando decifrar o que estava acontecendo. Quando entrou na cozinha viu a mãe, com seu robe de seda vermelha num canto próximo ao balcão, frigideira na mão e Halley à sua frente, deitado com as patinhas para cima e abanando o rabo.

— O que houve?

A mãe apontou para Halley, que latiu entusiasmado.

— Mãe, por favor! — Paula resmungou. — É só o Halley. Ele é meu cachorro. — A voz saiu sonolenta, afinal eram quatro horas da manhã.

— Essa fera está tentando me atacar! — Susana soltou um gritinho quando Halley ficou em pé e foi até Paula.

— Ele é incapaz de machucar uma mosca. — Afagou a cabeça do cachorro, que ficou de barriga para cima.

A mãe de Paula rolou os olhos e soltou a frigideira na pia da cozinha.

— Ele me pegou desprevenida. Só queria um copo d'água, e esse projeto de cavalo apareceu correndo na cozinha.

— Ele gosta de fazer novos amigos e brincar.

Halley latiu como se quisesse concordar com o que a dona havia falado.

— Ai, agora vai acordar seu pai!

— Mãe, se os seus gritos ainda não o acordaram, não é o latido de Halley que vai.

— Ele nunca acorda quando eu o chamo, mesmo gritando. Deve ter se acostumado com isso, mas os latidos...

— Halley, venha.

Paula o levou para a área de serviços e encheu o pote de ração.

— Fique quietinho aqui, antes que aquela fera ali na cozinha queira o seu couro para usar como bolsa, tá bom?

— Estou ouvindo, dona Paula!

Paula retornou para a cozinha no momento em que a mãe abria gavetas de forma determinada.

— O que você procura?

— Eu só queria um copo.

— E você está procurando em uma gaveta?

A mulher deu de ombros enquanto Paula abria a porta do armário e tirava um copo de lá.

— Geralmente tenho alguém que me serve.

Ela pegou o copo, que escorregou de sua mão e foi parar no chão.

— Cuidado, filha!

Paula sentiu as mãos da mãe a segurando. O toque quente, o olhar preocupado e a urgência na voz fizeram com que algo dentro do peito de Paula se quebrasse da mesma forma que o copo. Olhou para a mãe com carinho. Os traços bem conhecidos, a manchinha na testa, que só era visível naquele momento porque ela estava sem maquiagem, os olhos esverdeados iguais aos seus e a mesma marquinha na orelha, que parecia um brinco pequeno. Estava com saudades de Susana, de sua intensidade e de seu toque, ainda que fosse raro. Os olhos ficaram turvos, e uma sensação de desmaio a fez desequilibrar.

— Cuidado, menina!

Mas era tarde. Paula havia pisado em um pedaço do copo. O ardor no pé a fez fechar os olhos e comprimir os lábios.

— Não acredito que você conseguiu pisar no vidro quebrado — a mãe reclamou. — Sua sorte é que sou médica. Senta ali.

Paula foi mancando e se jogou na cadeira.

— Acho que agora o papai acordou — Paula tentou fazer uma piada, mas o olhar repressor da mãe a fez calar.

— Ele já dormiu o suficiente.

E saiu da cozinha, voltando segundos depois com sua bolsa. Paula sorriu. Desde que ela se entendia por gente a mãe sempre trazia um kit de primeiros socorros na bolsa.

A mãe pegou uma pinça e puxou o caco de vidro preso no pé da filha, e depois higienizou o pequeno ferimento. Tudo sem dizer uma única palavra. Paula se esforçou para não reclamar e em poucos minutos já estava com um curativo no pé.

— Já te falei para não andar descalça pela casa.

— Desculpa, mãe.

E lá estava ela de novo, se desculpando com os pais.

A mãe juntou os cacos de vidro restantes e lavou as mãos por um tempo que Paula considerou longo demais. A mulher fechou a torneira e soltou um suspiro alto.

— Tá tudo bem, mãe. Não foi nada grave, não precisa ficar nervosa ou irritada.

Paula foi até ela, pousando a mão em seu ombro. Quando olhou para seu rosto, reparou nos olhos vermelhos. A mulher estava prestes a chorar.

Susana secou as mãos em um pano de cozinha e foi até a mesa.

— Sente-se aqui comigo um instante, sim?

Paula se aproximou, lembrando-se da palavra "ressabiada", comumente utilizada no Sul para se dizer que estava desconfiada. Susana não era uma mulher de muito papo e o fato de estar ali, na cozinha da casa de Paula, era uma imagem que ela jamais pensou ver algum dia. Sentou-se em silêncio e observou a mãe brincar com a fruteira no centro da mesa, batendo as unhas de gel no vidro fino. Ela parecia ter envelhecido. Olhando assim de perto e sem toda aquela maquiagem de sempre, Paula enxergou as rugas, as olheiras... todos os sinais impiedosos do tempo. Ficaram em silêncio por alguns instantes.

— Sabe, filha — ela engoliu em seco —, eu sei que não fui uma boa mãe para você. Quer dizer, eu acho que fiz o que pude para lhe dar educação, saúde e uma boa vida, fiz tudo que seus avós não fizeram por mim — respirou fundo —, e esse foi meu erro. Achar que poderia consertar os erros dos meus pais, sendo que eles também estavam fazendo o melhor que podiam. Uma das coisas que mais lamento é você não ter convivido mais tempo com meus pais. Eles sabiam como alegrar um dia triste. Na minha infância, durante muito tempo, passamos por dificuldades financeiras, mas eles nunca deixaram faltar comida na mesa e se alguém, algum vizinho ou familiar, aparecia pedindo um prato, a minha mãe sempre dava um jeito.

Paula tentou recobrar a imagem dos avós, mas eles haviam falecido havia muito tempo, talvez ela tivesse um pouco mais de sete anos. Porém, sempre se lembraria do dia em que recebeu a notícia do acidente de carro. Era uma tarde quente de verão, e ela distraía o tédio na piscina da casa de uma colega da escola, mais uma das amizades forçadas pela mãe. Susana passou para pegá-la e já dentro do carro falou, sem nenhuma emoção na voz, sem nenhuma lágrima nos olhos, que os avós haviam falecido.

Ela se lembrava muito bem da sensação de aperto no peito e de não compreender a apatia da mãe. Depois vieram as roupas pretas, os dois caixões, as mãos afagando sua cabeça e os pais no telefone.

— Paula — a voz da mãe a fez voltar para o presente —, quando você saiu de casa eu fiquei muito indignada com sua audácia. Seu pai e eu não falamos sobre você durante um bom tempo. Mas era possível ver que até as paredes da casa perderam a cor. — Fez uma pausa, olhando nos olhos de Paula. — Claro que você também tem sua parcela de culpa, ignorando minhas ligações, mas você é tão orgulhosa quanto eu.

Paula fez menção de falar algo, mas Susana a interpelou.

— Só escute, tá bom? Antes que eu mude de ideia e volte para casa no primeiro voo da manhã. — Ela levantou e pegou um copo de água. — Talvez essa novidade vai te surpreender, mas seu pai e eu começamos a fazer terapia.

Paula arregalou os olhos. Sim, aquela era uma novidade e tanto. Apesar de ser médica, a mãe detestava psicólogos, psiquiatras ou qualquer profissional habilitado a tratar de saúde mental.

— Eu sei que você está pensando que enlouqueci. Talvez tenha um fundo de verdade. — Um riso rouco escapou da garganta dela. — Mas, quando você saiu de casa, comecei a prestar mais atenção na vida que seu pai e eu levávamos. Pude compreender a tristeza no seu olhar e as motivações que te fizeram partir. O casamento entrou em crise assim que você fechou a porta daquele apartamento pela última vez. — Susana curvou a cabeça. — Na verdade, a crise já estava instaurada havia muito tempo, eu só não queria admitir.

Paula olhou pela janela. O dia estava nascendo. Esforçou-se para se lembrar dos últimos meses que passara na casa dos pais, garimpando por algum momento alegre que fosse genuíno, mas não conseguiu encontrar nada além de brigas e silêncios constrangedores nas refeições, sem mencionar as indiretas, mentiras e discussões entre os pais.

— Para não ver minha família desmoronar por completo, eu fui para a terapia. Estou me conhecendo melhor, aos poucos. Seu pai até participou de algumas sessões, mas o caminho ainda é longo. Não se muda uma vida toda, com quase cinquenta anos vividos, da noite para o dia. Sinto que ainda nos falta algo, sabe?

Paula assentiu. Ela conhecia aquele vazio.

— E agora chegamos ao ponto em que explico o motivo de estar aqui...

— Deixa que eu explico essa parte. — Alberto entrou na cozinha, beijando a testa de Paula para depois se juntar a Susana, ambos ficando em pé e de frente para a filha.

— Estamos aqui pois não poderíamos viajar sem antes colocar os pingos nos "is" com você.

— Viajar? Pingos nos "is"? — Paula fitou os pais, curiosa.

— Sim. Vamos passar alguns meses viajando pela Europa e Ásia. Um período sabático necessário. — Alberto beijou a mão de Susana, e sim, aquela era mais uma cena atípica. — Quando nos casamos juramos que um dia viajaríamos por todos os lugares incríveis que víamos nos livros e na televisão. Esse dia chegou... — Alberto suspirou, soltou a mão da esposa e alcançou a mão de Paula, segurando-a com força. — Estamos aqui porque não seria certo viajar sem falar com você e fazer um convite...

— Vem com a gente! — Susana interrompeu o marido, olhando nos olhos de Paula. — Vem com a gente! Vamos ser uma família de verdade, um cuidando do outro, se importando e querendo o bem do outro. Vamos recuperar o tempo perdido. Seja nossa filha e permita que sejamos seus pais.

* * *

Paula não acreditava no que seus olhos viam. Estavam caminhando havia mais de uma hora por toda a fazenda. Passaram pela casa de vegetação, pelas plantações externas até a divisa com o terreno de Felipe, a criação de galinhas poedeiras, e conheceram a vaca Cowbee. Seus pais estavam de mãos dadas e sendo agradáveis com ela.

— Filha, assisti a um vídeo seu naquele programa matinal... — Ele estalou os dedos, tentando lembrar o nome. — Enfim, você falava sobre os benefícios da erva-mate e estava até tomando um chimarrão!

Ela riu da cara de admiração do pai.

— Sim. Hoje é um dia diferente, acabei saindo da rotina, mas a esta hora do dia eu já teria tomado mais de uma garrafa térmica inteira de água quente.

— Você realmente gosta? Achei que fosse uma encenação para o programa.

— Jamais! Tudo o que falo para o programa Manhã Rural é realmente verdade. Não sou um personagem, sou eu mesma. Os vídeos ficaram famosos, e eles me convidaram para gravar uma série de curiosidades sobre a fazenda — Paula contou satisfeita.

— Estou impressionada com tudo o que você tem feito aqui. Você tem muito potencial! Precisará encontrar alguém à sua altura para te subst... — Susana teve sua frase interrompida por Halley, que pulou com as duas patas em sua barriga. — Ah! — gritou. — Tira esse monstro peludo e fedorento de perto de mim!

Aquela era a Susana que Paula conhecia.

— Halley! — ralhou com o cachorro, que, abanando o rabo, foi atrás de um passarinho.

— Você precisa de um adestrador. Ele é descontrolado! — Susana limpava a calça jeans.

— Ele é um bom cachorro e gosta muito de você.

— Gosta? — Alberto arqueou a sobrancelha.

— Sim, ele tem suas preferências e não me peça para explicar, porque eu não entendo.

E os pensamentos dela viajaram para um rapaz de olhos verdes, cabelos castanhos e ombros largos de quem Halley também gostava.

Queria que Júlio estivesse ali, mas na noite anterior ele avisou que viajaria durante os próximos dias. Algo relacionado com um curso de curta duração ou com uma prova na Ordem dos Advogados. Aquela conversa iniciada na biblioteca levaria alguns dias para ser concluída.

— Filha — Alberto a chamou —, você parece tão distraída... Está tudo bem?

— Sim, claro, pai.

— Não se preocupe sobre a viagem e a decisão que precisa tomar. Conversei com sua mãe e, se você não se importar, ficaremos uma semana aqui na sua fazenda. Acreditamos que esse é o tempo necessário para pensar sobre o que fazer em seu futuro.

— Sim, sabemos que é uma decisão importante e não queremos o seu arrependimento — acrescentou Susana.

Paula sorriu e agradeceu, mas queria um saco de papel para acalmar a ansiedade que surgira de repente. Aquele cenário estava provando sua capacidade cardíaca. Não via a hora de poder conversar com Maria sobre as reviravoltas da vida, e de reencontrar Júlio, para finalmente conversar com ele. A decisão que tomaria estava alinhada com o que ele diria para ela. E se ele dissesse que se confundira, que eram só amigos e que disse estar apaixonado como mais uma das muitas piadas que era acostumado a contar? E se ela mudasse totalmente a vida mais uma vez? Ela seria capaz de dizer não para a oportunidade que os pais estavam oferecendo?

Muitas perguntas e poucas respostas.

Agradeceu mentalmente a Deus quando chegaram em frente à casa e Pietra os esperava de braços abertos e anunciando um café da tarde na cozinha. Ela precisava clarear as ideias, e só havia um lugar onde ela conseguiria a paz de que precisava: a biblioteca.

ALVES &
ASSOCIADOS
ADVOGADOS

Olá,

Acabei de desdobrar meus joelhos. Estava em oração e me lembrei de você. Confesso que seria tão mais simples tomar as decisões que preciso se você já estivesse aqui. Eu sei. Tudo tem seu tempo determinado. Quando você estiver lendo essas palavras eu já terei tomado uma das decisões mais importantes da minha vida, eu diria a terceira (ou quarta). Enquanto seus sogros tomam café no andar debaixo, estou aqui pensando no que fazer crendo que Deus me mostrará o melhor caminho, e tenho certeza de que esse caminho me levará até você.

Nosso Deus une propósitos.

Com amor,
Sua Paula, que precisa tomar decisões

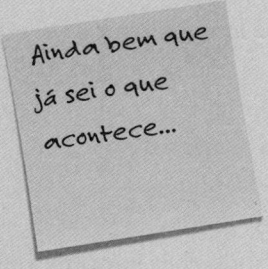

Ainda bem que já sei o que acontece...

-27-

Seis dias depois

Seis dias. Seis dias inteiros sem um único contato de Júlio e vivendo no limbo de uma das mais difíceis decisões que precisaria tomar na vida.

Susana estava preparando macarrão com massa caseira e Alberto acabara de abrir um suco de uva famoso na região. Paula mexia no celular novo, instalando alguns aplicativos de banco e salvando as fotos do último trabalho.

— Ah, eu amo o cheiro de sucos naturais de uva! — Ele cruzou as pernas na poltrona em que estava e fez de conta que degustava um vinho.

— Alberto, me ajude com os pratos, e Paula, tempere a salada! — Susana gritou as ordens, empolgada por estar exercendo seu novo hobby.

— Nunca vi a senhora tão feliz. — Paula deu um beijo rápido no rosto da mãe ao passar por ela.

— Descobri na cozinha um refrigério, um lugar onde posso ligar o meu lado criativo do cérebro — Susana discursou.

— Já posso vê-la em uma dessas palestras do TED, falando de como a terapia e a cozinha mudaram a sua vida.

— Não vamos exagerar! — A mulher parou de girar a colher e deu uma olhadela irônica para Paula.

— Sua mãe ainda está superando o fato de ter dado o braço a torcer para coisas que abominava. — Alberto gargalhou.

A mulher abanou a mão no ar, como quem afasta um mosquito.

— Paula, querida, a qualidade dos seus tomates com certeza está desempenhando um papel fundamental no molho.

Susana provou um pouco e estalou a língua.

— O melhor molho de tomate que já fiz em minha vida.

Os três estavam em total sintonia pela cozinha, preparando o almoço e, depois, arrumando a mesa na sala de jantar.

— A mesa está pronta. — Susana a admirava como se fosse uma obra de arte que acabara de criar.

Sentaram-se e Paula começou a se servir. Quando percebeu os olhares estranhos dos pais, lentamente devolveu a colher com que estava servindo molho e perguntou:

— O que foi, gente? — perguntou assustada.

— Estávamos esperando pela oração — Alberto falou. — Como você faz todos os dias.

— Oh! — Paula se perguntou como havia se esquecido daquele hábito tão importante. — Desculpem! Vamos dar as mãos, então.

Paula fez uma prece agradecendo o alimento e a presença dos pais. Pediu por sabedoria e misericórdia, e fez uma pausa para orar em silêncio em sua mente, pedindo também por direcionamento para a conversa que teriam logo após o almoço. Ao finalizar, pronunciou amém e os pais em uníssono a seguiram. Serviram-se e conversaram amenidades. Quando finalizaram, Paula começou a recolher os pratos e talheres.

— Filha — Susana pegou os pratos da mão da filha, fazendo-a se sentar novamente —, acho que temos um assunto mais importante antes. Os pratos sujos podem esperar.

Alberto assentiu.

— Estamos ansiosos para ouvir o que tem a nos dizer sobre aquela proposta — a mãe continuou. — Sabemos que é uma escolha muito difícil para você, levando em conta tudo o que construiu aqui. Mas queremos que saiba que confiamos na sua decisão, cientes de que é a melhor para você.

— Sim, estamos muito orgulhosos de tudo o que tem construído aqui no Caminho Para o Céu e vamos entender se decidir ficar, mas adoraríamos passar esse tempo viajando com você. — Alberto pegou a outra mão da filha e apertou forte.

Paula sentiu o sangue descer para a ponta do pé. Uma ligeira tontura a acometeu. A resposta estava na ponta da língua, mas antes precisava falar algumas coisas para os pais.

— Sabemos que nunca fomos uma família muito unida e capaz de demonstrar afeto. Por isso, esses últimos dias que vocês passaram aqui comigo foram lindos. Quero dizer que eu os amo, sempre amei, mas perceber o quanto vocês se esforçaram para melhorar, o tanto de atenção que dedicaram a mim e o cuidado que tiveram de me incluir nos planos de vocês, além de perguntar a minha opinião, significou muito para mim. Tudo isso me ajudou a tomar a decisão. — Paula engoliu em seco e apertou as mãos dos pais. — E eu preciso dizer que minha resposta é...

Uma buzina estrondosa ribombou dentro do casarão. Halley, que estava em silêncio, deitado nos pés da mesa, irrompeu para a varanda em disparada. Logo em seguida Paula ouviu seu nome sendo gritado e a porta de um carro sendo batida.

— Um segundo! — Paula saiu da mesa ignorando os protestos dos pais.

Quando abriu a porta da varanda e a luz da tarde encontrou seus olhos, precisou piscar algumas vezes para enxergar Júlio à sua frente.

— Maria me contou que você está indo embora... — Ele estava quase sem fôlego. — Você não pode fazer isso, quer dizer, você pode... é livre e tem o direito de fazer o que quiser. — Júlio passou a mão pelos cabelos, andando de um lado para o outro na varanda. — Pelo menos ouça o que eu tenho a dizer antes.

Paula apenas ficou em silêncio, fitando-o.

— Por favor, fala alguma coisa!

— Por que você sumiu durante todos esses dias? — Foi a única coisa que ela conseguiu pensar.

— Viajei para São Paulo, estava fazendo um curso de curta duração... eu te mandei várias mensagens e você não respondeu nenhuma.

Paula curvou a cabeça.

— Não recebi nenhuma mensagem...

Júlio pegou o celular, abriu um aplicativo de conversas e procurou pelo nome de Paula.

— Seu número é 0119994....

— Não, troquei depois que perdi meu celular em um balde cheio de tratamento para tomates. — Ela pressionou os lábios. — E aproveitei para trocar o chip antigo por um número local.

Paula sorriu, um pouco embaraçada por não ter avisado a Júlio sobre aquela troca e, ao mesmo tempo, com o coração aliviado por ele ter tentado falar com ela. Nesse instante, a garota recordou que havia passado seu novo número para Pietra, Maria e os clientes do YouTube e Instagram. Nem para os pais tinha enviado o número. Ela desejou com muita fé um buraco para se esconder, tamanha a sua vergonha.

Ficaram num silêncio constrangedor.

— Eu voltei hoje pela manhã. Acho que nos faltou comunicação.

Paula balançou a cabeça afirmativamente, mordendo o lábio inferior.

— Paula. — Júlio se aproximou e pegou as mãos dela, segurando-as em seu peito. — Você vai mesmo embora?

– 28 –

— Mãe? — Paula gritou no pé da escada. — As malas já estão todas no carro! Vamos, Daniel está esperando.

O barulho dos saltos pela madeira do quarto foi a única resposta que ouviu. Já havia escurecido. Susana estava se arrumando havia mais de duas horas. Na última vez que Paula passou no quarto a mãe estava envolta em uma cortina de pó, blush e vapor que saía do ferro.

— Algumas coisas nunca mudam.

Alberto piscou para a filha e passou o braço pela cintura dela, e os dois saíram para o ar fresco da varanda. A fria luz da lua atravessava as folhas da figueira e cobria o chão de penumbras mágicas, enquanto o vento trazia um cheiro doce das flores espalhadas pelo quintal.

— Meu coração está arrebatado com as possibilidades que o futuro tem reservado para nós. — Alberto apertou com carinho o braço da filha.

O sorriso de Paula falhou. Ela olhou para aquele rosto com marcas que a faziam pensar no tempo perdido. Reparou na cicatriz acima do olho direito. Não fazia ideia de como o pai conquistara aquela marca. A pergunta veio até a ponta da língua. Travou a mandíbula. Teria outras oportunidades para conversar sobre aquilo.

— Você se lembra do tempo em que moramos na França? — Paula quebrou o silêncio.

— *Oui*. — Alberto inspirou o ar com força e soltou devagar. — A propósito, desde que cheguei aqui eu só consigo pensar no quanto a sua fazenda me faz lembrar o interior da França. Talvez seja o cheiro... — ele coçou o indicador no polegar, como se isso fosse ajudá-lo a lembrar. — Um cheiro de...

— Interior? Cocô de vaca? — Paula completou.

Ele sorriu.

— Não sei explicar, é um cheiro de lembrança boa. Cheiro de um tempo que não volta mais.

Paula concordou. Ela própria conseguia entender muito bem o que o pai estava falando. Lembrou-se do dia em que tomara a decisão de vir para o Sul. A memória ainda era incandescente. Foram as fotos que Maria havia mostrado para ela que a fizeram acreditar que encontraria em Caminho Para o Céu a paz e a felicidade que tinha vivenciado na infância. Sorriu. Havia uma inocência naquela Paula de quase três anos atrás.

— Tivemos mesmo bons momentos lá. Pena que foi tão breve. Quando voltamos para São Paulo, vocês se esconderam no trabalho. — Paula olhou para o horizonte e depois baixou os olhos para as mãos. — Na verdade, aquela vida, no interior da França... era meu pequeno tesouro. Lá éramos felizes. Éramos uma família.

Paula sentiu os olhos do pai sobre ela. Virou o rosto para encará-lo.

— Passei anos sofrendo com as lembranças daquilo, pensando no quanto desejava nunca ter saído de lá. Meu coração ansiou durante toda a vida que vivêssemos daquela maneira de novo. Um sonho que, com o passar dos anos, percebi ser cada vez mais impossível. Mas então essa fazenda... foi uma oportunidade. A maneira que encontrei de voltar.

Ele abriu a boca para falar algo, mas ela o impediu.

— Mas tudo bem, eu não os culpo.

— Filha...

— Não. É sério. São só pensamentos.

A expressão do homem ficou pesada. Ele a encarou com urgência.

— Nós saímos da França porque eu fui demitido da empresa — ele confessou. — Eu tentei por um tempo, mas não consegui nenhum emprego por lá. O dinheiro foi ficando curto.

— Como assim? — Paula franziu as sobrancelhas. — A gente nunca passou nenhuma dificuldade. Nem lá, nem em São Paulo.

— Correção: você não passou. — Alberto afagou as costas da filha. — Seu avô nos ajudou mais do que eu gostaria de admitir e nós financiamos muita coisa naquela época, incluindo as escolas em que você estudou.

— Mas por quê...?

— Nós, sua mãe e eu, estávamos determinados a não permitir que sua vida fosse afetada pela nossa situação. Nós cometemos tantos erros naquela época, mas não queríamos errar *com você*. Não queríamos que a sua infância fosse marcada por dificuldades. E na mesma época... eu fiquei doente.

— Doente?

O pai pegou a mão da filha e fez um carinho, como quem pedia desculpas pelo que ia dizer.

— Câncer.

Paula arregalou os olhos.

— O quê? Como assim, papai?

— Comecei a faltar muito no trabalho e perdi o emprego. Uma semana depois, descobri a doença. O tratamento na França sem o plano de saúde da empresa era inconcebível. E no Brasil nós ainda tínhamos o nosso.

— Pai! — Paula levou as mãos à boca, os olhos marejando. — Por que eu não sabia disso? Como eu nunca notei? Por que nunca me contaram?

— Fizemos um ótimo trabalho — o homem disse apalpando o bolso como se procurasse por algo. — Filha, eu sempre te amei muito. Sempre desejei o melhor para você. Sempre. Eu não queria te ver triste, sendo afetada por aquela doença. — Ele estendeu um lenço para a filha. — Você era apenas uma criança, e a realidade da doença era dura, cruel demais. Não queria ver você passando parte da sua infância no hospital, me vendo na quimioterapia e sofrendo ao ver seu pai entre tubos e agulhas. Sua mãe, você sabe, sempre teve contatos e o meu tratamento foi conduzido por um amigo da família.

Paula fechou os olhos por alguns segundos e pensou no tempo que retornaram para São Paulo. A cabeça começou a latejar, com uma dorzinha conhecida.

Quando retornaram da França, ela ficou longos períodos sem ver o pai e a mãe parecia morar no hospital. Estavam sempre ausentes. Agora tudo fazia sentido: não porque não gostavam dela ou não se importavam. *Era justamente o oposto.* No entanto, ela era apenas uma criança. Como poderia entender que o silêncio e afastamento dos pais era para o seu bem? Ao mesmo tempo, não sabia nomear o sentimento que começava a borbulhar no peito.

Uma mistura de vergonha e culpa. Vergonha por todas as vezes que arrumou briga nas escolas pelas quais passou — e pelas quais os pais lutaram tanto para pagar —, e culpa por não ter percebido que algo de errado acontecia com a família. Pensou no pânico nos olhos do pai quando disse que havia vendido o apartamento que ganhara do avô. Quando a chamou de irresponsável. Se tivesse contado para eles, talvez explicado que tinha um plano, não os teria preocupado tanto. Sentia que seus ossos estavam sendo corroídos por aqueles sentimentos.

— Me perdoa, pai, eu fui tão egoísta. Sempre pensei mais em mim, na minha felicidade, na atenção que eu queria...

— Não, filha, não é assim. Por mais que a gente tenha se esforçado para te dar o melhor, não quer dizer que a gente tenha acertado. Quando a doença passou, estávamos afundados em dívidas e foi necessário cair de cabeça no trabalho. Eu não tinha folga, não tinha descanso. Os boletos se acumulavam nas gavetas do escritório, mas ainda assim não me arrependo de ter me esforçado. Isso permitiu que você vivesse experiências, conhecesse lugares e pessoas...

— Mas eu sentia falta de você e da mamãe — Paula o interrompeu.

O pai puxou a filha para um abraço.

— Por isso, minha querida, que eu disse que tentamos acertar, mas erramos em tantos pontos... — ele disse com carinho, a voz falhando no final.

Paula passou os braços em volta da cintura do pai e o apertou.

— Ah, papai. Me perdoa por ter pensado tudo o que pensei sobre você e a mamãe.

— Filha, perdoa a gente também. Nós tentamos fazer o melhor, e nessa vontade de fazer o melhor, de te ver bem, acabamos falhando.

O vento soprou forte, trazendo consigo algumas folhas da figueira. Paula fechou os olhos e respirou fundo, sentindo o cheiro do pai. Como eles puderam esconder isso dela? Entendia que queriam o seu bem, mas e se tudo tivesse acabado diferente? Ela não entenderia nada. Era injusto esconder algo desse tamanho. Eles eram uma família, e quando se é parte de algo assim, é esperado que as dores e alegrias sejam compartilhadas, para que todos possam chorar, se alegrar, comemorar e torcer juntos.

Acompanhando a vergonha e a culpa, ela também sentia algo familiar. A sensação de abandono, de não pertencer àquele lugar.

O desejo de se desvencilhar do abraço do pai e gritar com ele veio como uma avalanche desenfreada. Mas ela escolheu não ouvir os sussurros irritantes que passavam de um ouvido para o outro. Ao invés disso, inspirou fundo e, em uma súplica sem palavras, clamou a Deus.

O barulho cessou, a avalanche derreteu como neve no deserto, e o coração desacelerou. Ela não os afastaria mais uma vez.

— Pai, vocês não podem me esconder mais nada.

Ele acariciou a cabeça da filha e, segundos depois, a soltou do abraço.

— Nunca mais, por isso estamos aqui. — Ele a encarou nos olhos e acariciou seu rosto. — Estamos aqui porque te amamos, filha. Porque você sempre foi e sempre será o que mais importa em nossa vida.

O coração agitou-se um pouco, mas desta vez de prazer.

— Estamos aprendendo a demonstrar, tenha paciência com a gente.

Ela balançou a cabeça em afirmação, com lágrimas molhando o sorriso.

— Obrigada por ter me contado, pai.

Ele piscou de modo gentil.

— Agora, seque essas lágrimas e deixe só o sorriso no rosto.

Daniel buzinou, chamando a atenção dos dois.

— Estão prontos? — gritou o garoto, saltando do carro.

— Quase. Minha mãe acha que está saindo para um casamento ou para um primeiro encontro.

— Na verdade — emendou Alberto. — No nosso primeiro encontro ela demorou mais de quatro horas, pelo que sua avó me contou. Espero que seja um pouco diferente desta vez. — E olhou em desalento para a porta que dava acesso ao casarão.

— Estou chegando — Susana anunciou enquanto descia as escadas.

Halley começou a abanar o rabo assim que ouviu a voz da mulher.

— Quieto, garoto!

Paula tentou segurá-lo, mas já era tarde, o cachorro havia pulado na saia de linho branquíssima de Susana.

— Paula! — Susana grunhiu. — Por que você não prendeu esse monstro? Esse cachorro é descontrolado, ainda bem que ficaremos longe dele.

Paula conseguiu pegar Halley pela coleira, mas o pequeno cometa observava Susana com os olhos brilhando e a língua para fora da boca, babando.

— Esperem. Vou trocar de saia — Susana anunciou.

— Não! — Paula e Alberto gritaram juntos.

— Está linda. Não tem necessidade de trocar. O cachorro nem a sujou. — Alberto omitiu a pequena mancha marrom na parte de trás da saia.

— Mas...

— Nada de *mas*! Precisamos sair ou vamos perder o voo. O simpático jovem... como é mesmo o seu nome?

— Daniel.

— Isso, Daniel vai nos levar até Chapecó? — O pai olhou para a filha, que assentiu. —São quase três horas de viagem. E se ocorrer algum imprevisto? — Alberto a observava com a sobrancelha arqueada.

— Você tem razão. — Susana checou o relógio. — Nosso voo é às vinte e três horas, precisamos correr. Vamos, vamos!

Antes de descer as escadas da varanda, afagou a cabeça de Halley.

— Se acalme, sua fera descontrolada! — Halley lambeu o rosto dela, fazendo com que todos rissem. — É, não tem jeito. Alguém precisa ensinar bons modos para ele.

— Gostaria de lembrá-la que Halley é um cachorro, e cachorros fazem esse tipo de coisa. É bem natural — Paula informou à mãe.

— Vamos ter outras oportunidades para você me dar uma aula sobre cachorros. Agora vamos. Precisamos viajar. Alberto, tem mais uma mala na ponta da escada, sim?

O homem voltou e pegou a mala de mão, enquanto os demais caminhavam em direção ao carro.

— Filha, estou orgulhosa de você. — Susana segurou a mão de Paula. — Sei que já disse isso tantas vezes, mas é a verdade. A decisão que tomou, sei que não se arrependerá dela. Você é sensata e sabe o que quer para sua vida, assim como eu.

A mãe fez uma pausa, pendeu a cabeça para o lado e passou o dedo indicador na sobrancelha. Conhecendo a mulher, Paula sabia que ela estava pensando no que dizer.

— Você herdou de seu pai o bom coração e os olhos doces, mas a determinação e o faro para os negócios, ah, isso vem de mim, sem dúvida!

Paula abriu um sorriso. Em uma mesma frase, a mãe havia feito um elogio ao pai, a filha e a si mesma.

— Mãe, a senhora é muito convencida. — Paula se aproximou e depositou um beijo rápido na bochecha dela. A mulher pareceu surpresa. — Mas digamos que está certa. Fico feliz de ter herdado essas características de vocês.

Susana olhou no fundo dos olhos da filha e sorriu. Então disse:

— Agora, me escute. Se você mudar de ideia, nós te enviaremos a passagem no mesmo dia. Não se preocupe com nada, podemos providenciar tudo para você de qualquer lugar em que estivermos.

— Obrigada, mãe.

— O que você tem nessa mala? — Alberto perguntou sem fôlego, e carregou a mala até o porta-malas, fechando-o em seguida.

— Nada de mais. — Susana ajeitou uma mecha de cabelo. — Paula, você sabe o que sinto por você. Ainda estou aprendendo a demonstrar meus sentimentos com palavras... — Beijou a testa da filha e a abraçou. — Perdoe-me pelos meus erros e nunca se esqueça de que faríamos qualquer coisa por você.

— Eu amo você, mãe. — Paula disfarçou os olhos marejados.

— É recíproco, você sabe. — Susana a abraçou mais uma vez e entrou no carro.

— Filha — era a vez de Alberto se despedir —, já disse tudo o que você precisava ouvir. — Beijou e abraçou Paula. — Diferentemente de sua mãe, eu já aprendi a dizer "eu te amo" e, mais do que isso, a demonstrar esse amor. — Virou a cabeça na direção do portão, onde era possível ler numa placa grande de madeira "Caminho Para o Céu". — O nome desse lugar não poderia ser outro.

— Eu amo você, pai. Eu amo os dois! Meu coração está apertado por não ir com vocês.

— Nós entendemos — Alberto a interrompeu. — Você fez uma escolha sábia, por mais que eu quisesse muito você conosco, sei que não pode abandonar a sua vida aqui.

— Alberto — Susana o chamou —, precisamos ir, porque se essa lata velha não aguentar a viagem, precisaremos de tempo para encontrar outro meio de transporte.

Paula arregalou os olhos e olhou para Daniel.

— Mãe, não fala assim do carro dele. — Paula sorriu amarelo para o amigo.

— Convenhamos que você está precisando de um upgrade, *mon chéri*. — A mulher olhou para o rapaz, que sorria.

— Eu gosto do meu carro, tem um valor sentimental.

— Espero que esse valor sentimental nos faça chegar em Chapecó em segurança — comentou Susana, acomodando-se no banco da frente.

— Vai dar tudo certo, senhora — Daniel garantiu, com a mão esquerda fazendo um joinha.

— Desculpa, Daniel — Paula o abraçou, embaraçada —, e obrigada por levá-los.

— Não tem problema — ele riu —, o aeroporto é caminho para a minha casa, então... — Ele deu de ombros.

Alberto deu mais um abraço em Paula e soltou o ar dos pulmões, como se o estivesse segurando durante muito tempo.

— Vou sentir saudades. Espero que esses meses passem voando.

— Que nada, pai! Quando vocês começarem a viagem nem vão se lembrar de mim.

— Impossível, eu penso em você todos os dias. — Beijou a testa da filha e arrumou um cacho do cabelo, colocando-o atrás da orelha, e entrou no carro.

Daniel acenou um tchau dando a partida em seguida. Paula ficou observando o carro sumir além do portão, Halley ao seu lado, com sons de cachorro sem dono.

— É, eu sei, meu amigo. É triste. — Paula acariciou a cabeça dele.

Os pés ainda pregados no chão, sem conseguir mover um músculo. Aquele momento havia sido dilacerador. Nunca pensou que poderia sentir-se assim com relação aos pais, mas Deus era bom demais em sua vida e estava cuidando de cada área com maestria. Ficou feliz ao perceber que estava sentindo saudades dos pais.

Olhou ao redor, para sua pequena fazenda sob a luz da lua crescente, e abraçou a si mesma. Por mais que fosse tentador ir com os pais, ela estava vivendo uma nova etapa em sua vida e não queria abandonar suas responsabilidades. Não era mais uma garotinha, era dona do próprio negócio, que dependia de suas decisões.

É possível que desde o começo aquela tenha sido sua decisão, mas o medo a impedia de dizer em voz alta. Apesar da tristeza que estava sentindo, havia algo mais, talvez um senso de maturidade e a certeza de ter feito a escolha certa. Claro, aquilo só o tempo diria e ela não queria desperdiçar os dias com lamentações pelos caminhos que não traçaria.

Ficou parada ali, perdendo a noção do tempo. Foi quando a Cowbee mugiu alto no pasto que finalmente tomou coragem para voltar à solitude de sua casa. Cumprimentou Pietra, que usava o fogão a lenha da cozinha para preparar doce de leite, mas recusou seu convite para um chá. Atravessou a sala com o coração apertado. Quando estava na metade da escada, ouviu o ronco de um motor se aproximando. Parou e esperou. Halley agitou-se ao seu lado. Ela e o cachorro sabiam muito bem que aquele era o ronco do Agromóvel.

Ouviu a porta do fusca bater e logo os passos na varanda e a batida na porta fizeram com que ela retornasse alguns degraus. Ao abrir a porta, deu de cara com a outra grande decisão que precisaria tomar.

ALVES &
ASSOCIADOS
ADVOGADOS

Ao meu amor,

  Espero compartilhar muitas noites estreladas com você.

Paula

Ok, isso foi fofo

Ao abrir a porta e dar de cara com Júlio, ela sentiu que seu coração falhou uma batida. Os olhos dele a fitavam e um sorriso tímido a espreitava.

— Você quer entrar? — Paula deu espaço para que ele pudesse passar, mas o rapaz ficou pregado no piso da varanda. — Não tem problema, Pietra está na cozinha.

— Na verdade — começou e puxou a mão de Paula —, gostaria de convidá-la para dar uma volta.

— Mas está tarde. — Paula travou os pés no chão.

— Esse é o melhor horário para o que eu tenho em mente.

Ela arregalou os olhos, e ele soltou uma gargalhada.

— Não sei o que passou pela sua mente, mas eu quero levar você para observar as estrelas comigo. — Ele puxou gentilmente a mão dela mais uma vez, fazendo com que ela se aproximasse. — E eu tenho um lugar especial para fazer isso. O que me diz?

Paula queria correr para a biblioteca e se esconder atrás dos livros que costumava ler, onde as personagens têm a vida direcionada por escritores. Acabara de tomar uma decisão importante, queria uma folga e que alguém decidisse por ela, que alguém dissesse "faça isso" ou "faça aquilo", com a certeza de que seria o melhor. Estava assustada com o quanto seu coração estava acelerado. Assustada com a proximidade de Júlio e com o nervosismo que sentia. Será que todas aquelas sensações eram as mesmas que os poetas descreviam em suas poesias? Ou será que era o frio da noite atravessando sua blusa fina?

— Eu... eu... — as palavras se embaralharam em sua boca. — Preciso pegar um casaco. — Soltou a mão de Júlio e subiu correndo as escadas, na direção do quarto.

Correu para o closet, experimentando três casacos para no fim detestar a imagem refletida no espelho. O que estava acontecendo com ela? Por que essa preocupação repentina com a aparência?

— Calma, Paula! É só o Júlio, aquele bobão de sorriso torto que te importuna desde que chegou nessa cidade — disse para si mesma, enquanto olhava para o espelho, o rosto derretendo em um sorriso esquisito.

Deu um tapa na própria bochecha e colocou as ideias no lugar. Pegou o último casaco que havia provado. Passou um pouco de perfume, coisa que raramente fazia desde que chegara na fazenda, e desceu as escadas sentindo-se uma grande e bela idiota.

Júlio estava de costas, mãos no bolso e cabeça erguida para o céu, como se estivesse orando. Paula ficou admirando-o por um momento, antes de chamá-lo.

— Júlio?

Ele virou o rosto, olhos brilhando na direção dela.

— Está pronta?

Paula assentiu, apesar de ainda estar sentindo os calafrios debaixo daquele enorme casaco. Entraram no carro e Júlio conduziu por uma estrada que Paula não conhecia. Eram muitos buracos! Os dois sacolejavam na noite escura sem trocar uma única palavra. Quando o veículo parou, estavam no topo de um morro. Havia uma casa de madeira com a luz ligada na varanda, onde um casal de idosos tomava chimarrão. Júlio levantou a mão para eles, que o cumprimentaram de volta.

Paula e Júlio desceram do carro ao mesmo tempo, olhando para o alto. Não havia uma nuvem no céu de lua crescente, e as estrelas pontilhavam toda aquela abóbada negra, de uma extremidade a outra, arrancando suspiros dos dois. Júlio, após um breve momento de vislumbre, foi até uma laje de pedra e se sentou, dando um tapinha no chão para que Paula se juntasse a ele. A garota foi até lá e se sentou perto do rapaz ao seu lado. Em seguida, Júlio levantou os olhos para o alto e Paula o imitou.

Permaneceram em silêncio, absortos nos próprios pensamentos, sonhos e impressões. De onde estavam era possível ver a casinha de madeira dos idosos. A respiração quente deles formava um vapor na noite fria. Os sons daquela imensidão eram restritos a cigarras, grilos e o bater das asas de outros insetos. Ocasionalmente, Paula ouvia o suspirar de Júlio, e tinha certeza de que ele também a ouvia. Por mais que houvesse muito a ser dito, não queria quebrar aquele momento com palavras. Ela poderia passar o restante de sua vida ao lado de Júlio observando a imensidão noturna.

Paula refletiu sobre o quanto era fácil ficar ao lado de Júlio agora, em contraste com todas as vezes que passaram horas na biblioteca na época em que ele a ajudava com a burocracia dos contratos. Depois lembrou-se de todas as vezes que ele a ajudou na fazenda, e sorriu ao lembrar de uma ou outra piada que ele contava.

— O que fez você sorrir assim?

Paula sobressaltou-se com a pergunta repentina, percebendo que Júlio olhava para ela ao invés de admirar o céu.

— Lembrei de uma das suas piadas idiotas. — Paula virou o rosto para ele, surpresa com o quanto o brilho fosco da noite podia deixá-lo ainda mais bonito.

— Minhas piadas não são idiotas, são obras-primas selecionadas com muito cuidado.

Ficaram em silêncio, um olhando para o outro.

— Você vem sempre aqui? — Paula perguntou.

— Só quando você vem também — disse piscando o olho.

Paula revirou os olhos e bufou.

— Na verdade — Júlio limpou a garganta —, gostaria de vir mais vezes. Mas acredito que pelo menos uma vez por mês estou aqui, contemplando velhas conhecidas e conversando com Deus.

— Esse parece ser o tipo de coisa que todo homem faz nos filmes.

— Como assim? — Ele riu.

Paula abraçou o próprio corpo.

— Você sabe, o lugar secreto em que o homem vai para pensar e organizar a vida. Eu achei que era inventado, mas aí está você, provando que a vida imita a arte.

— Acho que é o contrário.

— O contrário?

— A arte imita a vida. — Os olhos dele brilharam.

— Oh, sim, pode ser.

— E neste momento estamos imitando um filme romântico... — ele sussurrou.

Paula desviou o olhar e mordeu o lábio inferior.

— Este parece ser um bom lugar para orar — ela mudou de assunto e voltou os olhos para o céu no exato instante em que uma estrela cadente passava. — Você viu? — perguntou, empolgada.

— Vi, sim — respondeu Júlio.

Mas ele não havia tirado os olhos dela.

— Como? Você nem estava olhando para o céu!

— Vi algo mais lindo que uma estrela cadente — murmurou, tão baixo que Paula quase não entendeu.

Ele pegou a mão dela e a colocou sobre o peito.

— Paula, você consegue sentir meu coração?

Ela balançou a cabeça, afirmando.

— Percebe o quanto ele está acelerado? É quase como um baterista num culto de jovens quando o pastor presidente tá de férias.

Paula não disse nada. Mas não conseguiu evitar o sorriso nervoso nos lábios.

— Ele bate assim desde aquele dia que acompanhei Maria para te buscar na rodoviária. Assim que vi você, aquela guria linda e metidinha, perdi o senso de direção. Eu nem sabia o que estava fazendo lá, mas sabia que precisava ir até você, falar com você... — Júlio apertou a mão dela. — Mas você tem esse temperamento forte e o dom de me provocar. Cada vez que te encontrava era uma mistura de sentimentos. Eu não conseguia entender o que estava acontecendo. Logo você estava nos meus sonhos e, às vezes, até chamava minhas colegas de turma pelo seu nome. Eu achei que tinha endoidado. Pensei em procurar um psicólogo ou um pastor para fazer uma oração. — Riu, um pouco nervoso, e desviou os olhos dela. — Eu acho que me apaixonei à primeira vista.

Naquele instante o coração de Paula já batia mais forte que o de Júlio. Sentiu um turbilhão de sensações, queria sorrir e chorar, pular e abraçar, dar um beijo nele e até cantar uma música antiga da qual gostava. Ela não sabia o que queria fazer primeiro, mas sabia que queria guardar aquele exato momento na caixa preta de suas memórias, para que nunca, em hipótese alguma, se perdesse. Aproximou-se dele ainda mais, descansando a cabeça em seu ombro.

Júlio beijou o topo da cabeça de Paula.

— Eu quero te mostrar algo.

Paula endireitou a postura. Júlio ficou em pé e foi até o fusca, voltando dele com o violão que ela nunca o vira tocar.

— Pensei que esse violão fosse um objeto decorativo do Agromóvel.

Ele riu e se sentou diante dela. Testou algumas notas e, antes de tocar, tirou uma lanterna pequena do bolso.

— Eu fiz esta música para você.

— Para mim? — Paula levou a mão até o coração.

Júlio assentiu e começou a dedilhar as primeiras notas, e Paula o ouviu cantar pela primeira vez:

Um vagalume iluminando os meus passos
Numa fria noite de verão
Sem lua, nem estrelas no espaço
De joelhos em oração
E com os olhos ainda salgados
Uma melodia em meu coração
Meus pensamentos ainda nublados
Você veio em minha direção

Eu não cansei de te esperar
Porque sabia que você viria
Estando sempre no mesmo lugar
Porque sabia que você viria
Como uma primavera em meu coração
Como raios de sol no verão
Como uma ou outra estação
Estava escrito que você viria

Você é a resposta de uma oração
Silenciosa feita em meu coração
A mão que se encaixa na minha
O refrão da minha canção
Amor pelo próprio Amor
O endereço das cartas que escrevi
Esperança que me leva além
*Muito além do que imagine*i

Quando ele mencionou as cartas, o coração de Paula se agitou. O som do violão cortava a noite, e cada nota parecia fazer cócegas em seu coração. Era inevitável sorrir e chorar ao mesmo tempo.

O tempo todo a te esperar
Sem nunca duvidar
Foi necessário para me ensinar
Que estava escrito que você viria

Paula fungou, secando uma lágrima com as costas da mão. Júlio repetiu o refrão e a última nota se perdeu na noite. Os olhos dele encontraram os dela e a lanterna desligou. Paula aproveitou o momento e pegou a mão dele entre as suas. Com o coração cheio de coragem, disse em um só fôlego:

— Eu não sei quando foi o momento exato que eu vi em você algo além do primo abusado e irritante da minha melhor amiga. — Júlio deixou o violão de lado e a puxou para um abraço. — De repente, comecei a sentir falta até das suas piadinhas bobas.

Júlio riu, e ela adorou o som e o tremor que atravessou o peito dele.

— Mas, em algum ponto, uma chama acendeu em meu interior, e quando eu pensei que você estivesse em um relacionamento com Morgana... — Paula respirou fundo. — ... eu, eu... fiquei arrasada.

— Isso é passado. A partir de hoje não vamos permitir que a falta de comunicação se coloque entre a gente — Júlio disse confiante, enquanto acariciava o cabelo de Paula.

Vagalumes acendiam suas luzes sobre eles, e Paula se lembrou do primeiro verso que Júlio cantou. Quantas vezes se sentiu daquele jeito, como se sua vida romântica estivesse perdida na escuridão da noite.

Ainda assim, sentia que Deus a ajudara a crescer nesses últimos dois anos. Jesus havia sido essa pequena chama de esperança que guiou seus passos até aquele momento. Nunca imaginou que entregaria seu coração para um homem, tampouco pensou ser capaz de amar alguém assim. Amava Júlio com sinceridade ardente, a ponto de quase doer.

— Tem mais uma coisa que preciso te dizer.

Paula levantou o rosto para Júlio e ajeitou o corpo, para que ficasse de frente para ele.

— Eu amo você, Paula Alves. Amo como nunca imaginei amar alguém. Amo tanto que só de pensar que nesse momento você poderia estar em um avião para outro país, para longe de mim... — ele se interrompeu e ficou sério — ... só a ideia faz meu coração pesar. — Júlio fechou os olhos por um momento e respirou fundo, antes de tornar a abri-los. — Nesses últimos meses, estava mais difícil esconder meus sentimentos. Eu parecia um piá, distraído. Tentei lutar quando pensei que você nunca me notaria. Quanto mais eu brigava comigo mesmo, mais pensava em você. Meu coração estava um *tendéu*, uma bagunça. Te encontrei tantas vezes nos meus sonhos, que eu sabia que bastaria fechar os olhos para te ver. Bah, e confesso que eu adorava — Júlio passou a mão pelo rosto de Paula. — Eu quero, desesperadamente, ser o cara que vai segurar sua mão em todos os momentos daqui para a frente. Eu quero fazer você feliz, quero te dar motivos para sorrir todos os dias, quero muito. Eu te amo com todo o meu coração, você é a guria dos meus olhos.

— Ah, Júlio!

Paula sentiu que seu coração era inundado por aquele amor. A necessidade de retribuir todo aquele sentimento era como uma força, arrebentando as barragens, fronteiras e limites dela.

— Eu... não tenho outra explicação para esse sentimento que sinto em meu peito — ela confessou. — Quero estar com você, quero o seu bem e quero te fazer sorrir. Quero você na minha vida, agora e daqui a muitos anos, se o Senhor assim permitir. Eu amo você!

Em um pulo, Júlio ficou em pé e gritou para a imensidão da noite:

— ELA ME AMA! — Esperou um segundo — Vocês ouviram? — Uniu as mãos na frente da boca e gritou: — Ela me ama e eu a amo! Isso é incrível!

— Para com isso! — Paula escondeu o rosto entre as mãos quando o senhorzinho da casa de madeira soltou um assobio e a senhorinha bateu palmas.

—Venha...

Estendeu a mão para Paula e a puxou. Ela ficou em pé e Júlio se colocou à sua frente. Passou os braços pela cintura dela, fazendo com que ela sentisse as forças se esvaindo. Júlio a puxou para perto, o mais perto que podia, enquanto ela passava os braços pelo pescoço dele. Ignoraram a pequena plateia, olharam-se nos olhos, sorriram um para o outro e viveram aquele momento em toda a sua intensidade, antes de selarem com um beijo apaixonado o amor que compartilhavam.

-30-

Vinte anos depois da mudança, hoje

— ESTAMOS ATRASADOS! CADÊ VOCÊ?

Os gritos vêm do andar inferior e logo ouço os passos nas escadas de madeira. Junto todas as cartas e jogo em uma caixa de sapatos às pressas, guardando-a embaixo da mesa. Fecho o notebook e pego o primeiro livro da pilha na minha frente. O sofá amortece o impacto no meu quadril assim que a porta da biblioteca é aberta.

— O que está fazendo?

Ele para na porta com as mãos na cintura.

— Lendo. — Balanço o livro sem tirar os olhos do papel.

— Lendo um livro de ponta-cabeça?

Só então percebo as letras do avesso à minha frente, e quando o viro para olhar a capa, a menina que segura o guarda-chuva vermelho parece cair do céu. *Ops.*

— Eu tava tentando decifrar uma coisinha aqui...

— A gente já não falou sobre isso? Você precisa manter um horário certo para dormir e a noite...

— Foi feita para dormir — completo a frase favorita dele. — Desculpa, pai! Eu me distraí um pouco, mas não estava dormindo.

Ele me olha por alguns segundos com as sobrancelhas arqueadas e assente. Por um breve momento, parece se perder em alguma memória.

— Tudo bem, mas agora será que podemos ir?

— Preciso mesmo? Eu nem curto a feira, você sabe...

— Não é questão de curtir ou não. Não posso te deixar sozinha aqui em casa enquanto vou para outra cidade.

Lá vamos nós, mais uma vez.

— Mas eu já tenho dezesseis anos e, além disso, preciso ensaiar para a apresentação de amanhã, da qual eu espero que você não tenha se esquecido.

— Não esqueci.

Papai coça a cabeça e me encara. Ele tinha esquecido.

— Eu não estou sozinha...

— O morcego não conta.

Papai aponta para o gato preto e branco que dorme de barriga para cima na poltrona, alheio a toda a conversa.

— Não menospreze o gato. — Balanço as mãos — Mas eu não estava falando dele. Me refiro a nossa hóspede na cabana, qualquer coisa eu posso falar com ela.

— Você está falando daquela mulher esquisita?

— Não fala assim dela! — solto um risinho. — Ela é legal. Até me deu algumas dicas para minha apresentação amanhã.

— Ah, é?

Papai olha pela janela. Acompanho seu olhar. É possível ver uma fumaça saindo pela chaminé da casa que um dia tinha sido a casa dos funcionários, mas que agora era uma cabana que eu havia cadastrado em um site de aluguel por dia. Para a minha sorte, a primeira hóspede havia pagado o aluguel adiantado para o período de três meses. Mas esse é assunto delicado entre meu pai e eu, é melhor evitá-lo, antes que ele decida brigar comigo de novo por ter feito tudo isso escondido.

— Papai, eu já sou bem grandinha. Por favooooor! — imploro.

Ele me olha.

— Pensei que você gostasse de passar esse tempo comigo.

— Isso é golpe baixo.

Ele tira o chapéu.

— Eu nem estou arrumada para sair, ainda nem troquei o pijama. Sem falar que se eu for com você vou precisar faltar na escola.

— Não vai, não. — Ele estreita os olhos.

— Claro que vou. Se eu sair de casa não consigo concluir meu trabalho, vou precisar ficar em casa ao invés de ir para a aula, e você vive dizendo que a noite foi feita para dormir. Quer que eu passe a madrugada estudando? Isso vai ser péssimo para o meu desenvolvimento, você sabe, não é?

Ele pisca os olhos algumas vezes.

— Você acha que vai me convencer desse jeito?

— Ué, pensei que você se importasse com essas coisas. Não acha perigoso ficar me privando de dormir para estudar?

— A culpa é sua por não ter se organizado, agora está com o trabalho atrasado.

— Não está atrasado.

— Então você pode ir comigo.

— O trabalho está atrasado. — Faço beicinho para ele. — Mas é só porque eu estou amando fazer isso, eu nunca imaginei que amaria tanto um trabalho da escola. Vou dormir pensando nisso e meu primeiro pensamento ao acordar é esse trabalho.

— Sobre o que é esse trabalho afinal?

Abro a boca para falar, mas mudo de ideia.

— Você vai precisar assistir a minha apresentação amanhã.

— Muito espertinha.

— Puxei você.

— Ah, é? — Ele ri.

— Sim, e então? Posso ficar?

Ele tamborila os dedos no chapéu e balança a cabeça.

— Tá... tá bom. Hoje você fica, mas qualquer coisa você me liga ou liga para o tio Daniel.

— Uhuuu! — Vou até ele e dou um abraço apertado. — Obrigada, pai! Você é o melhor pai do mundo.

— Não se passe, que posso mudar de ideia.

Faço de conta que passo um zíper na boca, o que faz ele sorrir.

— Me liga se precisar de qualquer coisa. Volto às duas e podemos almoçar juntos se você me esperar. Posso trazer marmita daquele restaurante que você gosta, daí.

— E ainda não quer que eu te chame de melhor pai do mundo?

Papai coloca o chapéu, mas mesmo com o olho um pouco encoberto ainda posso ver um brilho tímido em seus olhos.

— Até mais tarde.

Aceno um tchauzinho e me jogo no sofá de novo, puxando o livro na frente do rosto.

Ouço-o descendo as escadas e a porta da frente sendo fechada. Espero um pouco e corro para a janela a tempo de vê-lo entrando no caminhão carregado e dando partida. Aguardo até vê-lo sumir para além do portão e volto correndo para a mesa, tirando a caixa de papelão do esconderijo, e procuro pela carta em que havia parado.

Até parece que estou fazendo algo ilegal.

Abro a tela do notebook e volto a escrever minha história para a apresentação de amanhã.

Ou melhor, a história de Paula.

-31-

Dezoito anos antes

É preciso dizer que ninguém ficou surpreso com o relacionamento. Aparentemente, todo mundo já sabia que eles se amavam, menos os dois. As pessoas comentavam que era algo bonito de se ver quando eles saiam para passear, sempre com Halley no encalço.

Tudo ia muito bem, até um fim de tarde de inverno. O crepúsculo fazia seu show no horizonte. Paula estava sentada no balanço da figueira. Aproveitava os últimos raios do sol para se aquecer e descascava uma bergamota.

Tinha um sorriso no rosto e, a cada pouco, seus olhos eram roubados pelo portão. Júlio tinha enviado uma mensagem mais cedo, combinando um passeio. Paula deu algumas batidinhas no peito, não era possível que seu coração ainda não tivesse se acostumado. A cada encontro, planejado ou não, sentia o coração bater forte. A cada um dos abraços de Júlio, que agora haviam se tornado muito mais frequentes, ela se derretia por completo. E sempre que ele segurava sua mão, o tempo passava diferente. Às vezes mais rápido, às vezes mais devagar.

Ele a tratava com respeito e gentileza. Nunca havia experimentado nada parecido. Fechou os olhos e agradeceu a Deus por aquele relacionamento, que a estava ensinando como era ser amada e como amar. Agora ela entendia que, quando Deus está no centro, tudo é diferente. Muito mais lindo, singelo e verdadeiro.

Os gritos começaram em seguida, e Paula foi forçada a sair do seu devaneio. Ficou em pé e avistou Pietra correndo, com as mãos sobre o peito e a voz falha.

— O que foi? O que foi? — Paula foi até ela e segurou sua mão.

— Você precisa vir comigo, precisa ver a casa de vegetação! Nunca vi nada parecido.

— Ai, Pietra! Não me assusta desse jeito? O que aconteceu?

— Você precisa ver com seus próprios olhos... — Ela fez o que pareceu ser um desenho no ar. — Ai, Paulinha, eu mal posso descrever.

Paula sentiu as pernas tremerem. Estava indo tudo tão bem na fazenda, o que podia ter dado errado? Repassou mentalmente possíveis acidentes. Lagartas esfomeadas destruindo suas mudinhas, cupins invadindo a estrutura de madeira da casa de vegetação, cabritos pulando a cerca e comendo toda a plantação de tomates. Eram tantos cenários catastróficos que ela não conseguia mover um único músculo.

— Vamos logo! — Pietra a pegou pelos ombros balançando-a de leve.

Paula saiu do transe e percebeu que a preocupação a estava deixando paralisada. Piscou algumas vezes para Pietra, cujo semblante demonstrava nervosismo. Ela precisava ser forte e corajosa, como sempre tinha sido, como Deus a havia criado para ser. Não podia deixar sua funcionária preocupada. Era sua função mostrar uma boa liderança. Ajeitou a postura e, em uma prece silenciosa e rápida, entregou tudo para Deus. Respirou fundo.

— Sim, vamos. — E começou a caminhar a passos largos.

— Espera! — Pietra a puxou pelo braço. — Seu cabelo está fora do lugar. — A mulher arrumou a mecha atrás da orelha de

Paula e pegou de suas mãos a bergamota descascada pela metade.

— Isso aqui fica comigo.

— Pietra, o que isso tem a ver? Vamos logo.

Paula acelerou o passo até a casa de vegetação, já arrependida de ter optado pelo vestido rosa de manguinhas que Maria havia insistido que ela usasse no encontro com Júlio. Seria mais difícil resolver um problema da fazenda com aquele traje. Deu uma espiada para trás, mas não viu Pietra a acompanhando.

Diminuiu o passo.

Será que havia entendido certo? Era na casa de vegetação, não era? Mas o que mais estranhou foi a música suave que vinha da estrutura... Então, um passo a mais e centenas de pequenas luzes se acenderam ao seu redor e dentro do espaço envidraçado.

— O que é isso? — perguntou em voz alta, olhando ao redor, mas sem resposta.

Deu os passos que faltavam e chegou até a porta da casa de vegetação. Em um bilhete com uma caligrafia que ela conhecia bem, estava escrito:

Dê mais um passo na direção do nosso futuro.

Sentiu a respiração falhar. Pegou o bilhete entre as mãos e abriu a porta. O cheiro de flores a recepcionou. Centenas de flores coloridas espalhavam seu perfume. Paula respirou fundo e sorriu, procurando o dono do bilhete.

— O que é isso?

Não obteve resposta, apenas a música suave tocando no fundo. Foi quando notou o bilhete vermelho preso em um buquê de rosas brancas na mesa à sua frente. Pegou-o nas mãos e o abriu.

Olhe para trás.

Ela obedeceu.

Júlio estava ajoelhado na porta. Os olhos brilhando, e uma caixinha de veludo estendida na direção de Paula. Ele não estava com a costumeira camisa xadrez e a calça jeans. Usava um blazer preto. Ela deu alguns passos e ficou na frente dele. Júlio abriu a caixinha e um anel delicado com uma pedra rosa brilhou.

— Paula Alves, você aceita se casar comigo?

As luzes ao redor e o cheiro das flores a fizeram pensar que estava vivendo um sonho. Deu um passo a mais e tocou na mão de Júlio. Estava quente. Ela entrelaçou seus dedos nos dele e, entre lágrimas, balançou a cabeça em afirmação. Júlio ficou em pé e a envolveu em seus braços por alguns segundos, soltando-a para olhá-la nos olhos. Ele beijou a bochecha dela, onde uma lágrima escorria.

— Você quer mesmo? — ele perguntou em um sussurro, com os lábios quase encostando nos dela.

— Eu quero. Quero muito ser a sua esposa.

Júlio sorriu e a beijou, puxando-a para perto pela cintura. Quando ele a soltou, Paula ainda ficou com os olhos fechados e o rosto levantado na direção de Júlio. Ouviu o risinho dele.

— Você está linda. — Deu um beijo rápido na testa dela. — Só está faltando um detalhe.

— Está? — Paula piscou.

Júlio pegou sua mão e, com delicadeza, encaixou o anel dourado com a safira rosa no dedo anelar da mão direita. Depois, depositou vários beijos, antes de puxar Paula para perto e ajustar as mãos dela em seus ombros.

— Aham — Júlio balançou a cabeça e pousou as mãos na cintura dela.

— O que você está fazendo?

A resposta veio na música que tocou em seguida.

— É a sua música? — Paula arregalou os olhos.

— A nossa música. Você me dá a honra dessa dança?

Paula sorriu.

— Com certeza, querido noivo.

Júlio fechou os olhos, evidenciando as pequenas rugas ao redor dos olhos. Coisa que Paula sempre achou adorável. Ela deitou a cabeça no peito dele e se deixou ser embalada pela música instrumental. Júlio a conduziu com as mãos em sua cintura.

— Eu te amo — Paula disse.

— E eu amo você.

Aquela declaração lhe roubava a fala toda vez. Havia tanta sinceridade e intensidade nos olhos do seu amado, que ela se sentia constrangida.

— Eu amo muito mais, porque estou disposta a te perdoar por essa bagunça na minha casa de vegetação.

— Bagunça? Maria disse que isso se chama decoração!

Ela sorriu.

— Ficou uma gracinha sua *decoração*.

— Eu tive ajuda.

Dito isso, Pietra apareceu na porta com o celular apontado para os dois.

— Estou gravando para você postar, aposto que seus seguidores vão amar ver isso.

— Ah, que gentil.

Paula não pensou nas redes sociais nem por um segundo até aquele momento.

— Eu que dei a ideia para ela. — Júlio limpou a garganta.

— O homem visionário de uma influenciadora.

Ele pendeu a cabeça para o lado.

— Com certeza.

— Falem algo para a câmera.

— Algo? — Paula levou o dedo até a boca e sorriu. — Esta é uma mensagem para os nossos filhos. Crianças, olha o que o seu pai me deu, um lindo anel de safira rosa.

— Meu Deus, você já está pensando nos filhos? — A voz de Júlio saiu esquisita.

Paula ficou vermelha e deu de ombros.

— Eu quero cinco — Júlio declarou.

— CINCO? Impossível.

— Quatro?

— Nem pensar.

— Ai, vocês dois, não vão brigar por isso agora, hein! — Pietra reclamou e desligou a gravação.

— Não estamos brigando!

Paula piscou para Júlio e apontou para Pietra. O homem sorriu e piscou de volta. No segundo seguinte, os dois faziam cócegas na mulher, que ria e reclamava ao mesmo tempo.

— Ah! Me soltem, suas crianças! — O rosto de Pietra estava vermelho.

— O que estão fazendo com minha esposa?

João apareceu na porta da casa de vegetação com um sorriso no rosto. Ao lado dele Daniel segurava um celular, pelo qual Maria assistia a tudo, acabando-se de rir e chorar. O pai e irmão de Maria surgiram por trás de Daniel e, em seguida, os pais de Júlio, seu irmão e sobrinhos. Paula cobriu a boca, empolgada.

— Está todo mundo aqui?

— Hum, quase. — Júlio coçou a cabeça.

— Está sim, está todo mundo aqui. — A voz grave fez todo mundo virar o rosto para a entrada da casa de vegetação.

Alberto deu um passo à frente. Susana estava ao seu lado.

— Pai? Mãe?

Paula correu até eles e os abraçou.

— Seu namorado...

— Noivo, Susana, agora é noivo — Alberto a corrigiu.

— Seu *noivo* nos ligou, pedindo autorização para se casar com você.

Paula olhou para ele, tentando segurar o sorriso, mas era involuntário. Ele piscou para ela e sorriu de volta.

— E vocês voltaram da viagem por mim?

— Voltamos. — Susana sorriu.

— Fizemos uma pausa com prazer, filha. Nós sempre estaremos aqui para você. Em todos os momentos.

Ela os abraçou mais uma vez, sendo interrompida por Pietra.

— Vamos jantar agora. Antes que meu risoto especial esfrie.

— Uau! E ainda vai ter janta?

— É claro, Paulinha! Não podia faltar, estamos comemorando esse noivado mais do que esperado. Vamos todos lá para o quintal. — Pietra abriu os braços e foi empurrando todos para fora.

Paula olhou para Júlio enquanto todos saíam. Ela estendeu a mão para ele, que a segurou firme. Queria falar muitas coisas, mas tinha certeza de que Júlio era capaz de lê-la, e como que para confirmar, ele piscou os olhos devagar e, com a outra mão, fez um carinho no rosto dela.

Paula segurou a mão dele em seu rosto. Júlio se aproximou, mas quando estava prestes a beijá-la, os gritos de Susana o interromperam.

— Ah, não, esse monstro ainda está aqui?

Halley pulava e abanava o rabo para ela, com latidos de animação.

— Halley, para com isso! — Paula o repreendeu.

O cachorro se sentou.

— Olhem para cá — Alberto chamou.

E no segundo seguinte o flash da câmera iluminou a noite.

Um momento que ficou registrado para sempre. Paula e Júlio sorriam de mãos dadas, a casa de vegetação no fundo, com luzes amarelinhas espalhadas por todos os lados. Halley, com a língua de fora e os olhos fechados, parecia compartilhar da alegria.

A foto que tenho em minhas mãos neste momento me faz sorrir.

Como é possível que uma imagem, já amarelada pelo tempo, tenha a capacidade de me fazer sorrir e, ao mesmo tempo, querer chorar?

O noivado durou alguns meses, e foi o período em que Paula mais escreveu cartas. Desta vez, porém, todas com destinatário certo, pois continham o nome de Júlio no topo. O rapaz sabia da existência das cartas, mas fora avisado de que elas só seriam entregues depois de selado o compromisso no altar. O coração dele se comoveu com a dedicação da noiva.

Júlio, para surpresa de muitos, também era um romântico à moda antiga. E no dia do casamento, enquanto Paula terminava de se arrumar, mandou que entregassem a ela uma carta escrita em letra cursiva.

Com as mãos trêmulas e o coração acelerado, Paula desdobrou o papel e leu as palavras do seu amado.

Paula, minha querida Paula,

Eu sabia que você viria e por isso nunca cansei de te esperar. Assim que meus olhos te viram atravessar o estacionamento da rodoviária eu soube que era você. No instante em que te vi, meu coração bateu diferente, e olha que eu sempre fui cético sobre amor à primeira vista. Você caminhou até mim tão confiante e cheia de energia, pronta para viver uma nova vida, que eu me perguntei, assim que nossos olhos se cruzaram: Será que há espaço para mim na vida dessa garota?

Acabei me aproximando de forma inevitável, era como se você tivesse um imã que me atraía para perto. Mesmo quando eu pensava que o melhor seria me afastar, meus pensamentos sempre me conduziam para o seu sorriso — ainda que este seja raro de aparecer (brincadeira, paulistana estressadinha).

No começo, eu não compreendia essa minha fixação em estar perto, ou a vontade que sentia de cuidar e abraçar você a cada oportunidade. Talvez seja confuso explicar o amor, e é possível que só quem ama outro alguém venha a me compreender.

Quando tudo o que estava confuso e mal resolvido se encaixou nas engrenagens do amor, eu não poderia estar mais feliz. Acredito que nem seja possível alguém ficar mais feliz do que eu fiquei quando você disse sim para o nosso amor. É possível que eu tenha ficado em transe durante alguns dias e talvez eu quase tenha colocado fogo na casa, queimado os dedos e quase cortado o cabelo ao invés da barba... Tudo isso só me faz perceber que não há dúvida alguma de que você é a pessoa com quem eu quero construir um futuro.

Hoje, diante de pessoas que nos amam e diante do nosso Deus, eu tenho muito para agradecer. Paula, você é uma mulher tão corajosa, linda e iluminada, que quando estou perto de você anseio por ser um homem melhor, alguém digno de te amar e receber o seu amor. Uma parte da nossa história começa hoje, e espero que seja um longo e maravilhoso caminho e que possamos nos apoiar um ao outro sempre, sem arrependimentos.

Construir uma família com você é mais do que a realização de um sonho para mim, é um presente divino do qual não me sinto merecedor. Mas acredite em mim quando digo que vou me esforçar e fazer tudo o que estiver ao meu alcance e muito mais para que a nossa família seja um bom lugar para se estar. Espero que nossos — muitos — filhos nos deem muita alegria e que possamos aprender um com o outro pelo resto da vida.

Diante de todos os nossos convidados, de você e de Deus, eu me comprometo a ser o melhor marido que você poderia desejar.

Talvez eu não seja tão bom com as palavras como você, mas neste pequeno espaço do papel deixei transbordar tudo o que há de melhor em mim e revivi muitos momentos que compartilhamos. Cada vez que segurei a sua mão, que sequei uma ou outra lágrima e que te abracei. Da mesma forma, recordei cada palavra doce e encorajadora, e cada sorriso que você dedicou a mim.

Oro por você desde o nosso primeiro contato. Ainda que motivações tristes a tenham trazido para minha vida, eu posso compreender o agir do nosso Deus, que transformou o caos em uma linda obra de arte.

Orarei por você e pelo nosso casamento todos os dias. Me comprometo a ser o melhor marido. Você é um presente lindo que Deus me deu e não encontro mais palavras para descrever o quanto eu te amo.

Entrego, oficialmente, meu coração a você.

Paula, minha Paulinha. Estou muito feliz por saber que vamos compartilhar os próximos anos de nossa vida. Estou ansioso para envelhecer ao seu lado e dizer que te amo a cada dia.

Aqui termina nosso noivado e começa nossa vida de marido e mulher.

Eu te amo.

Eu te amo.

Eu te amo.

Posso repetir quantas vezes você quiser.

Sempre seu,
Júlio Schneider

Paula chorou. Para desespero da maquiadora, que precisou refazer a sombra nos olhos. Trabalho que precisou de retoque mais uma vez, pois horas mais tarde os pais e Maria apareceram para dar um abraço.

— Filha, não chore! Você está parecendo um anjo e não queremos que borre sua maquiagem.

— Eu tô muito feliz — um soluço interrompeu sua fala —, eu tô muito, muito feliz por ter vocês aqui comigo.

— Vamos fazer o seguinte: — Maria pegou o celular da bolsa. — Vamos gravar esse momento e depois da sua lua de mel — a amiga deu uma cotovelada em Paula — a gente assiste e chora juntas. O que você me diz?

Paula pegou um leque às pressas e abanou o rosto.

— Não está ajudando, Maria. — Paula segurou o ar e soltou devagar. — Mas pode ser uma boa ideia.

Maria olhou para cima e roubou o leque de Paula, abanando o próprio rosto.

— Olha o que Deus fez, amiga!

— Eu sei, eu sei... — Paula fungou.

— Ai, não, vocês duas parem com isso. — Susana pegou o leque das mãos de Maria e abanou o rosto da filha. — Acho melhor vocês ficarem longe uma da outra.

— Ai, mãeeee — Paula a abraçou.

— Cuidado, cuidado menina. — Susana deu alguns tapinhas nas costas da filha, — Não queremos estragar seu penteado e nem amassar esse vestido perfeito.

— Você está perfeita, filha — Alberto tocou a ponta do nariz na filha.

A cerimonialista entrou no quarto, falando em um walkie-talkie.

— A madrinha e os pais da noiva precisam descer.

Paula ficou sozinha no quarto. Olhou ao redor. Em poucos minutos, deixaria de ser apenas seu quarto, sua casa, sua fazenda, sua vida... Tudo seria diferente desse ponto em diante.

Passou as mãos trêmulas pelo vestido branco, endireitou a postura e respirou fundo. Fechou os olhos e pensou em tudo o que tinha vivido até aquele momento. Sua vida havia mudado por completo. Abandonou as viagens, as festas e a vida agitada e se mudou para um lugar onde até mesmo o tempo passa diferente.

Abriu os olhos e encarou seu reflexo no espelho. Sorriu.

— Paula?

A cerimonialista estava parada na porta.

— Podemos descer?

— Claro!

A mulher a ajudou com a cauda do vestido e ela deu os passos em direção à escada. Precisou se concentrar, sentia que poderia cair a qualquer momento e ainda teria a escada para descer.

— Me dê a sua mão. — A cerimonialista a ajudou a descer as escadas e a fez parar na porta. — Espere aqui, você será anunciada.

Ela falou algo no walkie-talkie e as portas se abriram.

Paula levantou o rosto e olhou reto, na direção do altar. Seu noivo a esperava, sorrindo e com os olhos marejados. Ela não conseguiu conter o sorriso quando a música deles tocou. Desceu os degraus da varanda e deixou o pai enlaçar o braço no dela. Os primeiros passos foram vacilantes, mas conforme os rostos dos amigos que havia conquistado naquele lugar sorriam de volta para ela, e o cheiro da lavanda, espalhada pelo caminho, a alcançava, cada passo se tornou mais confiante. Sem tirar os olhos do noivo, chegou até o altar.

Júlio beijou sua testa.

— Sempre na hora certa.

— Eu nunca atraso.

Ele sorriu e segurou a mão dela.

O pastor Carlos iniciou a cerimônia. Alguns amigos da família me contaram que foi um dia romântico, uma tarde de inverno com céu azul sem igual, os convidados sentados em cadeiras brancas em frente ao casarão do Caminho Para o Céu. O vestido de Paula era perfeito: mangas longas, renda em toda a saia e alguns pontos brilhantes cravejados no corpete.

Bem que eu gostaria de ter visto esse vestido pessoalmente. Sinto que as fotos que possuo não fazem justiça. Mas de todas as fotos, a que mais me encanta é uma em que Paula está sentada no balanço da figueira olhando para Júlio, posicionado atrás dela, e na saia do vestido, Halley descansando como se nada demais estivesse acontecendo. E, no cantinho, a ovelha Dory deitada e com um capim na boca. Só faltou Cowbee para completar o quadro.

Quando olho essas fotos é inevitável que me pegue pensando nas palavras que Júlio escreveu na carta para Paula. Quem dera aquelas palavras tivessem poder para mudar o futuro.

Apesar dos meus mais sinceros desejos, tenho a certeza de que tudo está em seu devido lugar. Deus sabe o que faz, e, se assim não fosse, eu não estaria aqui contando uma história que não é minha — mas que, se não existisse, eu também não existiria.

ALVES &
ASSOCIADOS
ADVOGADOS

Júlio,

Amar você foi uma das escolhas mais bonitas que fiz na vida. Se pudesse voltar no tempo para reviver e aproveitar um pouco mais daqueles dias simples, cheios de rotina, ah, eu voltaria e diria para você, com todas as letras, em todas as línguas, o quanto amo você e o quanto sou grata por tudo o que construímos juntos.

Eu passaria horas nos seus braços, me perderia nos seus beijos e no seu cheiro, desligaria o telefone e compraria passagens para alguma ilha deserta, onde ficaríamos a sós, aproveitando a simplicidade do amor.

Os últimos anos foram especiais para nós dois, você não acha?

Você se lembra do dia em que anunciamos nosso namoro? Pietra comemorou, mas disse que demoramos demais e que perdemos tempo brigando, ao invés de namorar. E Maria? Só faltou fazer as malas e vir para o Brasil. Ela disse que fomos feitos um para o outro, e que assim que nos viu juntos pela primeira vez sabia que era uma questão de tempo até nós dois percebermos também. Eu amo me lembrar de que não foi surpresa para ninguém, apesar de ter sido uma enorme reviravolta na minha vida.

doutoralbertoalves@gmail.com • Travessa do Devaneio, n° 02, Jardim Estrelas, São Paulo - SP

Lamento que eu tenha demorado demais para abrir os olhos e me permitir sentir tudo o que senti, e sinto, por você. Lamento por aquele período em que não fui capaz de enxergar o quanto a minha vida se encaixava na sua e vice-versa. Enquanto eu desperdiçava horas preciosas mergulhando no mau humor e no meu próprio orgulho, a vida seguia, simplesmente como deveria ser. Mas me alegro na certeza de que tudo é feito segundo a vontade do nosso Pai e que aquele tempo foi necessário para que as feridas do meu coração fossem saradas.

Ver meus pais restaurando o próprio casamento e acreditar em minha própria capacidade e nos dons e talentos que Deus me deu, me ajudou a construir a mulher que sou hoje, a mesma que decidiu ficar em Vale d'Ouro e, logo em seguida, disse sim para você.

Você transformou meus dias, me ensinou o que é ser uma mulher amada, respeitada e cuidada. Nem mesmo nos meus melhores sonhos imaginei alguém como você. Por mais que eu me iludisse, dizendo que não queria ninguém em minha vida, a verdade era que sempre esperei por alguém que respeitasse o meu tempo, que me possibilitasse viver algo diferente da realidade a que eu estava habituada. Eu queria acreditar no amor... e você foi a resposta dessa oração proferida no silêncio da minha alma.

Registrei muitas partes da nossa história em cartas como esta. Memórias neste papel timbrado de uma empresa que nem existe mais e que possivelmente algum

ALVES &
ASSOCIADOS
ADVOGADOS

dia se perderão por causa da umidade, das traças ou de tantos outros inimigos do papel. Mas não me importo. Sei o que vivemos e guardarei essas memórias até a última batida deste fraco coração.

Entre as tantas lembranças, a que ocupa a segunda posição é a do pedido de casamento. Foi algo singelo e especial, algo nosso. Bonito e simples, como flores na primavera ou frio no inverno. Você é um homem incrível e romântico e mostrou tudo isso no dia do nosso casamento e a cada dia que se passou após firmarmos o nosso amor com alianças de ouro e um beijo de tirar o fôlego.

Em primeiro lugar, no ranking das minhas lembranças preferidas, está o dia em que nossa filha nasceu. Chorei de alegria ao ver a sua expressão! Queria ter uma foto daquele momento para que você entendesse do que estou falando. Acho que nunca vi tão real e palpável a tradução de orgulho e amor. Você é um pai incomparável. Tenho certeza de que nossa bebê, nossa pequena Marcela, crescerá cercada de tudo que precisa, mesmo que eu não esteja aqui.

E sei que não estarei.

A notícia que recebemos no último mês entristeceu a nós dois, e entristeceria a qualquer um. Ninguém nunca estará preparado para ouvir que tem poucos meses de vida e que um tumor maligno e se alastra por uma grande parte de seu corpo. Deus sabe o quanto eu chorei e pedi para que isso fosse um pesadelo, ou um daqueles erros médicos, mas as tonturas estão cada vez mais fortes e a perda do meu cabelo, de que você tanto gostava, não me deixam outra opção a não ser acreditar que aquele laudo é real.

Gostaria de estar na minha escrivaninha, escrevendo apenas mais um capítulo da nossa história. Registrando um dos nossos momentos, o primeiro passo ou as primeiras palavras de Marcela. Mas o que escrevo são palavras de despedida. A última vez que sinto minha mão deslizar pelo papel e tento evitar os erros de gramática.

Escrevo esta carta para me desfazer dos meus próprios pensamentos, que tentam, em vão, me tirar a paz. Eu já não me importo com riscos e agora me torno repetitiva, mas sei que há um propósito em tudo isso que estou passando. Talvez a minha história, o que vivi, sirva para que tantas outras Paulas percebam que o amanhã é tão incerto quanto o tamanho do universo.

Eu tive a chance de dizer aos meus pais que os amava, aceitar e receber o amor e de correr riscos ao investir em um sonho maluco.

Meu amor, espero que quando estiver lendo esta carta, você se permita chorar.

Chore por mim e pelo futuro que nunca teremos juntos. Chore quantas lágrimas forem possíveis, até sentir

que não tem mais forças... Não guarde uma gota, não guarde nenhum sentimento triste.

Eu quero você alegre, quero aquele sorriso torto perambulando por aí, com Marcela e Halley! Quero que você se permita viver novas histórias, inclusive uma nova e linda história de amor.

Posso imaginar você querendo rasgar este papel agora, mas não faça isso. Eu quero você bem.

Não se esqueça do que me prometeu lá no alto do morro, debaixo das nossas velhas companheiras estrelas. A promessa de que jamais desistiria da vida, de Deus e de nossa filha. Isso me dá esperança e forças para suportar as dores e, principalmente, o medo.

O último capítulo de nossa história termina, mas você, nossa filha e todo o resto no Caminho Para o Céu, ainda têm muitas páginas pela frente. Que os próximos capítulos sejam lindos, cheios de novas aventuras e parágrafos eletrizantes! Quando a saudade bater, deixe algumas linhas reservadas para se lembrar de mim, mas depois prossiga e não olhe para trás.

Amo você e Marcela!

Para sempre sua,
Paula

Eu também
te amo <3

– Epílogo –

Vinte anos depois, hoje

Seguro o tablet com as duas mãos, até notar os nós dos dedos brancos. Se eu levantar os olhos agora, o que será que verei?

Contar esta história não estava nos meus planos. Quando a professora disse que poderíamos escolher uma pessoa que nos inspirava, pensei em muitas opções. O líder daquela boy band coreana ou aquela cantora que cantava desafinado no início da carreira e depois quebrou todos os charts.

Pensei em figuras políticas, mas aí eu teria que brigar com alguns amigos e eu sou a favor da paz. Cogitei falar sobre Jesus, mas em uma escola cristã isso não seria nada revolucionário — aliás, antes de mim, cinco meninas já tinham falado lindamente sobre Jesus.

Mas aí aconteceu uma daquelas coisas engraçadas como nos filmes. Uma surpresa, uma reviravolta. O fundo falso do gavetão do armário da biblioteca da minha casa quebrou. É, eu tive culpa, já que tentei usar a gaveta como degrau para pegar um livro que estava na última prateleira. Uma caixa empoeirada, escondida naquele fundo falso, foi parar nas minhas mãos curiosas. Eu poderia ter ignorado, já que eram cartas pessoais, o tipo de coisa que a gente não deveria ficar xeretando. Mas vamos ser francos, se cartas misteriosas escondidas na sua casa fossem descobertas você também as leria.

Consegui ter um senso de proteção à privacidade alheia por exatos trinta segundos.

Foi a letra bem desenhada e o nome que assinava cada carta que me impediram de ignorar a existência daquele maço de papel, e quando dei por mim eu já tinha lido metade das cartas e roído todas as unhas. Era a história que eu sempre quis ler, a história de Paula, a minha mãe.

— Marcela?

A professora coloca a mão em meu ombro.

— Você está bem?

Levanto o rosto e procuro pelos cabelos castanhos bagunçados que conheço desde o meu nascimento. Encontro-o me encarando com uma expressão que não consigo decifrar. Está parado no fundo da sala, os braços cruzados na altura do peito. Ele chorou.

— Você está bem?

A professora repete. Balanço a cabeça.

— Eu não terminei, professora.

A mulher olha para o relógio no punho e pensa um pouco.

— Só mais alguns minutinhos, você já se estendeu bastante.

Assinto e passo para a página final no tablet.

— Eu quero ler uma última carta, mas essa fui eu que escrevi.

A expressão dela suaviza.

— Tudo bem, vá em frente.

Dou uma última olhada na direção de papai e respiro fundo.

— Essa é uma carta a cada um que está aqui e me ouve.

Faço uma pausa e olho para meus colegas e os pais presentes para nossa noite de apresentações de trabalhos. A escola realiza esse evento uma vez por mês. Conheço a maioria dos presentes, só não sabia que todos ficavam com a cara engraçada depois de chorarem. Sinto vontade de chorar também. Controlo a respiração e volto a atenção para a minha carta.

— "Este é o momento em que você se pergunta por que a história precisava terminar assim. Algumas coisas fogem do nosso controle, e por mais que as questionemos, precisamos aceitar que nem tudo vai ter uma explicação, um motivo aparente. Talvez a gente só venha a entender no futuro. Ou talvez nem isso."

Levanto os olhos e avisto papai. Será que ele está bravo comigo por ter pegado as cartas sem avisar que falaria de mamãe nessa apresentação?

Ele sempre falou tão pouco dela. E sei que já se passaram alguns anos desde a sua morte, mas eu teria adorado ler essas cartas antes. Saber tudo pelo que mamãe passou me encheu de esperança e ainda me deixou mais próxima dela.

— Pode prosseguir, Marcela.

A professora me incentiva.

— "Narrei esta história evitando ao máximo colocar meus sentimentos e ideias à frente, mas é impossível ficar apático quando falamos das pessoas que amamos. Das coisas que já aprendi nesta vida ao longo dos meus dezesseis anos, uma delas é que o amor é sublime, lindo, incrível, mas também machuca, mesmo sem querer. Dói sentir-se impotente diante dos acontecimentos na vida daqueles que amamos.

"Minha mãe jamais imaginou que terminaria sua vida ainda tão jovem. A história que contei para vocês tem um pouco desse senso sarcástico que a vida real de todo dia nos proporciona.

"Ter as memórias de parte da vida da minha mãe em mãos me proporcionou um tempo de aprendizados e de esperança. Ela foi uma mulher de Deus, cheia de falhas, é verdade, mas ainda assim, ao pensar que quero ser uma pessoa melhor para Deus, eu penso na minha mãe.

"As cartas chegaram até mim no momento certo. Nem antes, nem depois. E eu tive a oportunidade de contar para vocês e preservar a história dela em seus corações. Porque é isso que acontece quando ouvimos ou lemos uma história. Elas nos marcam.

Talvez os anos passem e a gente nem se lembre com detalhes, mas, lá na caixinha secreta do nosso coração, ainda restarão alguns lampejos de cada história com a qual tivemos contato.

"Encontrei nesse relato a oportunidade de expandir o testemunho e a missão de vida da minha mãe. As mesmas palavras que me motivaram a prosseguir e que me ensinaram a valorizar a vida, agora podem encontrar outros corações para repousar. Incluindo o seu, que me ouve. As memórias em papel, que antes se perderiam no emaranhado de tantas outras histórias não contadas, agora alcançam você. Como uma semente espalhada pelo vento que encontra boa terra e produz frutos, assim eu espero que esse relato que fiz aqui, hoje, sirva para você.

"E, com a audácia e coragem que Deus me deu, convido você a olhar para seu pai, mãe, ou a pessoa que está com você em todos os momentos. Os bons, os alegres... a pessoa que segura sua mão no dia da angústia, a pessoa que sorri com você quando tudo vai bem. Eu te convido a passar mais tempo com essa pessoa, desligar a internet, o celular, a tevê...

"Não precisa confessar o seu amor, escrever longas e cansativas declarações, apenas sente-se lado a lado, conte uma história ou escute o que essa pessoa tem a dizer. E se não tiver nada a ser dito, contemple o silêncio na companhia do outro. A vida é tão rápida quanto o bater de asas de um beija-flor."

Escuto uma pessoa assoar o nariz e outra fungar um pouco.

— "Você pode até se esquecer dessa história, só não se esqueça de que o tempo se esvai pelos dedos e não é possível segurá-lo."

Com o restante de audácia que me resta, levanto os olhos. Meus colegas estão abraçados aos pais. Vejo minhas duas melhores amigas chorando e a professora secando os olhos com um lencinho de papel. Procuro por papai e o encaro.

— "Apesar de tudo, de amar a minha mãe e sua história, eu sei que isso ficou no passado. Eu quero viver a minha própria história, construir uma vida que dá orgulho, principalmente a Deus. — Sorrio. — Eu tenho certeza de que mamãe gostaria que seguíssemos em frente, vivendo novas aventuras, amores, desafios..."

Papai também sorri. Olho para minha turma e para seus pais:

— E você? Qual será a história que está escrevendo?

* * *

— Uau! — Meus olhos são capturados pelo céu estrelado.

Desço do fusca, dou alguns passos com a cabeça voltada para o alto e tropeço em uma pedra.

— Cuidado aí!

Papai me segura pelo braço e aponta para um banco de madeira. O horizonte é iluminado apenas por um pequeno aglomerado de luzes, que deduzo ser o centro de Vale d'Ouro. Digo "deduzo" porque minhas habilidades em geografia foram herdadas de mamãe. Nós nos sentamos em silêncio. Uma cigarra canta ao longe, mas tirando esse som, o lugar parece ter saído de um filme mudo de 1895. Uma casinha de madeira abandonada destoa do cenário. Então me lembro de uma das cartas de Paula.

— Foi aqui que você trouxe a mamãe?

Papai deixou as luzes baixas do fusca ligadas, apontadas para nós, e por isso consigo ver seu sorriso.

— Ainda não acredito que você leu aquelas cartas.

— Desculpa, eu não consegui evitar. Elas praticamente imploraram para serem lidas. — Cruzo os braços. — Aliás, eu nem deveria estar me desculpando. Você deveria ter me mostrado essas cartas há muito tempo.

Ele fechou os olhos com força, revelando algumas rugas.

— É embaraçoso. Sua mãe escreveu cada coisa!

Sorrio.

— Ela foi muito sincera.

— Ela era... — ele engoliu em seco — ... *muito* sincera.

Solto o ar e o vapor quente se mistura com o ar da noite fria.

— Você ainda ama a mamãe?

Papai levanta as sobrancelhas.

— Claro que amo. Nunca vou deixar de amar. — Ele curva a cabeça por um momento.

— Você acha que ela foi feliz?

Papai solta o ar pela boca.

— Foi sim. Muito feliz. Não percebeu isso ao ler as cartas?

Assinto.

— Eu amei ler as cartas, não sei por que você escondeu isso de mim. Ainda que eu tenha acesso a todos aqueles vídeos e vlogs, foi só nas cartas que eu vi um outro lado dela. — Sorrio com a lembrança dos vídeos. Mamãe toda séria e profissional, mas no *off*, na hora de escrever as cartas, ela era só mais uma garota, com os mesmos medos e sonhos igual a tantas outras. Igual a mim. — Nos vídeos ela parecia sempre forte, toda *gaudéria*, mas nas cartas se abriu, revelou sua fé, seus medos e desejos. Foi quase como ter uma conversa com a minha mãe enquanto tomávamos um mate doce.

Papai respira fundo e solta o ar devagar.

— Desculpa, filha. Você cresceu muito rápido, eu mal tive tempo de pensar sobre as cartas, e confesso que estava querendo deixar para uma ocasião especial. — Ele me dá uma piscadinha.

— Tipo...

— Quando você se casasse. — Ele estreita o olhar. — E isso está a muitos anos-luz distante, não é mesmo?

— Que exagero. A propósito, decidi que vou começar a escrever minhas próprias cartas para meu futuro marido.

Papai coçou o topo da cabeça.

— Você não é muito nova para pensar nisso?

— Lá vem você com isso de novo.

— O quê? A minha garotinha está falando de casamento, eu nem consigo acreditar que é a mesma menina ranhenta que corria atrás das galinhas e deixava todo mundo de cabelo em pé.

— Olha, essa coisa de ranhenta e correr atrás de galinhas fica entre nós. Espero que você não me embarace na frente do meu namorado com esses assuntos.

— Namorado? — Papai engasgou com a própria saliva, desencadeando uma crise de tosse.

— Eu, hein! Qual é o seu problema? — Dou algumas batidinhas nas costas dele.

— Você está namorando?

— Ainda não, mas nunca se sabe, pode ser que eu o conheça em breve. Você e mamãe também se conheceram de repente, e você se apaixonou à primeira vista por ela.

— Ufa, pensei que já tivesse alguém.

Papai passa o braço por trás de mim e me puxa para um abraço de lado.

— Logo você estará fazendo dezoito, vai pra faculdade e vai me abandonar.

— Isso me faz lembrar as primeiras cartas de mamãe. Foi muito legal vê-la construindo tudo, sabe? Espero ter a mesma coragem um dia.

— Eu acho que você já tem. Você e sua mãe são parecidas.

— Eu não acho. Olha para mim, sou quase uma cópia sua, com exceção dos olhos.

— É, você tem os olhos da sua mãe. — Ele sorri. — Mas eu me referia à forma de ver a vida, de ver oportunidades onde outros só veriam problemas. Você tem esse mesmo *feeling*, como diria sua avó.

Estremeço com a lembrança de vovó e espanto o pensamento.

— Você não está falando do aluguel da cabana, de novo, não né? — Estreito os olhos.

— Também.

— Mas vai dizer que não foi uma boa ideia?

— Eu acho que você teve sorte de principiante. Disponibilizar a cabana no site, no mesmo dia aparecer uma pessoa interessada em alugar a casa por tantos meses e ainda pagar adiantado... — Papai assovia. — Muita sorte.

— Sorte? Eu tenho certeza de que foi Deus.

Papai sorri e ficamos em silêncio. A noite se estende preguiçosa, com uma leve neblina cobrindo o vale.

— Acho melhor voltarmos para casa. Amanhã tem o jantar com sua tia Maria e os seus avós vêm de São Paulo.

— Urgh. — Um arrepio percorre meu corpo.

Papai ri.

— Não faz isso, eles são pessoas... — Ele pausa, mordendo a língua. — Legais.

— Nem você acredita nisso. — Sorrio. — Só estou implicando. Eu gosto deles, você sabe.

— Se comporte dessa vez, tá certo?

Sorrio, relembrando a última vez que Susana e Alberto estiveram na fazenda.

— Papai, isso foi há dois anos! E, além disso, eu era só uma adolescente. Não vou colocar um sapo na mala da vovó nem soltar uma galinha no quarto deles.

Papai ri. Eu tenho certeza de que ele amou minhas pegadinhas.

— E o que você é agora? Por acaso já deixou de ser adolescente?

— Sou uma pré-adulta. — Faço cerimônia, colocando uma mecha de cabelo atrás da orelha.

Papai solta uma gargalhada e segue para o carro. Vou atrás dele, mas, antes de entrar no fusca, algo me detém. Viro-me para o banco onde estivemos sentados e reparo pela primeira vez nas iniciais gravadas, envoltas por um coração. Um calorzinho suave aquece meu peito, como se aquele detalhe fosse capaz de contar muitas outras histórias que as cartas não puderam.

Corro para entrar no carro enquanto ele dá partida. Papai me olha antes de engatar a marcha, com uma expressão que mistura ternura e algo mais profundo.

— Obrigado, filha.

Franzo a testa, confusa.

— Pelo quê?

— Por hoje, por me fazer lembrar da sua mãe e da nossa história. — A voz dele fica embargada e ele coça a garganta.

— Achei que você ficaria chateado por eu ter feito isso sem te consultar.

Ele me dá um peteleco na testa.

— Ai! — Levo a mão até a testa e a esfrego.

— Seu castigo.

Dou risada.

— Tudo bem, acho que isso foi merecido.

Olhamos em silêncio um para o outro por um momento.

— Vamos voltar para a fazenda? — papai diz, por fim, e dá uma acelerada no Agromóvel, que reclama e quase não sai do lugar, de tão velho.

Ainda com a mão massageando a testa, assinto.

— Tenho certeza de que Deus ainda vai escrever muitas histórias no Caminho Para o Céu. — Digo, ao iniciarmos a descida.

— Não há dúvidas, minha filha.

Pois, para mim, o viver é Cristo, e o morrer é lucro.

Filipenses 1.21, NVT

-Agradecimentos-

A história que você acabou de ler era um rascunho de dois capítulos, escritos no ano de 2016, e agora é um monumento escrito à saudade que eu sentia de casa quando morei do outro lado do país.

Fiz as malas de Paula e a levei para o Sul. Enquanto escrevia, mergulhava nos cenários que eu mesma criava — e que conhecia tão bem. As araucárias, o clima frio, o chimarrão e a vida simples no campo. Chegar até esse ponto não foi uma linha reta, mas foi a linha que Deus traçou, e como é incrível ver isso acontecer. Desse modo, eu agradeço a Deus, que me permitiu viver experiências incríveis e criar uma história que aponta para o seu Amor.

Agradeço a toda a equipe da Mundo Cristão pelo carinho, parceria e apoio neste projeto. *Era o meu sonho*, e vocês estão realizando. Glória a Deus.

Foram muitas pessoas que me ajudaram na trajetória desta história. Desde o Wattpad até esta versão: Maria Araújo, Flávia Nonato, Clys Oliveira, Thamires Marinho, Suzane Cruz, as meninas do UPL, Renata Aires, Eduarda Rocha, Joyce Anne Souza Almeida, Rachel Paiva e Grace Kelly. Obrigada pela leitura beta, pelo incentivo e encorajamento.

Agradeço as minhas *inkilikinas*, Camila Antunes, Becca Mackenzie, Gabriela Fernandes, Isabela Freixo, Noemi Nicoletti e Queren Ane. Minhas irmãs do coração. Como eu já disse, escrever na companhia de vocês é um privilégio.

Agradeço especialmente à Camila Antunes, que trabalhou na edição do livro. Foi divertido passar esse tempo com você me chamando de *formal demais* a cada dez parágrafos, e com isso eu digo: Vossa senhoria fez um excelente trabalho, faltam-me palavras para expressar quão grata estou. Aceite meus mais sinceros e profundos agradecimentos. Brincadeira, mas não edita isso.

Aos meus pais, Remi e Leuni, que sempre estão do meu lado, apoiando e acreditando nas minhas ideias.

À minha irmã e ao meu cunhado, Aline e Leomar, por produzirem comigo a música deste livro.

E, é claro, aos meus leitores, que há anos vêm me cobrando terapia. Espero que vocês me perdoem quando a continuação chegar. Ops. Será que falei demais?

-Sobre a autora-

Pat Müller nasceu em 1991, no interior de Santa Catarina. É mestre em Ciências Ambientais e pós-graduada em Escrita Criativa. Conheceu Jesus em 2012, por meio de um vendedor de roupas ambulante. Atualmente, serve no ministério de multimídia da sua igreja e escreve romances que expressam no papel um pouco do Amor que encontrou. Pela Mundo Cristão, publicou *As estrelas sempre brilham acima das nuvens escuras.*

Leia também:

Prestes a se formar no ensino médio, Vicky já tem todo o futuro (infalivelmente) planejado. Não há espaço para imprevistos, relacionamentos ou até mesmo para a culpa que carrega pela morte do avô. Mas um presente aparentemente comum lhe abre uma oportunidade com a qual ela jamais poderia ter sonhado: transportar-se para o futuro!

Em meio ao luto, crises familiares e o forte desejo de iniciar a vida acadêmica e ter uma carreira de sucesso, Vicky passa a conhecer-se melhor enquanto viaja no tempo. Nessa jornada de autodescoberta ela busca maneiras de superar a perda do avô, restaurar sua fé, reconectar-se com amizades verdadeiras e valorizar os vínculos familiares.

Esta obra foi composta com tipografia EB Garamond
e impressa em papel Pólen Natural 70 g/m² na gráfica Santa Marta